Julia Heinecke

Kalter Nebel

Widerstand am Kaiserstuhl

ROMAN

Julia Heinecke

Kalter Nebel

Widerstand am Kaiserstuhl

Badischer Landwirtschafts-Verlag GmbH
Freiburg im Breisgau

1. Auflage 2019

Merzhauser Straße 111, 79100 Freiburg im Breisgau
www.badische-bauern-zeitung.de

Titelbild: © Bernd Nössler, Wyhl, siehe Seite 290

Gestaltung: Irina Falkenstein

Lektorat: Mathias Ahuis, Monika Schmitt

Herstellung: Freiburger Druck GmbH & Co. KG
Lörracher Straße 3, 79115 Freiburg

ISBN 978-3-9818089-6-4

Julia Heinecke hat Kulturwissenschaften sowie Sprachen studiert und lebt und arbeitet als freiberufliche Texterin, Lektorin und Übersetzerin in Freiburg. Nach »Kalte Weide« und »Kalte Herzen« ist »Kalter Nebel« ihr dritter Roman, der sich mit Lebenswelten in Südbaden im 20. Jahrhundert auseinandersetzt.

www.die-schreibstatt.de

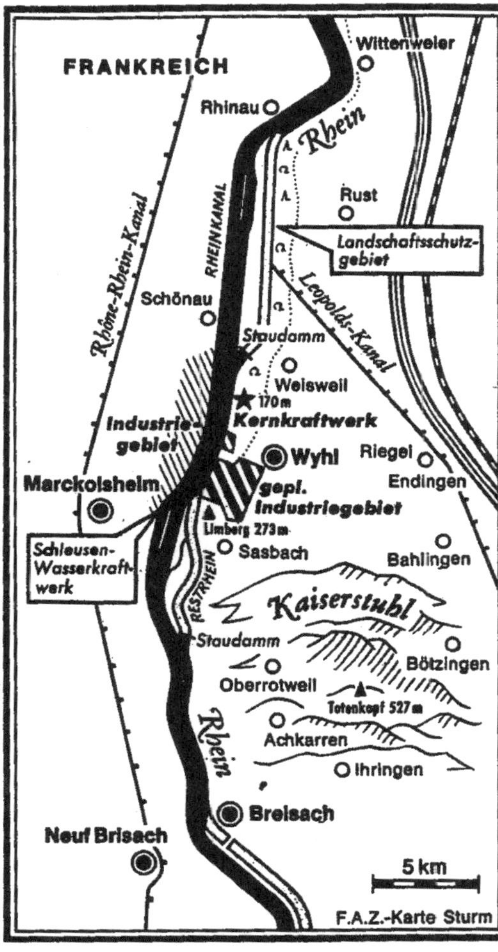

Quelle: F.A.Z.-Karte Sturm / FAZ 5.10.1974

VORWORT

Zuerst war es der Wasserdampf aus den Kühltürmen des geplanten Atomkraftwerks, der uns Winzer und Bauern am Kaiserstuhl motivierte, uns aus Sorge um die Reben gegen das Atomkraftwerk zu engagieren. Feuchter, kühler Nebel, der sich verstärkt auf die Reben niederlässt, erhöht die Gefahr von Pilzkrankheiten, die wiederum Einbußen bei der Qualität verursachen. Ursprünglich war das Atomkraftwerk in Breisach geplant, und bei Westwind wären unsere Reben am Kaiserstuhl besonders bedroht gewesen.

Ich war damals 16 Jahre alt, in der Winzerausbildung und hatte schon den Schlepperführerschein. Natürlich war ich dabei, als das Oberrheinische Komitee der Badisch-Elsässischen Bürgerinitiativen zu einer ersten großen Schlepperdemo aufrief. Dabei waren auch meine Freunde aus der Landjugendgruppe Oberrotweil. Neben geselligen Treffen und Aktivitäten im Dorf befassten wir uns in der Landjugend immer wieder auch mit gesellschaftlichen und politischen Themen. So holten wir auch Referenten zum Thema Atomkraft in unsere Gruppenabende, zunächst den Apotheker aus dem Dorf, später Studenten vom »Arbeitskreis Umweltschutz« der Universität Freiburg. Spätestens da kam zu der Angst vor dem

Nebel und der steigenden Feuchtigkeit das Wissen um die Gefährlichkeit der radioaktiven Strahlung. Wir setzten uns mit der unglaublichen Langlebigkeit von Strontium und Cäsium auseinander. Bald kannte jeder von uns deren Halbwertszeit. Schon damals diskutierten wir leidenschaftlich die Frage der Endlagerung radioaktiven Mülls, für die es bis heute keine Lösung gibt.

Klar wurde uns allen da auch, dass der bloße Standortwechsel von Breisach nach Wyhl diese Gefahren niemals beseitigten würde. Die Planer vermuteten im kleinen Dorf Wyhl am Westrand des Kaiserstuhls weniger Widerstand. Sie sollten sich täuschen.

Der Widerstand gegen das Atomkraftwerk in Wyhl und gegen das Bleichemiewerk im elsässischen Marckolsheim hat unsere Jugendzeit begleitet und uns sicher auch geprägt. Die Teilnahme an den Demonstrationen, die größte am 23. Februar 1975 an der Natorampe am Rhein, werde ich nie vergessen. Zunächst bekamen wir die Empfehlung, einfach um den Platz im Wyhler Wald zu spazieren. Immer mehr Leute fühlten sich angesprochen, die Menschenmenge wurde immer größer. Schließlich endete der Tag mit der zweiten Platzbesetzung. Der Plan der Politik, linksorientierte Studenten gegen uns Dorfbewohner auszuspielen, ging nicht auf. Es war ein unglaubliches Gemeinschaftsgefühl. Zum Glück blieb es weitgehend friedlich.

Die Sorge um die Heimat und Existenz schweißte die Bevölkerung über den Rhein und die Landesgrenzen hinweg zusammen. Auch der Dialekt, unsere gemeinsame alemannische Sprache, spielte da eine wichtige Rolle. Aus heutiger Sicht bin ich überzeugt, dass auch die Vergangenheit unserer von Kriegen und Leid so geprägten Region Einfluss auf diesen besonderen Zusammenhalt hatte. Wir wollten uns unsere Heimat nicht noch einmal zerstören lassen. Gleichwohl spaltete die Frage »Kernkraft ja oder nein« die Region in Fürsprecher und Gegner.

Interessant im Rückblick ist der politische Prozess, der im Laufe der Jahre des Widerstandes ausgelöst wurde. So wurden am Anfang bei den Demos Plakate hochgehalten mit der Aufschrift: »Eberle hilf«. Rudolf Eberle war der damalige Wirtschaftsminister von Baden-Württemberg. Der Glaube an die Obrigkeit war in dieser Zeit besonders in den Dörfern noch groß. Man erhoffte sich von der Politik und der Landesregierung Hilfe. Am Schluss war jedoch das Vertrauen in den Ministerpräsidenten Hans Filbinger vollkommen verloren gegangen.

Auch Bauernverband und Weinbauverband waren gefordert. Ihre Rolle zwischen den Erwartungen der Politik und den Mitgliedern vor Ort war ein Spagat. Am Ende waren die Verbände mit am Tisch, als die Offenburger Vereinbarung ausgehandelt wurde, die die Region letztendlich befrieden konnte. Gut in Erinnerung ist mir ein Gesprächstermin mit dem BLHV-Vorstand unter Präsident Artur Raither und Wirtschaftsminister Rudolf Eberle, an dem ich als inzwischen Vorsitzender des Bundes Badischer Landjugend teilnehmen konnte.

In besonderer Erinnerung an die Wyhler Zeit bleiben mir aber auch die Abende im Freundschaftshaus auf dem besetzten Platz mit den Themen der »Volkshochschule Wyhler Wald«. Wir sangen die Lieder von Walter Mossmann und dem »Buki von Jechtingen« (Roland Burkhart).

Die 1970er-Jahre waren eine politisch aufgewühlte Zeit. Die Ansichten und Forderungen der 1968er-Studentenunruhen schwappten mit Verspätung aufs Land. Wir ließen unsere Haare wachsen und trugen Parka und Schlaghosen. Die Landjugend wurde rebellischer und zeitkritischer. Im Heimattheater unserer Landjugendgruppen wurde unter anderem der Vietnamkrieg thematisiert, was den Älteren im Dorf nicht gefiel.

Was wir in dieser Zeit lernten, war die leidenschaftliche Diskussion auf Augenhöhe, das Anhören- und Annehmenkönnen anderer Standpunkte. Wir lernten, dass gute Diskussionsprozesse Zeit und Atmosphäre brauchen. Die Tatsache, dass man »von unten« etwas bewirken kann gegen »die da oben«, erfüllte uns damals mit großer Genugtuung und Zufriedenheit. All dies sind für mich bis heute wichtige Grundsätze, die ich auch meiner Tätigkeit als Präsident des Bauernverbandes voranstelle. Mir ist es wichtig, den Menschen zuzuhören und respektvoll miteinander umzugehen.

Erwähnen möchte ich auch, dass später der erste Sonnenkollektor in Sasbach am Kaiserstuhl gebaut wurde und hier auch die erste Solarmesse stattgefunden hat. So sehe ich als Kaiserstühler bis heute die Entwicklung der Sonnenenergie und der regenerativen Energien insgesamt mit einer gewissen Genugtuung. Sie spielen im Wettlauf gegen die rasant fortschreitende Klimaerwärmung eine wesentliche Rolle.

Dass sich Julia Heinecke in ihrem dritten Roman mit dem Widerstand in Wyhl auseinandersetzt, wird vielleicht dazu beitragen, dass wir nicht vergessen, was ein gemeinsames starkes und friedliches Zusammenstehen bewirken kann.

Werner Räpple
Präsident des Badischen Landwirtschaftlichen Hauptverbandes (BLHV)

Oberrotweil, Juli 2019

Was du getan hast, ist radikal –
ach, wär's doch normal.

WALTER MOSSMANN
(Lied an meine radikalen Freunde)

Gewidmet den Tausenden,
die damals Haltung zeigten

1973

I.

Heiß war dieser Donnerstag im Juli gewesen. Die Sonne hatte vom Himmel gebrannt und die Luft geflirrt. Jetzt, in den Abendstunden, da sich der Himmel in spektakulären Farben veränderte, während die Sonne hinter den Vogesen unterging, kam ein leichter Luftzug auf. Hannelore öffnete die Fenster des Schlafzimmers im ersten Stock in der Hoffnung, dass es vor dem Schlafengehen in dem Raum noch etwas abkühlte.

Sie blieb am Fenster stehen und schaute hinaus. Vor ihr lag still die Dorfstraße. Beugte sie sich vor und sah nach links, erkannte sie deutlich die Schemen des Kaiserstuhls im Abendlicht. Rechterhand, Richtung Norden, öffneten sich die Weiten der Rheinebene. Genau gegenüber stand das Haus von Hannelores Schwägerin und ihrem Mann, dahinter folgte die familieneigene Streuobstwiese, die fast bis an die Rheinauen reichte und dieses Jahr reichlich trug. Der Wyhler Wald dahinter war so dicht, dass man den Rhein nur erahnen konnte.

Hannelore schloss die Augen. Sie versuchte sich vorzustellen, wie sich die Aussicht verändern würde, wenn dort unten am Fluss die Silhouette eines Atomkraftwerks mit zwei riesigen Kühltürmen in den Himmel ragte. Aus den Kühltürmen würde Dampf aufsteigen und sich in das Orange-Rot des Sonnenuntergangs mischen.

Das größte Atomkraftwerk der Welt. In Wyhl. Hannelore öffnete ihre Augen wieder und schüttelte den Kopf. Das durfte nicht passieren. Niemals! Alles würde sie tun, um das zu verhindern.

Wenige Stunden zuvor war bekannt geworden, dass das Atomkraftwerk nicht mehr in Breisach, sondern nur wenige Kilometer weiter nördlich in Wyhl gebaut werden sollte. Hannelore und ihr Mann Karl hatten es beim Abendessen im Radio gehört und vor Schreck fast die Löffel fallen lassen. Das Gerücht stimmte also. Die großen schwarzen Limousinen mit Stuttgarter Kennzeichen standen nicht ohne Grund regelmäßig vor dem Rathaus.

Am folgenden Montagabend fand eine Bürgerversammlung in der Wyhler Turnhalle statt, in der die Nachricht offiziell verkündet werden sollte. Es war Erntezeit, aber Karl und Hannelore hatten das Gefühl, dass es Wichtigeres zu tun gab. Natürlich würden sie dort hingehen.

Sie waren spät dran, Karl musste sich noch frisch machen.

»Lass uns endlich gehen, die Kinder sind schon im Bett«, rief Hannelore durch den Hausflur. Sie war ungerecht, sie wusste es. Er war doch gerade erst vom Feld gekommen.

»Bin gleich so weit.«

Ungeduldig stand Hannelore in der Tür und sah zu, wie ein Traktor nach dem anderen an ihrem Haus Richtung Turnhalle vorbeidröhnten, die meisten davon mit Spruchbändern bestückt.

»Wir kommen zu spät!«

»Nein, tun wir nicht.«

»Es ist schon gleich acht Uhr.«

Endlich kam Karl die Treppe herunter. »Los geht's.«

Sie hatten Glück, Josef, ein befreundeter Bauer aus Weisweil, fuhr eben mit seinem Traktor an ihrem Haus vorbei und ließ sie aufsteigen.

»Denen zeigen wir es«, rief er grimmig. »Jetzt haben wir grad nach dem Krieg unseren Ort wiederaufgebaut und nun wollen die uns mit Atom verseuchen. Nein danke!«

Das Rattern der Schlepper schwoll weiter an, je näher sie der Turnhalle kamen. Dort sah es schon aus wie bei einer Belagerung. Überall Traktoren und Transparente, Unmengen von Menschen, die keinen Einlass fanden.

Josef hielt einfach mitten auf der Straße an. Karl und Hannelore stiegen mit ihm ab und liefen zum Eingang der Halle.

»Seid ihr Wyhler?«, fragte der Mann am Eingang.

»Ja, natürlich.«

Er ließ sich die Ausweispapiere zeigen.

»Dann dürft ihr rein.«

»Ich bin Weisweiler«, erklärte Josef ungefragt.

»Dann müssen Sie draußen bleiben.«

»Sie spinnen wohl!«

»Nee, Anweisung von oben.«

Josef fing eine Diskussion an, während Karl und Hannelore sich den Weg in die volle Halle bahnten. Einen freien Sitzplatz gab es nicht mehr, und so lehnten sie sich an die Wand. Von außen belagerten die Anwohner der Nachbarorte die Fenster und klopften so stark dagegen, dass das Glas zitterte.

Schließlich trat Bürgermeister Zimmer, flankiert von einigen Herren in feinen Anzügen, an den Podiumstisch und testete das angeschaltete Mikrofon, indem er ein paar Mal drauftippte.

»Liebe Mitbürger, ich eröffne die Versammlung. Vielen Dank, dass Sie so zahlreich erschienen sind. Wir begrüßen außerdem die Vertreter des Gemeinderats sowie des Badenwerks, die Ihnen gleich noch etwas über die Funktionsweise eines Kernkraftwerks berichten werden.«

Applaus brandete auf. Hannelore sah sich neugierig in der Halle um. Es waren bei Weitem nicht nur Gegner des Bauvorhabens anwesend. Auch die Befürworter hatten eine stattliche Zahl an Transparenten dabei, die sie in die Höhe hielten.

»Wir sind froh, Ihnen mitteilen zu können«, fuhr der Bürgermeister in seiner etwas hölzernen Redeweise fort,

»dass Wyhl den Zuschlag für den Bau eines Kernkraftwerkes in den Rheinauen erhalten hat. Wir erhoffen uns durch den Betrieb des Kernkraftwerkes eine wesentliche Verbesserung der Infrastruktur, das heißt eine Verbesserung der Zahl und Art der öffentlichen Einrichtungen, der längst erwünschte Bau einer Umgehungsstraße, Vorteile für den einzelnen Bürger, denn wir beabsichtigen, die finanziellen Vorteile, die wir haben werden durch erhöhte Gewerbesteuereinnahmen, diese Dinge auch weiterzugeben an unsere Bürger.«

Wieder erhielt der Bürgermeister Applaus von der einen Seite, während die andere laut buhte.

»Mit diesem Kernkraftwerk wird es uns gelingen, die Lebensqualität in Wyhl drastisch zu steigern. Lassen Sie mich nur ein paar Beispiele nennen: Wir werden genug Geld haben, um ein Hallenbad zu bauen, ein Freibad, ein Sportzentrum mitsamt Gemeinschaftshaus für unsere zahlreichen Vereine sowie einen Tennisplatz.«

Das Klatschen der Befürworter nahm zu.

»Das kommt unserer Freizeit zugute. Wir werden Steuern, Beiträge und Gebühren so weit heruntersetzen wie möglich. Gleichzeitig bietet das Kernkraftwerk Wyhl viele Hundert Arbeitsplätze für unsere Bevölkerung. Jeder kann hier direkt vor Ort arbeiten und muss nicht mehr pendeln. Und das kommt unseren Familien zugute.«

Jetzt war der Applaus fast euphorisch. Hannelore konnte es nicht glauben und schaute fassungslos ihren Mann an, der ebenfalls den Kopf schüttelte. Die Lobeshymnen des Bürgermeisters schienen kein Ende zu nehmen, bis er schließlich das Wort an die Experten des Badenwerks übergab.

»Radioaktivität, meine Damen und Herren«, begann ein hagerer Mann in einem Anzug, in dem er fast verschwand, seinen Vortrag, »ist heute die sicherste und effizienteste Quelle zur Energiegewinnung weltweit. Die Radioaktivität ist mehrfach gesichert, so dass sie nicht austreten kann. Radioaktive Emissionen können im Normalbetrieb so gut wie nicht nach außen dringen.«

Jetzt raunten die Atomkraftwerksgegner vernehmlich.

»Die Dampfschwaden der Kühltürme, liebe Bürger, werden Sie gar nicht das ganze Jahr über belästigen. Sie werden das Klima und die Landwirtschaft nicht beeinträchtigen. Glauben Sie uns, die Gefahren der Atomkraft sind beherrschbar. Stellen Sie sich einen Teekessel vor, der über einer Kerze steht. Ein bisschen Dampf tritt aus der Öffnung. So ist das auch mit den Kühltürmen.«

An die Leinwand wurde das Bild eines dampfenden Teekessels geworfen. Hannelore schüttelte entsetzt den Kopf. Das konnte doch nicht wahr sein.

Während die Anhänger drinnen klatschten, hämmerten die Gegner draußen beim Anblick des Teekessels derart gegen die Scheiben, dass nicht nur Hannelore glaubte, sie würden jeden Moment bersten.

Der Bürgermeister beugte sich erneut über sein Mikrofon und grinste gegen den Lärm an.

»Die da draußen, die da so einen Krach machen, die sind ja nur neidisch, die möchten auch was von unserem Geld.«

Seine Unterstützer lachten laut, während die Gegner raunten. Im selben Moment erstarb das Klopfen gegen die Fensterscheiben wie von Geisterhand. Sichtlich überrascht folgten die Anwesenden im Saal mit ihren Blicken dem Weisweiler Pfarrer, der durch den Mittelgang lief und sich auf einen freigewordenen Stuhl in der ersten Reihe setzte. Keiner hielt ihn auf, obwohl er kein Wyhler war. In jedem Fall war er ein Mann, dem die Weisweiler vertrauten und die Wyhler Respekt zollten. Bürgermeister Zimmer schaute irritiert, ließ den Moment aber unkommentiert, bevor er wieder einem Vertreter des Badenwerks das Wort erteilte.

Weiter ging es mit den Beteuerungen der Experten, dass Atomkraft sicher sei und wie wichtig für den Standort Wyhl. Die Gegner ließ man nicht zu Wort kommen.

Es war nach Mitternacht, als Karl und Hannelore nach Hause zurückkehrten.

»Ich bin so aufgeregt«, wütete Hannelore, während sie ihre Schuhe in die Ecke pfefferte, nur knapp an der

Labradorhündin Bella vorbei, die erschreckt aufschaute. Hannelore war eine temperamentvolle Frau, die sich schlecht zurückhalten konnte. Verärgert stapfte sie die Treppe hoch.

Karl blieb ruhig. Das entsprach seinem Naturell. Er wirkte eher verzweifelt, als er Hannelore ins Schlafzimmer folgte.

»Wir müssen alles probieren, dass es nicht so weit kommt«, meinte er.

Hannelore zog energisch ihr Oberteil aus.

»Da kannst du Gift drauf nehmen«, schimpfte sie und schlüpfte in ihr Nachthemd.

»Wie soll denn Landbau neben so einem Industrieding gehen?«, fragte Karl, während er sein Hemd aufknöpfte. »Das kann nicht gehen, das ist unser Ruin.«

»Ich will nicht in einem Industriegebiet wohnen.«

Hannelore ließ sich ins Bett fallen.

»Wir sollten uns der Bürgerinitiative anschließen«, meinte Karl und zog die Hose aus.

»Unbedingt.«

Hannelore schaute auf die Uhr, als sich Karl auf seiner Seite ins Bett legte.

»Ist schon spät.«

Sie ächzte. Wie sollte sie so schlafen? Sie war viel zu wütend, als dass sie jetzt zur Ruhe kommen könnte. Und morgen wartete ein langer Tag mit viel Arbeit.

Karl robbte an sie heran und legte den Arm um seine Frau.

»Komm, beruhig dich, noch ist nix geschwätzt. Die unterschätzen uns.«

»Sagst du.« Hannelore schob den Arm ihres Mannes weg und schlug die Decke wieder auf. »Ich geh in die Küche. Ich weiß nicht, wie ich nichtstuend zur Ruhe kommen soll.«

Sie stand auf und setzte sich in Bewegung. Karl blickte seiner Frau enttäuscht nach.

»Wer sagt denn nichtstuend?«, seufzte er. Er wusste, dass er Hannelore nicht mehr würde umstimmen können. »Gute Nacht – aber mach die Tür zu.«

Es half Hannelore bei Einschlafproblemen, in die Küche zu gehen, statt im Bett darauf zu warten, dass der Schlaf vielleicht noch kommen könnte. Die Zeit konnte man wirklich mit Sinnvollerem füllen. Gerade jetzt, da sie voll in der Ernte steckten und es mehr als genug Arbeit gab.

Sie stellte Milch für einen Vanillepudding auf den Herd. Ihr achtjähriger Sohn Kai und ihre fünfjährige Tochter Sabine liebten Pudding, so konnte sie ihnen eine Freude machen.

Hannelore war keine Bauersfrau von Kindesbeinen an. Vielmehr war sie ein Stadtkind, im Freiburger Arbeiterstadtteil Stühlinger mit vier Geschwistern auf engstem

Raum aufgewachsen. Sie war die Zweitjüngste, Anfang dreißig. Nach der Volksschule hatte sie Hauswirtschafterin in Freiburg gelernt. Und nach der Ausbildung wollte sie mal etwas anderes sehen und bewarb sich bei einem Winzer in Sasbach. Dessen Sohn wiederum war der beste Freund von Karl. So kam es, dass Hannelore in den Hof nach Wyhl einheiratete.

Mit im Haus lebte Karls Mutter Resi, die noch tatkräftig in der Landwirtschaft half und auch bereitwillig auf die Kinder aufpasste. Sie hatten vor allem Streuobstwiesen, Birnen und Äpfel, Kirschen, dazu Kartoffeln, aber auch Erdbeeren und Tabak. Das Feld war Hannelores Stärke nicht, das musste sie zugeben, dafür war sie unangefochten die Herrscherin in der Küche, das hatte auch Resi eingesehen. Hannelore stellte die besten Marmeladen und Liköre her, die sie an die Gasthäuser in der Umgebung und auf Märkten verkaufte. Auch einen kleinen Hofladen hatte Hannelore eingerichtet. Insgesamt teilten sich die beiden Frauen die anfallenden Arbeiten gerecht nach ihren Neigungen auf und kamen gut miteinander aus.

Hannelore war »nigschmeckt«, wie man hier sagte, aber sie fühlte sich mittlerweile wohl. Sie liebte ihren Mann über alles und fand, dass sie es gut getroffen hatte. Er war keiner, der ihr vorschrieb, was sie zu tun oder denken hatte, wie das woanders der Fall war. Unter den Frauen im Dorf hatte Hannelore echte Freundinnen gefunden und das Stadtleben in Freiburg vermisste sie kein bisschen. Wenn es doch mal vorkam, war es ja nur ein kurzer Weg, und ihre Mutter Inge freute sich immer über Besuch vom Kaiserstuhl. Zu ihren Geschwistern hatte Hannelore guten, wenn auch wenig Kontakt, denn jedes hatte sein eigenes Leben; teilweise waren sie räumlich weit voneinander entfernt. Der zehn Jahre ältere Miggi war Schreiner und hatte sein Geschäft und seine Wohnung in der Parallelstraße zu ihrem Elternhaus im Stühlinger. Irmi, die Zweite, lebte oben im Schwarzwald und betrieb mit ihrem Mann auf einem alten Hof eine Pension. Klaus, der Mittlere, war gar nach Kanada ausgewandert. Von ihm hörte man selten. Und Johann, der Jüngste, gerade dreißig Jahre alt geworden, war Polizist in Freiburg.

Hannelore stellte Dessertschüsseln auf und ließ den Vanillepudding hineinlaufen. Während er in den Schälchen abkühlte, holte sie Erdbeeren aus dem kühlen Vorratsraum und schnitt sie klein, um Erdbeersoße einzukochen. Da würden Karl und die Kinder morgen aber begeistert sein, wenn es frische Erdbeersoße zum Pudding gab, dachte sie zufrieden. Danach kochte sie noch ein paar Gläser für frische Erdbeermarmelade aus. Sie war ganz in ihre Arbeit versunken, während sie den Abend Revue passieren ließ. Es regte sie immer noch auf, was der Bürgermeister und der Gemeinderat gemacht und gesagt hatten. Aber die für sie entspannende Arbeit am Herd verfehlte ihre Wirkung nicht und Hannelore konnte sich etwas beruhigen. Um halb drei waren alle Gläser gefüllt und Hannelore ging zurück ins Schlafzimmer, kuschelte sich an den leise schnarchenden Karl und war schon nach wenigen Minuten eingeschlafen.

In Wyhl schien das angekündigte Atomkraftwerk nur bei einem Teil der Bevölkerung Erschütterung auszulösen. Die meisten schienen sich vor allem auf ihr beheizbares Schwimmbad zu freuen. Ein Atomkraftwerk sei eine gute Sache, das hörte Hannelore immer wieder, wenn sie mit anderen Frauen zum Rosenkranzbeten in die Kirche ging, wenn die Leute bei ihr an der Tür klopften, weil sie einen schönen Schnaps kaufen wollten, oder wenn sie Sabine vom Kindergarten abholte. Sogar eine Bürgerinitiative für das Atomkraftwerk gründete sich als Reaktion auf die Bürgerinitiative dagegen.

Karl und Hannelore schlossen sich den Gegnern an, und fortan waren ihre Abende gefüllt mit Treffen, Diskussionen und dem Planen von Aktionen. Meist gingen sie beide gemeinsam zu den Treffen, manchmal war es nur Karl, während Hannelore bei den Kindern blieb.

Der Herbst kam und brachte einen Messturm in den Wyhler Wald, der Daten über das Klima liefern sollte. Schneisen wurden geschlagen, um mit Grundwasserpumpversuchen zu beginnen. Die autofreien Sonntage aufgrund der Ölkrise im November schürten das Feuer. Jetzt erst recht Atomenergie, hieß es, um vom Öl endlich unabhängig zu werden.

1974

II.

Die kleine Sabine schielte, und regelmäßig wurde in Freiburg kontrolliert, wie die Augen sich veränderten. Hannelore hatten nichts gegen die Augenarzttermine, denn sie verband sie stets mit einem Besuch bei ihrer Mutter Inge Schocher im Stühlinger. Bei ihr gab es den besten Streuselkuchen der Welt, ein echtes Argument für einen Besuch.

Während an diesem Apriltag Kai am Küchentisch auf einem Stuhl saß und es sich schmecken ließ, hing Sabine verschüchtert auf dem Schoß ihrer Mutter und versuchte, ihr Gesicht zu verbergen.

Hannelore erklärte Inge gerade die aktuelle Lage in Wyhl, als die Wohnungstür aufgeschlossen wurde.

»Klara«, rief Inge erfreut, »da bist du ja! Schau, Hannelore ist zu Besuch.«

Hannelores Nichte Klara, die älteste Tochter ihrer Schwester Irmi aus dem Schwarzwald, steckte den Kopf durch die Küchentür. Seit einem halben Jahr studierte Klara in Freiburg Geschichte und Politikwissenschaften und lebte bei ihrer Oma Inge. Sie war das erste und bisher einzige Familienmitglied, das eine Universität besuchte. Klara war eine hübsche junge Frau, hochgewachsen, mit langen kastanienbraunen Haaren.

»Ach, ihr seid da, das ist ja schön.«

Klara begrüßte ihre Tante herzlich.

»Auch ein Stück Kuchen und Kaffee?«, fragte Inge.

»Gern«, antwortete Klara.

»Wir kommen gerade vom Augenarzt«, erzählte Hannelore. »Bevor es bei Sabine mit der Schule losgeht, muss das rechte Auge noch korrigiert werden. Aber«, Hannelore sah auf ihre Tochter, »sie hasst das Abkleben.«

»Kann ich gut verstehen.« Klara nahm den Teller entgegen, den ihre Oma hinstreckte. »Hm, Streuselkuchen.«

»Wenn wir schon mal in Freiburg sind, dann kommen wir natürlich gerne vorbei. Und so sehen wir uns auch mal«, strahlte Hannelore ihre Nichte an.

»Hannelore ist sehr aufgeregt wegen des Kernkraftwerks, das in Wyhl gebaut werden soll«, warf Inge unvermittelt ein.

»Das kannst du wohl laut sagen. In Breisach wollten sie es nicht, jetzt kriegen wir das Monstrum vor die Nase gesetzt. Die haben schon mit Pumpversuchen und Messungen angefangen.«

Klara hatte von den Plänen gehört. In ihrer Clique war es Thema gewesen, vor allem bei Wolle, der aus Wyhl stammte.

»Tja, was soll man dagegen machen? Da kann man wahrscheinlich wenig tun«, erwiderte Klara.

»Na, wenn man so an die Sache rangeht, dann wird natürlich gebaut. Aber wir lassen uns das nicht gefallen!«

Hannelore schnaubte. »Der Widerstand wächst täglich. Und wir brauchen jeden, der uns unterstützt.«

»Sind denn alle bei euch dagegen?«, fragte Klara.

»Das frage ich mich auch«, warf Inge ein. »Warum überhaupt? Schließlich bringt das Arbeitsplätze bei euch, das ist doch nichts Schlechtes. Und ich habe gehört, dass wir Kernkraftwerke brauchen, sonst gibt es bald nicht mehr genügend Strom für alle.«

»Arbeitsplätze!«, rief Hannelore erregt. »Wenn ich das schon höre. Arbeitsplätze sind doch nicht alles. Erst spendieren sie den Winzern im Kaiserstuhl großartig die Terrassierung ihrer Anbauflächen, damit man die Reben besser bewirtschaften kann, und dann wollen die uns da so Türme hinbauen. Der ganze Nebel, der das rauskommt, der sorgt doch dafür, dass der Tabak und die Reben nicht mehr richtig gedeihen. Was wird dann aus dem Wein?«

»Das klingt wirklich nicht gut.«

Klara kannte die Argumentation schon von ihrem Kumpel Wolle. Daher wusste sie auch, dass die Kaiserstühler Winzer vor allem deswegen gegen das Atomkraftwerk waren. Der Nebel aus den Kühltürmen, so die Befürchtung, würde die Sonneneinstrahlung so verringern, dass die Reben zu wenig Sonne abbekommen würden. Pilzbefall und schlechtere Qualität wären die Folge.

Hannelore blitzte Klara und Inge an.

»Wir lassen uns unsere Heimat nicht kaputt machen. Die spinnen doch! Wisst ihr überhaupt, wie gefährlich Atomkraft ist?«

»Also, im Fernsehen sagen die immer, dass es eine hundertprozentig sichere Energiequelle sei«, antwortete Inge.

»Genau. Wie beim Teekochen, sagen sie. Wenn zu viel Druck auf den Kessel kommt, dann entweicht oben halt die Luft. Dass ich nicht lache. Aber weiß man's wirklich, ob das so einfach ist? Weiß man, was mit dem ganzen Zeug, dem Uran, dem Plutonium und so passiert? Mit der Strahlung? Mit dem Atommüll?«

»Ich kann mit diesen ganzen Begriffen gar nichts anfangen«, murmelte Inge.

»Kein Mensch will doch freiwillig direkt neben so einem Trumm wohnen. Eins sage ich euch, unser Widerstand wächst von Tag zu Tag. Und auf jede Stimme kommt es an. Auch auf deine.« Hannelore schaute ihre Nichte durchdringend an, während Sabine unruhig wurde und vom Schoß der Mutter rutschte. »Kann ich auf dich zählen, Klara? Wir brauchen dich.«

Es hatte nicht viel Überzeugungsarbeit von Hannelore gebraucht, um Klara zum Mitmachen zu bewegen. Seit die Baupläne für das Kernkraftwerk bekannt geworden waren und die Kaiserstühler sich regten, gab es auch in

Freiburg an der Universität Arbeitskreise und Informationsveranstaltungen. Und je mehr Klara von Atomkraft zu verstehen glaubte, desto gefährlicher erschien sie ihr. Wolle als angehender Physiker leistete dabei Aufklärungsarbeit, nicht nur im Freundeskreis und an der Uni, sondern in den Kaiserstuhlortschaften direkt, wo er den Einwohnern in einfachen Worten und im Dialekt die Risiken der Atomenergie erklärte. Und natürlich war er als gebürtiger Wyhler bei jeder Demonstration dabei. Da wollte Klara nicht zurückstehen, wenngleich sie zum jetzigen Zeitpunkt noch eher die Geschichte an sich interessierte. Nicht umsonst wollte sie schließlich Journalistin werden. Eine passable Fotografin mit einer guten Kamera und sogar einem eigenen Fotolabor war sie bereits.

Um zehn Uhr sollte es in Endingen am Bahnhof mit der Schlepperdemo losgehen. Klara war bereits am Vorabend bei Hannelore in Wyhl aufgetaucht und hatte dort übernachtet. Den ganzen Abend hatten sie noch mit Mitstreitern an Plakaten und Spruchbändern gearbeitet. Am frühen Morgen befestigten Hannelore und Klara ihr Schild am Traktor. »Hände weg von unserer Heimat!« stand dort in Großbuchstaben. Sie hatten lange über einen knackigen Spruch diskutiert. Klara hätte sich einen anderen vorstellen können, aber Hannelore wollte auf jeden Fall das Wort »Heimat« verwenden.

»Es ist unser Zuhause, unsere Heimat, von der leben wir, die ist uns heilig, und die lassen wir uns nicht kaputtmachen«, erklärte sie mit Nachdruck. »Die sollen wissen, dass es hier um etwas ganz Ursprüngliches geht.«

Es sah auf jeden Fall eindrucksvoll aus, wie das Schild jetzt am Frontlader hing. Hannelore nahm am Steuer Platz, und Klara und Kai kletterten auf die Beifahrersitze über den großen Rädern. Die kleine Sabine blieb daheim bei Karls Mutter Resi.

Die Sonne schien vom Himmel und die Temperaturen waren angenehm. Im ganzen Ort knatterte und ratterte es. Sie waren nicht allein. Eine lange Traktorschlange hatte sich schon gebildet, lange bevor Endingen überhaupt in Sicht war. Es ging nur sehr langsam voran. Je näher sie Endingen kamen, desto mehr Traktoren tauchten von allen Straßen auf und desto größer wurde das Polizeiaufgebot.

Von ihrem Sitz aus schoss Klara eifrig Fotos. An fast jedem Fahrzeug hing ein Plakat, ein großes Pappschild oder ein ausrangiertes Bettlaken mit einem kessen Spruch. Die schiere Menge an unterschiedlichen Schleppern und der damit einhergehende ohrenbetäubende Lärm waren beeindruckend. Kai hielt sich die Ohren zu, während Hannelore am Steuer begeistert unentwegt »Jippieh« rief.

Geduldig warteten sie, bis sie sich in die endlos erscheinende Schlange eingereiht hatten. Auch an den Häusern hingen viele Anti-Atomkraft-Plakate und die Leute standen auf den Straßen und feuerten sie an. Sogar das Fernsehen war da.

»Die Demo«, freute sich Hannelore am Abend, »war ein voller Erfolg.«

Klara stimmte ihr aus vollem Herzen zu. Sie hatte das Gefühl, Teil von etwas ganz Großem zu sein. Hannelore hielt sich nicht lange an dem Erfolg auf, sondern plante schon die nächste Aktion.

»Wir werden jetzt Unterschriften sammeln«, erklärte sie. »Überall, nicht nur im Kaiserstuhl. Da könnt ihr in Freiburg gleich mitmachen.«

Den Sonntag verbrachte Klara in der Abstellkammer in der Wohnung von Oma Inge, um die Bilder der letzten Infoveranstaltung und der Demo zu entwickeln. Gemeinsam mit ihrem Onkel Miggi hatte sie den Verschlag nach ihren Vorstellungen eingerichtet. Miggi hatte ihr maßgenau eine Arbeitsplatte entlang der Wand gebaut, auf die der Vergrößerungsapparat und die Entwicklerschalen passten. Unter die Platte kamen Fächer, in die Inge ihre Sachen verstauen konnte. Sogar Strom hatte Miggi nach innen verlegt.

Der Ort war für Klara perfekt. Sie liebte es, im Schein der Rotlichtlampe die Schlange mit den Negativen durch den Vergrößerungsapparat zu ziehen und das Fotopapier zu belichten, es mit der Pinzette ins Entwickler- und ins

Fixierbad zu legen und zum Schluss zu wässern. Bei dieser Arbeit war Klara ganz für sich und hochkonzentriert. Es war fast wie eine Meditation.

Schöne Motive mit den Spruchbändern auf den Traktoren waren auf dieser Filmrolle dabei. Auch sehr gut gelungen war ein Bild von Wolle mit dem Zeigestock vor der Leinwand bei der letzten Informationsveranstaltung in Oberrotweil. Sie vergrößerte Wolle vor der schematischen Zeichnung über die Funktionsweise eines Atomkraftwerks und nahm sich vor, ihm das Foto bei nächster Gelegenheit zu schenken.

Gleich am Montag bot Klara ihre Bilder der Lokalzeitung mitsamt einem Bericht an. Dort hatte sie schon häufiger etwas schreiben dürfen, was dann veröffentlicht wurde. Der Redakteur betrachtete die Fotos ausführlich und pfiff durch die Zähne.

»Nicht schlecht, Klara.« Er schaute hoch. »Wenn du so weitermachst, wirst du noch unsere Hofberichterstatterin von Wyhl.«

III.

Die Turmuhr des Münsters schlug acht Mal. Die Marktbeschicker hatten ihre Verkaufsstände bereits aufgebaut und bedienten die ersten Kunden. Blumen, Obst, Gemüse, Spargel, Erdbeeren, wohin das Auge reichte – Klara empfand den Gang über den Münstermarkt jedes Mal als Fest für die Sinne. Auch heute in der frühlingsmilden Morgensonne hätte sie Lust gehabt, mit ihrer Kamera von Marktfrau zu Marktfrau zu ziehen, aber ihr Auftrag war ein anderer. Es galt, Einspruch gegen die Bebauung der Wyhler Rheinauen einzulegen, und dafür brauchten die Bürgerinitiativen am Kaiserstuhl Unterschriften.

Gemeinsam mit Kerstin, Udo, Wolle und Axel baute Klara einen Informationsstand gegen Atomkraft und das geplante Werk in Wyhl auf. Sie falteten ihren Klapptisch auseinander und legten Informationsblätter und die Listen aus, in die sich die Bürger eintragen sollten. Mit kleinen Steinchen beschwerten sie die Papiere, damit sie nicht davonflogen. Außerdem kam hinter den Tisch noch eine Infotafel, auf die Plakate mit Zeichnungen gepinnt waren. Die Gruppe hatte sich direkt zwischen Münsterturm und Geldinstitut platziert, mit voller Absicht. Denn ihr Prunkstück, mit dem sie die Passanten überzeugen wollten, sollte besonders wirkungsvoll präsentiert werden. Erst gestern bei den Vorbereitungen war ihnen die Idee gekommen.

»Wie hoch ist eigentlich der Münsterturm?«, hatte Kerstin gefragt.

Keiner wusste es genau. Axel fand in seinem Regal ein Buch, in dem die Information drinstand.

»Hundertsechszehn Meter, die Aussichtsplattform ist auf siebzig Metern«, klärte er die Runde auf.

»Fast hundertzwanzig Meter – und der Turm kommt mir immer wahnsinnig hoch vor«, meinte Udo. »Jetzt stellt euch mal vor, die setzen da zwei Türme mit hundertsechzig Metern in die Landschaft. Da passt der Münsterturm ja x-mal rein. Das ist ja verrückt.«

Wolle nickte bedächtig.

»Das sollten wir veranschaulichen«, schlug er vor.

»Gute Idee.«

Erst nahmen sie einen der großen Plakatbögen und ein Lineal und maßen alles genau aus. Schließlich stand ein kleiner, schmaler Münsterturm zwischen zwei großen Kühltürmen auf dem Plakat.

»Sehr eindrucksvoll«, fand Kerstin, »aber es geht noch plastischer. Dazu brauchen wir viel Pappe und Papier.«

Nachdem das gefunden war, ging es mit Kleber und Schere an die Arbeit. Klara war begeistert dabei. Sie maßen, schnitten, klebten und blickten schließlich stolz auf ihren maßstabgetreuen Bau des Münsters und der beiden Kühltürme.

»Wenn wir das zeigen, dann unterschreiben die Leute bestimmt«, war sich Kerstin sicher.

Und es stimmte. Kaum hatten Klara und ihre Freunde ihren Stand aufgebaut, standen schon die ersten Interessierten davor.

»Solche Dinger werden das? Ja, die spinnen ja«, rief eine Mittfünfzigerin aus. »Da unterschreib ich sofort. Wo muss ich mich eintragen?«

So ging es fortwährend. Während Udo immer wieder mit dem Megafon auf den Stand vor dem Münsterturm aufmerksam machte und zum Unterschreiben aufforderte, liefen Klara und Axel mit Flugblättern und den Unterschriftenlisten über den Platz. Kerstin und Wolle hielten die Stellung am Stand. Das Interesse und die Empörung waren riesig, das hätte Klara vorher nicht für möglich gehalten. An ihrem Informationstisch gegenüber dem Münsterturm bildete sich eine lange Schlange. Alle wollten unterschreiben. Nur wenige Passanten waren dagegen, teilweise beschimpften sie die jungen Leute sogar.

Über zweitausend Unterschriften an einem Markttag. Klara und ihre Freunde jubelten laut auf, nachdem sie die Listen durchgezählt hatten.

»Nächste Woche«, rief Klara begeistert, »machen wir das gleich nochmal!«

Auch Hannelore machte sich am Wochenende auf, um in Wyhl und Umgebung Unterschriften gegen den Bau des Kernkraftwerks zu sammeln. Sie wollte dies eigentlich zusammen mit Heidrun erledigen, ihrer Freundin im Dorf, aber die rief kurzfristig an und sagte wegen Migräne ab.

Egal, dachte Hannelore, mach ich es halt allein. Sie schaute aus dem Fenster. Es nieselte, aber das sollte sie nicht abhalten. Es musste getan werden, was getan werden musste. Hannelore griff zu ihrem Regenkopftuch aus durchsichtigem Plastik, band es um und packte Stifte und die vorbereiteten Unterschriftenlisten in ihre Umhängetasche. Bella stand vor ihr, wedelte mit dem Schwanz und schaute ihre Herrin erwartungsvoll an.

»Willst du mit? Also gut, dann los.«

Hannelore öffnete ihrer ungeduldigen Hündin die Tür und trat auf die nasse Straße. Bella lief voraus, die Nase dicht über dem Asphalt.

Beim letzten Treffen der Bürgerinitiative hatten sie sich die Straßen im Ort aufgeteilt. Hannelore war für ihre eigene zuständig. Sie entschied, rechts die Straße hochzulaufen und auf der anderen Seite wieder runter. Als Erstes klopfte sie bei ihrem Nachbarn Franz an dessen Werkstatttür. Sie wusste, dort hatte sie die Unterschrift sicher. Der ehemalige Installateur lebte allein und hatte in Gesprächen vor der Haustür seine Abneigung gegen die Baupläne schon kundgetan.

»Sali Franz, ich bräucht' mal deine Unterschrift gegen das KKW«, Hannelore hielt dem Nachbarn den Kugelschreiber hin.

»Mach ich doch gern, hab schon auf dich gewartet.« Schwungvoll trug er sich als Erster auf der Liste ein. »Viel Erfolg weiterhin.«

Auch bei den nächsten Nachbarn hatte sie Glück. Beim vierten Haus jedoch biss sie auf Granit.

»Ach, Frau Jacobi«, sagte Frau Schmidt, »so schlecht ist das doch nicht. Dann kommt mehr Gewerbesteuer rein und dann gibt es endlich ein schönes Schwimmbad. Darauf freu ich mich. Wir haben hier ja nichts.«

Hannelore setzte gerade zur Gegenargumentation an, da schob sich Herr Schmidt vor seine Frau. »Geh, Frau Jacobi, sagen Sie Ihrem Karl einen Gruß, aber wir unterschreiben nix. Das Kraftwerk, das gibt Arbeitsplätze, die brauchen wir. Und wir machen auch bei keinen Demos mit. Also lasst es gut sein.«

Ein paar Häuser weiter war die Hausfrau allein und traute sich nicht, ohne Zustimmung ihres Mannes zu unterschreiben. Hannelore kannte die Frau gut vom Rosenkranzbeten.

»Ach komm, Sieglinde, das kannst du schon machen, das ist kein Problem. Wenn du wirklich dagegen bist, dann kriegt dein Mann das gar nicht mit, dass du unterschreibst, du bist ja nur eine von vielen.«

Sieglinde schaute verunsichert. Hannelore wusste, wie sehr sie sich von ihrem Mann abhängig machte.

»Schau, ich hab hier eine fast volle Liste. Da trag ich die Adresse für dich ein und du unterschreibst nur. Das fällt niemanden auf. Die Liste reiche ich nicht weiter durchs Dorf, die letzten Zeilen bleiben einfach leer.«

Hannelore zückte das Blatt und reichte Sieglinde den Stift. Zögerlich griff diese danach.

»Also gut«, seufzte sie, »weil du es bist. Aber frag bloß nicht meinen Mann nach einer Unterschrift.«

»Mach ich nicht, keine Sorge«, lächelte Hannelore.

Und so klingelte sie ein ums andere Mal. Die meisten waren zu Hause und viele unterschrieben gerne und machten ihrer Empörung über das Bauvorhaben Luft. Aber mindestens genauso viele wollten nicht unterschreiben. Das irritierte Hannelore. Es fiel ihr schwer zu verstehen, warum man dafür sein konnte, so einen Koloss ans Rheinufer gesetzt zu bekommen.

Zum Abschluss erreichte sie das Haus ihrer Schwägerin und deren Mann.

»Na, Hannelore, was machst du denn bei dem Regen?«, begrüßte Roswitha sie.

Die beiden Frauen kamen leidlich miteinander aus. Wie es halt so war, wenn der Bruder eine Frau von außerhalb heiratete und die ins Elternhaus einzog.

»Wir brauchen eure Unterschrift gegen das Kernkraftwerk.« Hannelore hielt den Stift schon gezückt. »Jede Unterschrift zählt.«

Roswitha lächelte süßsauer.

»Ja, aber unsere wirst du nicht bekommen, liebe Hannelore. Der Gerd und ich, wir wollen nämlich, dass das Werk gebaut wird. Dann kann der Gerd dort arbeiten, was kann uns Besseres passieren?«

»Das ist nicht euer Ernst. Hast du mal gesehen, was das für ein Trumm werden soll? Und wie gefährlich Atomkraft in Wirklichkeit ist? Das kannst du beim besten Willen nicht wollen, dass dein Mann genau da arbeitet. Wenn das Ding einen Störfall hat, ist dein Gerd als Erster verstrahlt. Das war's dann.«

»Wir waren bei der Informationsfahrt nach Obrigheim dabei, und ich kann nur sagen: Das ist alles ganz sicher. Wir haben es mit unseren eigenen Augen gesehen.«

Hannelore hatte schon von diesen vom Energieanbieter durchgeführten Kaffeefahrten ins nächste Kernkraftwerk gehört. Kleiner Rundgang durchs Werk, alles ganz sauber und organisiert, dann Informationsfilm, wie toll Atomenergie sei, und schließlich schön Kaffee und Kuchen oder sogar Mittagessen. Drei Schnitzel pro Portion. Schon waren die Leute überzeugt.

»Was soll da also passieren? Bei den Sicherheitsbestimmungen. Das ist ja nicht mal theoretisch möglich«, fuhr Roswitha fort.

Hannelore machte es schier verrückt, was sie da hörte. Sie holte zum Gegenschlag aus.

»Soso, im Kernkraftwerk in Obrigheim wart ihr. Da kannst du ja froh sein, dass du gerade nicht schwanger bist. Du hast ja sicher mitgekriegt, dass Schwangeren der Zugang verboten ist. Ein Schelm, wer denkt, es könnte an der Strahlung liegen.«

Die Spitze mit der Schwangerschaft war gemein, Hannelore wusste das. Aber sie konnte nicht anders.

Ihrer Schwägerin entglitten die Gesichtszüge.

»Dennoch«, Roswitha wich dem durchdringenden Blick von Hannelore aus, »sind wir dafür. Nur weil ihr dagegen seid, heißt das ja nicht, dass wir genauso denken. Deshalb keine Unterschrift.«

»Letztes Wort?«

»Letztes Wort. Sag der Mama und dem Karl einen schönen Gruß.«

Ehe Hannelore antworten konnte, war die Haustür ins Schloss gefallen.

Hannelore wischte im ersten Stock im Schlafzimmer Staub. Als sie über die Fensterbank fuhr und hinausblickte, traute sie ihren Augen kaum.

»Das darf ja wohl nicht wahr sein.«

Gebannt schaute sie zu, wie gegenüber Roswitha und Gerd mit ihren Oberkörpern jeweils aus einem geöffneten Fenster heraushingen. Beide hielten die Zipfel eines bemalten Betttuchs in je einer Hand. Mit den freien Händen versuchten sie, das Laken am Fenstersims zu befestigen.

»Für Arbeitsplätze. Für KKW Wyhl« stand drauf. In Großbuchstaben.

Roswitha schaute kurz hoch und Hannelore direkt an. Diese versteckte sich hinter der Gardine und blieb auf Beobachtungsposten.

»Karl!«, rief sie ihren Mann. »Komm mal sofort her.«

»Wu bisch?«, kam es von unten.

»Oben, im Schlafzimmer.«

In wenigen Sätzen nahm Karl die Treppe.

»Na, du bist ja eine ganz Verruchte«, gurrte er. Von hinten legte er die Arme um seine Frau und küsste ihren Nacken.

Hannelore schob ihn weg.

»Nicht jetzt. Es gibt Wichtigeres.«

Karl ließ enttäuscht von seiner Frau ab und sich auf das Ehebett fallen.

»Komm her«, er streckte die Hand versuchsweise aus, »wir sind ganz allein im Haus.«

»Weiß ich doch, aber jetzt guck doch mal.«

Karl seufzte enttäuscht und setzte sich auf.

»Was? Was kann so wichtig sein?«

»Deine Schwester und ihr Mann.«

Karl stellte sich wieder hinter seine Frau, diesmal, ohne sie anzufassen, und folgte ihrer Blickrichtung.

»Die hängen da allen Ernstes ein Pro-KKW-Plakat an ihr Haus!«, empörte sich Hannelore.

»Sie sind halt dafür«, antwortete Karl pragmatisch, während er sich wieder auf das Bett fallen ließ und die Arme hinter dem Kopf verschränkte.

»Warum bloß? Die spinnen doch!«

»Du kannst ihnen nicht verbieten, eine andere Meinung zu haben als wir.«

»Nimm sie nicht noch in Schutz«, regte sich Hannelore auf, bevor sie sich besann und ihren Mann bittend ansah.

»Kannst du nicht mal mit denen reden?«

»Kann ich machen, aber was soll das bringen? Komm, lass uns lieber …«

»Da hab ich überhaupt keinen Kopf für.« Hannelore wurde rasend. »Mann, Karl …« Sie überlegte. »Haben wir noch Farbe in der Werkstatt?«

»Klar, ein, zwei Eimerle müssten noch da sein.«

»Perfekt, dann los.«

»Was hast du jetzt denn vor?«

Im Türrahmen drehte sich Hannelore noch einmal um.

»Was die können, das können wir schon lange.« Sie blickte ihren Mann auffordernd an. »Na komm, magst mir helfen?«

Im Hof breitete Hannelore ein altes Bettlaken aus, während Karl die Farbtöpfe hervorholte. Mit einem Filzstift malte sie die Buchstaben vor: »Kein Atomkraftwerk in Wyhl und auch sonst nirgends«.

Hannelore war wütend, dass die eigene Familie sie so hängenließ im Kampf gegen die Oberen. Gegen diesen Wahnsinn, der da geplant wurde. Aber noch schlimmer war, dass sie es kundtaten. Dagegen zu sein und sich still zu verhalten und die anderen machen zu lassen, war das eine. Aber ein Riesenplakat raushängen? Hannelore merkte, dass ihr das vor allem peinlich vor ihren Mitstreitern war. Hier kannte schließlich jeder jeden, und in der Bürgerinitiative gehörte Hannelore zu den aktivsten Mitgliedern. Wenn jetzt ihre eigene Schwägerin samt Ehemann für ein Atomkraftwerk waren … Hannelore mochte den Gedanken gar nicht zu Ende denken. Sie musste ein Zeichen dagegensetzen. Sofort.

Als ob der Gerd später mal im Atomkraftwerk arbeiten würde. Wenn der wirklich wollte, dann hätte er schon längst irgendwo eine Stelle, die mal länger ging als nur drei, vier Monate. Es war mit ihm nämlich immer dasselbe. Er fing übermotiviert irgendwo an und erklärte jedem, der es hören wollte oder auch nicht, wie toll die neue Arbeit doch sei. Und auf einmal waren sie alle doof, und Gerd ging nicht mehr hin. Klar, lag am Arbeitgeber, an wem denn sonst? Das erklärten Roswitha und Gerd dann bei jeder Gelegenheit immer wieder. Aber in Wirklichkeit, glaubte Hannelore, lag es daran, dass Gerd dem Alkohol zu sehr zugetan war. So sehr, dass es halt nach einer Weile jeder bei der Arbeit mitbekam, und dann war es vorbei. Seinen Führerschein war er auch schon eine Weile los. Zumindest sah man immer nur Roswitha hinter dem Steuer.

Eigentlich war der Gerd ein feiner Kerl, dachte Hannelore. Mit Kindern hatte es bei ihnen nicht geklappt, und Hannelore wusste, dass sie darunter litten. Gerd jedenfalls schien zwar auf Dauer nicht in eine feste Arbeitsstelle zu vermitteln zu sein, aber eine Sache tat er doch immer sehr gewissenhaft: Er spielte in der Wyhler Kirche bei den Gottesdiensten die Orgel. Wenn man ihn sah, traute man ihm die Musikalität und Beherrschung eines solchen Instruments gar nicht zu, aber er spielte wirklich gut. Und so verdiente er wenigstens dort ein bisschen dazu. Manchmal half er auch bei Hannelore und Karl auf dem Hof. Das Haupteinkommen aber erzielte Roswitha mit ihrer Arbeit in der Stumpenfabrik am Ort. Viel war auch das nicht. Ob ein Kernkraftwerk unten am Rhein daran etwas ändern würde?

Bis Hannelore Sabine vom Kindergarten abholen musste, hatte sie alle Buchstaben sorgsam ausgepinselt. Zufrieden betrachtete sie ihr Werk. Jetzt nur noch trocknen lassen und dann aufhängen, dachte sie. Und das Heimatplakat von der Schlepperdemo gleich dazu. Die werden staunen gegenüber!

IV.

»Fünfundneunzigtausend Unterschriften sind wohl nicht genug«, schnaufte Hannelore, während sie gemeinsam mit Karl und Resi Erdbeeren pflückte.

Ein Jahr war vergangen, seit die Pläne zum Atomkraftwerk in Wyhl bekannt geworden waren. So viel hatten sie unternommen, aber die Landesregierung in Stuttgart erwies sich als unnachgiebig. Es schien, als wollte sie mit allen Mitteln dieses Bauvorhaben durchsetzen.

Neben den vielen Unterschriften gab es über dreihundert Einzeleinsprüche gegen den Bau, darunter auch von den Nachbargemeinden. Jetzt stand ein zweitägiger Erörterungstermin zu den Einsprüchen in Wyhl kurz bevor. Danach würde die Regierung in Stuttgart entscheiden, ob sie dem Antrag zur Teilerrichtung des Atomkraftwerks stattgeben würde oder nicht.

»Wir sind gut vorbereitet auf den Termin«, meinte Karl. »Alle. Wir werden unsere Einsprüche fundiert vortragen, du wirst es sehen.«

»Glauben wir's mal«, meinte Hannelore wenig überzeugt.

Ihr Nachbar Franz gehörte zu denen, die einen Einzeleinspruch eingelegt hatten. Seit Tagen feilte er mit Karl an seinem Beitrag, den er dazu im Plenum halten wollte. Er hatte angeboten, sich als Einsprecher zur Verfügung zu stellen, weil er als Unverheirateter ohne Kinder seiner Meinung nach das geringste Risiko trug.

»Habt ihr die Anzeige in der Zeitung gelesen heute?«, fragte Hannelore. »Kernenergie als Lösung der Energieprobleme Baden-Württembergs, steht da riesengroß. Und das so kurz vorm Termin. Du wirst sehen, das ist Wasser auf die Mühlen der Befürworter. Von wegen ohne Kernenergie aus Wyhl gehen bei uns die Lichter aus. So werden sie reden, da wett ich was.«

Jedes Mal, wenn sie mit dem Thema anfing, geriet Hannelore in Rage.

»Jetzt warten wir mal ab«, beschwichtigte sie Resi. »Vielleicht hören sie uns ja doch mal zu.«

Sie hätten dringend aufs Feld gemusst, aber es ging nicht anders. Das dachten nicht nur Hannelore und Karl, sondern auch die vielen anderen Landwirte und Winzer, die vor der Halle in Wyhl standen, als die großen, dunklen Staatskarossen aus Stuttgart am Morgen durch das Spalier aus Demonstranten und Protestplakaten fuhren. Sie wurden mit lauten Rufen und Pfiffen begrüßt. Scheinbar unbeeindruckt gingen die Männer in Anzügen daran vorbei in die Halle.

Drinnen ließen die Gegner von der Empore herab ein Spruchband fallen: »Es gibt nur Atomkraftwerksgegner und solche, die noch nicht drüber nachgedacht haben!«

Hannelore rutschte ungeduldig auf ihrem Stuhl hin und her. Sie musste sich wegen der Kinder keine Sorgen machen, die nahm ihr Resi ab, aber diesen Formalitätenkram, der jetzt schon seit Stunden abgehandelt wurde, konnte sie kaum ertragen. Wann ging es denn endlich mit den Themen los? Sie blickte durch die Reihen. Mittlerweile wusste man im Ort ja, wer Gegner und wer Befürworter war, und von Letzteren waren wieder mehr als genug anwesend. Hannelore fiel auf, dass in jeder Ecke, zu der sie schaute, ortsfremde Personen standen, die Kameras in den Händen hielten. Sogar eine Filmkamera fuhr alle Bereiche des Saals ab.

Vor ihnen saß eine Phalanx aus Vertretern der Landesregierung und der Atomindustrie. Ministerialrat Grawe äußerte sich zur Standortwahl.

»Alle Möglichkeiten südlich von Breisach schieden aus Gründen des Gewässerschutzes aus.« In die Pause des Ministerialrats mischte sich starkes Raunen. Ganz ruhig saß er da und wirkte so, als spräche er zu ungezogenen Kindern. »Die Möglichkeit Kappel schied aus Gründen des Natur- und Landschaftsschutzes aus.«

Jetzt hielt es Hannelore nicht mehr auf dem Sitz. Wütend sprang sie auf und ballte die Fäuste.

»Unverschämtheit«, rief sie, aber im aufsteigenden Pfeifen und Raunen der Anwesenden hörte sie kaum einer. »Diese Verbrecher!«

Karl zog sie zurück auf ihren Stuhl. Widerstrebend nahm sie wieder Platz und schimpfte weiter. »Kappel oder Wyhl, wo ist denn da der Unterschied? Ist doch grad ums Eck!«

»Der Standort Wyhl«, fuhr Herr Grawe nach kurzer Pause fort, »hat sich unter allen Gesichtspunkten als der günstigste am südlichen Oberrhein ergeben.«

Noch bevor er den Satz beendet hatte, erreichte der Tumult seinen ersten Höhepunkt. Lautes Pfeifen und Beschimpfungen folgten, die Zuhörer sprangen auf und wüteten gegen das Podium.

»Pfui, pfui«, gellte es durch den Saal.

Die Stimmung blieb auch am Nachmittag angespannt. Die Einsprecher bekamen kaum eine Möglichkeit, sich zu äußern.

»Schau dir an, wie sie überlegen grinsen. Das ist kaum zu ertragen«, sagte Hannelore erregt zu Karl und ihrer Freundin Heidrun. »Das ist doch ein abgekartetes Spiel. Die wollen uns gar nicht zuhören, die haben den Bauauftrag doch längst vergeben.«

Ein Teilnehmer fragte schließlich einen Gutachter direkt, wie es denn sein könne, bei dem Waschküchenklima am Kaiserstuhl zu glauben, dass so ein Bau vernünftig sei.

»Ich glaube das nicht, ich weiß es«, antwortete der Experte von oben herab. »Meine Herren, in der Zwischenzeit wurde eine ganze Reihe an Untersuchungen durchgeführt in dieser Angelegenheit, und sie haben inzwischen eindeutig ergeben, dass von den Kühlturmemissionen, über die wir heute recht gut Bescheid wissen, keine merklichen – bitte hören Sie genau zu – keine merklichen, das heißt überhaupt mit den heutigen Methoden nachweisbaren Auswirkungen auf das Bioklima der weiteren Umgebung zu erwarten sind.«

Auf der Gegnerseite redeten alle durcheinander und pfiffen.

»Ich bin noch nicht fertig. Ich betone noch: Merklich, das heißt, sie sind nicht nachweisbar mit den jetzigen Untersuchungsmethoden. Das heißt nicht merklich. Sie sind derart gering, dass kein Einfluss auf den Menschen, auf die Tiere und auf das Wachstum und die Qualität der Pflanzen zu erwarten sind. Dafür stehe ich ein und das sage ich eindeutig.«

»Übernehmen Sie dafür die Verantwortung?«, rief ein Teilnehmer.

»Jawohl, die übernehme ich«, erklärte der Experte. »Ganz klar.«

Ministerialrat Grawe schob eine Bemerkung hinterher: »Und wenn Sie dann nun im Vergleich wissen, dass die Strahlenbelastung durch Kernkraftwerke in etwa so groß ist wie durch Fernseher, dann …«

Der Rest seiner Aussage ging im Raunen und Pfeifen unter, die sich zu einem einzigen Sprechchor formten: »Grawe raus, Grawe raus!«

Auf dem Podium zeigte Grawe keine Regung.

Als es die Vertreter von Landesregierung und Atomindustrie nach Beendigung des ersten Tages vorzogen, den Saal durch den Hintereingang zu verlassen, wurden sie dort von wütenden Bürgern gestellt. Selbst Karl, der sonst so Besonnene, war dabei, als sie die Fahrzeuge anhielten und sie mitsamt ihren Insassen kräftig durchschüttelten. Zugegeben, ein bisschen demoliert wurden die Autos durch die Aktion schon. Schließlich ließen die Wütenden ab, und die Limousinen brausten hupend und blinkend davon.

Am nächsten Morgen fühlte Hannelore sich ausgelaugt und erschöpft. Sie hatte das Gefühl, überhaupt nicht geschlafen zu haben. Ihr Kopf schmerzte. Karl war schon draußen; bevor es wieder in die Halle ging, wollte er noch etwas geschafft haben. Auch er hatte kaum geschlafen.

Mit der Kaffeetasse in der Hand schaute Hannelore aus dem Küchenfenster. Sie blickte genau auf ein neues Pro-KKW-Plakat von Roswitha und Gerd. Es war das zweite, dass sie aufgehängt hatten. Und dann so ein blödes: »KKW und Zimmer, das wollen wir immer«, stand da in Anlehnung an den Namen des Bürgermeisters. Es nervte Hannelore, dass sie jeden Tag draufschauen musste. Mittlerweile war die Stimmung zwischen den beiden Frauen so schlecht, dass sie sich nur noch mit einem Nicken grüßten und sich dann unmittelbar den Rücken zudrehten. Selbst mit Karl und ihrer eigenen Mutter Resi sprach Roswitha nur noch das Nötigste, und das war, realistisch betrachtet, fast nichts.

Sie waren beileibe nicht die einzige Familie, der es so erging. Seit es nur noch das Kernkraftwerk Wyhl als Thema in der Region gab, zog sich ein tiefer Graben durch den Ort, der weder vor Freundschaften noch vor Verwandtschaften haltmachte.

Hannelore starrte auf das Pro-Plakat. In ihrem Kopf arbeitete es. Sie nahm sich vor, vor ihrem Haus ein drittes Anti-Atomkraft-Schild aufzustellen. Sollten sie doch alle sehen, wofür sie standen. Sollten Roswitha und Gerd doch endlich kapieren, dass hier keiner dieses verdammte Atomkraftwerk wollte!

Hannelore schaute auf die Küchenuhr über der Tür. Zeit zu gehen. Auf in den Kampf, dachte sie. Sie goss den Rest ihres Kaffees in die Spüle und machte sich auf, Karl zu holen.

Tag zwei des Erörterungstermins begann sachlicher und ruhiger, als der erste Tag geendet hatte. Es kamen weniger Bürger in die Halle als noch am Vortag. Kein Wunder, dachte Hannelore, der Termin gestern war ja auch mehr als anstrengend und zermürbend gewesen. Im Saal vor dem Podium stand heute ein schwarzer Sarg, bemalt mit dem Wort »Demokratie?«.

Immerhin gab es heute zunächst so etwas wie eine faire Diskussion. Noch einmal wurde über Grundwasser, Klimatologie und Reaktorsicherheit gesprochen, und die Bürgermeister der einsprechenden Gemeinden konnten ihre Bedenken vortragen.

»Die Messdaten, die Sie hier für Wyhl zugrunde legen, sind über einen viel zu kurzen Zeitraum erhoben worden. Stattdessen verwenden Sie Messdaten eines Kohlekraftwerks am Niederrhein. Wie kommen Sie dazu, Daten eines Kohlekraftwerks aus einer anderen Region zu verwenden, die doch auf die hiesige Situation gar nicht übertragbar sind?«

Die Riege vorne lächelte. Ein Mann vom Atomforum antwortete.

»Wir können Ihnen versichern, liebe Bürger, dass uns eine ausreichende Menge an Messdaten vorliegen – aus Wyhl genauso wie aus vergleichbaren Gebieten –, um ausschließen zu können, dass es Probleme mit dem Klima und Probleme mit dem Wasser im Rhein geben wird.« Der Mann nickte heftig, um seinen Worten Nachdruck zu verleihen. »Nach allem, was wir heute wissen und getestet haben, stellt das Atomkraftwerk Wyhl für die Umgebung keine Gefahr dar.«

Wieder brauste das Publikum auf, während auf dem Podium unablässig gelächelt wurde. Schließlich ergriff ein Wissenschaftler des Umweltarbeitskreises der Universität Freiburg das Wort. Er hatte sich gründlich vorbereitet und sprach sehr fundiert.

»Unsere ablehnende Haltung begründen wir zusammenfassend damit, dass es bei Weitem noch nicht ausreichende Erfahrungen mit so großen Kernkraftwerken gibt. Es gibt nach wie vor ein großes Forschungsdefizit, das wird allein dadurch belegt, wie viele Forschungsvorhaben aktuell laufen«, schloss er.

»Wir installieren mehrfach gestaffelte technische Sicherheits- und Vorsorgemaßnahmen«, erwiderte ein Ingenieur, »wir können damit einen Störfall quasi ausschließen.«

»Das Restrisiko ist nicht quantifizierbar, das gibt jedermann zu, der damit zu tun hat«, äußerte der Wissenschaftler des Umweltarbeitskreises. »Wenn man sagen würde: Der Größenordnung nach ist dieses Risiko, dass eine solche Katastrophe passiert, eins zu einer Million oder eins zu zehn Millionen im Betriebsjahr des Reaktors. Gut, mögen Sie dann sagen, das nehmen wir in Kauf. Aber der Punkt ist doch: Das kann niemand sagen. Wir müssen davon ausgehen, dass Wahrscheinlichkeitsberechnungen nicht beinhalten, wann eine Katastrophe eintritt. Tritt sie am ersten Tag ein oder am letzten?«

Darauf gab es keine Antwort. Stattdessen wurde debattiert, dass die Zeit nicht ausreichte, um alle strittigen Fragen zu klären. Nach langem Hin und Her wurde beantragt, einen zusätzlichen Termin anzuberaumen, um offene Punkte weiter zu diskutieren.

»Wirtschaftsminister Doktor Eberle haben wir telefonisch erreicht. Er wünscht keinen weiteren Gesprächstermin«, gab Ministerialrat Grawe nach einer Pause bekannt.

Wildes Raunen, Pfeifen und Durcheinanderrufen waren die Folge.

»Jetzt reicht es aber langsam«, brüllte ein Winzer im Publikum. Viele Zuhörer standen auf und verließen den Saal. Plötzlich war er halbleer. Vier junge Männer schulterten den ausgestellten Sarg und trugen ihn unter Gejohle und Gepfeife aus dem Raum.

Auch Hannelore und Karl standen auf und folgten den Männern mit dem Sarg.

»Es hat keinen Sinn«, meinte Karl draußen frustriert. »Wir müssen weiterkämpfen, auf andere Art. Wenn nötig, sogar bewaffnet.«

V.

Die gesamte Familie Schocher mit Angehörigen kam traditionell am zweiten Weihnachtsfeiertag zusammen, und dieses Jahr trafen sich alle bei Miggi in der Guntramstraße in Freiburg. Einzig Klaus fehlte in diesem Jahr, dem die Anreise aus Kanada zu weit gewesen war. Dafür war Resi mit dabei, die dieses Jahr nicht von Roswitha zu Weihnachten eingeladen worden war.

Die zahlreichen Kinder der Geschwister Schocher spielten in den Kinderzimmern miteinander, während die Erwachsenen im Wohnzimmer ihren Kaffee tranken. Klara mit ihren zweiundzwanzig Jahren zählte sich genau wie Lorenz und Jürgen, die zwei ältesten Söhne von Miggi, längst dazu. Sie hingen entspannt auf dem Sofa und beteiligten sich an der Diskussion.

»Ihr könnt noch so lang demonstrieren, wie ihr wollt«, erklärte gerade Hannelores und Miggis jüngster Bruder Johann, »aber ihr werdet sehen, das Kernkraftwerk wird kommen. Die Genehmigung ist doch längst erteilt.«

»Das werden wir ja noch sehen, Herr Oberkommissar«, entgegnete Hannelore. Es gab kaum noch ein Zusammensitzen mit Familie oder Freunden, bei dem nicht leidenschaftlich über das geplante Kernkraftwerk gesprochen wurde.

»Polizeihauptkommissar, bitte schön«, erwiderte Johann ernst. »Wenn die da oben sagen, im Ernstfall werden Grundstücke enteignet, dann wirst du sehen, dass das passieren wird.«

»Wir lassen uns nicht unseren angestammten Grund und Boden entreißen.« Karl sagte es ruhig, aber sehr bestimmt. »Davon leben wir. Das kann man uns nicht wegnehmen. Da werden wir uns mit allen Mitteln verteidigen.«

»Wir waren schon im Krieg evakuiert«, ergänzte Resi, »ein Drittel aller Häuser in Wyhl war zerstört. Weisweil war quasi komplett vernichtet. Wir lassen uns die Heimat jetzt sicher kein zweites Mal nehmen.«

»Und das wird passieren, wenn wir nichts dagegen unternehmen«, sagte Klara. »Dann muss die Bevölkerung aus der Rheinebene in den Schwarzwald ziehen und unten am Rhein entsteht ein Ruhrgebiet hoch zwei. Nein danke«, sie schüttelte den Kopf, »wir können das nicht zulassen, dass der schöne Kaiserstuhl mit seinem Wein so verschandelt wird. Da geht mehr kaputt, als dass etwas gewonnen wird. Dann ist Schluss mit Kaiserstühler Wein.«

»Ihr werdet den Fortschritt nicht aufhalten können«, meinte Miggi.

»Das ist kein Fortschritt. Das ist lebensgefährlich für die Menschheit!« Hannelore geriet bei dem Thema wie gewohnt in Fahrt. »Als wenn gerade du neben deinem Haus so ein Kraftwerksmonstrum haben wolltest.«

»Es ist doch ganz einfach«, meinte Johann, »wir brauchen mehr Strom, weil unser Energieverbrauch steigt. Und wir wollen nicht abhängig sein vom Öl. Also braucht es eine Alternative.« Er sprach so, als erklärte er es einem kleinen Kind. »Und da ist die Atomkraft die effizienteste, sauberste und sicherste Form der Energiegewinnung.«

Hannelore fühlte sich von ihrem jüngsten Bruder sogleich provoziert.

»Bist du jetzt dafür, weil ich dagegen bin?«, fragte sie scharf. »Was passiert denn mit dem Atommüll, der muss ja auch irgendwohin. Was, wenn das Werk explodiert? Dann ist es selbst mit dem schönen Schwarzwald vorbei. Aus die Maus. Dann kann hier keiner mehr leben. Dann bist auch du in deinem Freiburger Polizeirevier erledigt.«

»Ist ja gut«, beschwichtigte Johann. »Ist ja noch nicht alles geschwätzt – obwohl ich das persönlich eigentlich glaube. Aber jetzt habt ihr im Januar noch euren Bürgerentscheid, und dann werden wir sehen, wie die Wyhler zum Kernkraftwerk stehen. Ich bin ziemlich sicher, dass die Mehrheit dafür ist.«

»In Wyhl vielleicht, weil der Bürgermeister mit Gewerbesteuern und einem Schwimmbad lockt«, entgegnete Karl, »aber was ist denn mit den direkten Nachbargemeinden? Die werden nicht gefragt. Die haben dann nur die verschandelte Landschaft und das verstrahlte Wasser. Und keine Gewerbesteuereinnahmen. Dort ist ganz sicher niemand dafür.«

»Die Stadt Freiburg hat ja auch Einspruch eingelegt. Hier will auch keiner das Kernkraftwerk haben«, fügte Lorenz hinzu. »Ich war selbst schon auf einigen Demonstrationen.«

»Und vor Kurzem waren wir fünftausend Teilnehmer auf der Demo in Sasbach. Ist das etwa nichts?«, fragte Hannelore in die Runde.

»Der Bürgerentscheid soll auch nur eine Beruhigung sein, damit es demokratisch aussieht. In Wirklichkeit hast du es ja selbst schon gesagt: Wenn die Wyhler dagegen stimmen, dann wird enteignet«, war sich Klara sicher. »Stand ja grad genau so in der Zeitung.«

»Und du wirst sehen, Johann«, ergänzte Karl, »dann greifen wir zu härteren Mitteln. Das lassen wir uns ganz bestimmt nicht gefallen.«

»Die Landesregierung weiß schon, was sie tut. Das Kernkraftwerk wird gebraucht. Punkt. Da könnt ihr euch noch so viel mit Mistgabeln bewaffnen oder die Freiburger sonst wie demonstrieren gehen«, erwiderte Johann herablassend. »Für die Linksradikalen in Freiburg ist das ja vor allem eine willkommene Gelegenheit, hier mal wieder einen auf Widerstand zu machen.«

»Und wie die da oben uns überhaupt behandeln«, Resi schüttelte den Kopf. »Hannelore und ich waren dabei, vor ein paar Tagen in Stuttgart, als wir unseren Einspruch vortragen wollten. Drei Stunden haben sie uns draußen stehen lassen, im strömenden Regen vorm Landtag, bis dann einige von uns mal vorgelassen wurden. Der Eberle hat sich nicht getraut, mit uns zu sprechen. Oder er hatte keine Lust. Eine Sauerei war das.«

»Ich warne euch alle«, sagte Johann. »Wenn ihr das Gleiche macht wie die Franzosen und die Linken gerade drüben in Marckolsheim und den Platz in Beschlag nehmt, dann gnade euch Gott. Das wird sich unser Ministerpräsident nicht gefallen lassen. Platzbesetzung wie die Linksradikalen, das geht echt gar nicht.«

»Wieso nicht? Die Elsässer machen das ganz richtig. Du willst doch auch kein Bleichemiewerk acht Kilometer Luftlinie entfernt haben, wo die Belastung für die Umwelt so hoch ist, dass Kühe auf der Weide tot umfallen?«, fragte Hannelore.

»Nein, das nicht, aber …«

»Das will ja nicht mal unsere Landesregierung. Also, dann muss man dagegen was unternehmen. Und das tun die Leute in Marckolsheim. Wir waren übrigens auch schon da. Bin ich jetzt eine Linksradikale für dich, weil ich gemeinsam mit den Frauen von dort im Gartenstuhl saß und gestrickt habe?«

»Ich war auch da«, meinte Klara.

»Ich auch«, ergänzte Lorenz.

»Und sogar ich«, schloss sich der achtzehnjährige Jürgen an.

»Seid doch froh, wenn das Kernkraftwerk in Wyhl gebaut wird«, gab nun Miggi zu bedenken. »Denn wenn's Deutschland nicht macht, dann macht es Frankreich. Dann habt ihr auf der anderen Rheinseite nicht nur das Bleichemiewerk, sondern auch noch ein Kernkraftwerk, und dann können wir hier gar nichts mehr sagen oder unternehmen.«

»Versteht ihr es denn nicht?« Hannelore war kurz vor Hundertachtzig. »Wir wollen weder das Bleichemiewerk im Elsass noch das Kernkraftwerk in Wyhl oder sonstwo. Wir wollen überhaupt keine Industrie am Rhein. Wir wollen unsere Heimat behalten.«

Für Miggi als Gastgeber war es nun genug.

»Diese Diskussion ist endlos und führt heute zu nichts.« Er stand auf und sah seine Verwandtschaft auffordernd an. »Vielleicht können wir es jetzt dabei belassen und zum gemütlichen Teil des Tages übergehen? Es ist schließlich Weihnachten.«

1975

VI.

Hannelore saß in ihrer Küche vor dem alten Ofen. Sie hatten ihn bei der Renovierung drinnen gelassen, er gab eine Heimeligkeit, während Hannelore im restlichen Bereich eine moderne Einbauküche in Orange mit allen Raffinessen nutzen konnte. An diesem Januarmorgen knisterte das Feuer in der Küchenhexe. Hannelore hatte die Post aus dem Briefkasten geholt und schaute sie durch. Drei Briefe waren Rechnungen. Dann wieder einmal ein Flugblatt der KKW-Wyhl-Ja-Gruppe, das Hannelore umgehend in der Küchenhexe entsorgte. Noch zwei Tage bis zum Bürgerentscheid. Die Zahl der Werbemaßnahmen nahm auf beiden Seiten zu. Auch Hannelore hatte gestern noch Flugblätter gegen das Kernkraftwerk in Wyhl in die Briefkästen geworfen.

Der vierte Brief hatte keine Marke auf dem Umschlag, aber er schien von höchster Stelle zu kommen. Neugierig riss Hannelore den Umschlag auf. Er war vom Landesvater, dem Ministerpräsidenten Hans Filbinger, höchstpersönlich.

Liebe Wyhler Bürger,

übermorgen, am 12. Januar 1975 sind Sie zu einer wichtigen Entscheidung über die Zukunft Ihrer Gemeinde auf-

gerufen. Aber nicht nur das; Ihre Haltung hat Bedeutung über die Grenzen von Wyhl hinaus. Mit ihrem »Ja« zum Kernkraftwerk leisten Sie einen wichtigen Beitrag für Ihre eigene Zukunft und die Zukunft von Baden-Württemberg.

Die Landesregierung hat sich zum Bau eines Kernkraftwerks in Wyhl entschlossen, weil dieses Kraftwerk zur Sicherung der Energieversorgung und damit auch für die Sicherheit der Arbeitsplätze in diesem Land notwendig ist. Ich habe mich in zahlreichen Gesprächen persönlich davon überzeugt, dass dieses Kernkraftwerk sicher und umweltfreundlich ist.

Hannelore musste laut auflachen. Sicher und umweltfreundlich, persönlich überzeugt – der hatte sie doch nicht alle.

Ich darf Ihnen nochmals versichern, dass ich niemals meine Zustimmung zu diesem Kraftwerk gegeben hätte, wenn damit Gefahren für Sie und Ihre Familien verbunden wären. Lassen Sie mich nur ein Beispiel anführen: Immer wieder ist behauptet worden, das Kraftwerk werde dem Weinbau schaden. Das Weinbauinstitut hat nun in einer gründlichen Untersuchung festgestellt, dass dies nicht wahr ist.

Hannelore fragte sich, welche Untersuchung das sein sollte. Schließlich hatten die Winzer selbst genügend Gegengutachten aufgeboten. Und es ging doch nicht nur um den Wein. Sie las weiter.

Baden-Württemberg ist ein Land, in dem es sich lohnt, zu leben. Viele von außerhalb beneiden dieses Land wegen seiner landschaftlichen und kulturellen Schönheiten, aber auch wegen seiner starken Wirtschaftskraft und dem Wohlstand seiner Bürger. Wir wollen, dass dies so bleibt. In Zeiten steigender Arbeitslosigkeit aber erkennen wir, wie wichtig die soziale Sicherung jedes Einzelnen ist. Wir würden unsere großen sozialen Errungenschaften aufs Spiel setzen, wenn wir jetzt nicht Vorsorge für die Zukunft treffen würden. Wir brauchen die Kernenergie für die Zukunft Baden-Württembergs, wir brauchen das Kernkraftwerk Wyhl.

Jetzt schnaufte Hannelore tief durch. Das hatte er ja geschickt formuliert, der Herr Ministerpräsident. Arbeitsplätze. Wohlstand. Soziale Errungenschaften. Sie dachte an ihre Wyhler Nachbarn wie Sieglinde, die sich nicht traute, unabhängig von ihrem Mann eine eigene Meinung zu haben. Wenn die jetzt das Schreiben von Herrn Filbinger persönlich las, dann war doch klar, wie sie abstimmen würde. Schließlich konnte das ja nicht falsch sein, was der Herr Ministerpräsident sagte.

Es lag in der Luft, dass es am Sonntag beim Bürgerentscheid knapp werden würde. Andererseits schien das auch keine große Rolle zu spielen, schließlich hatte Wirtschaftsminister Eberle erst gestern Abend im

Fernsehen noch einmal bekräftigt, dass im Falle eines Neins die Gemeinde Wyhl enteignet werden würde. Wozu dann eigentlich abstimmen?

Heute Abend würde wieder eine Bürgerversammlung in der Halle stattfinden. Das war die letzte Gelegenheit, noch einmal alles zu geben. Hannelore las das Schreiben des Ministerpräsidenten erneut durch. Dieser Einschleimer. Hannelore öffnete die Klappe der Küchenhexe und warf den Brief hinein. Zufrieden sah sie zu, wie das Papier in Flammen aufging.

Vor der Halle hatte sich wieder einmal zuverlässig eine große Menge an Gegnern versammelt, die ihre Protestschilder in die Höhe streckten. Hannelore und Karl entdeckten Klara und ihre Freunde Udo, Axel und Kerstin in der Menge und begrüßten sie herzlich.

»Wir dürfen nicht rein«, bedauerte Klara, »nur Wyhler sind erlaubt. Aber immerhin: Wolle hat's nach drinnen geschafft.«

»Und wir geben hier draußen alles«, meinte Udo kämpferisch.

»Wir werden beantragen, dass auch Nicht-Wyhler und unsere Fachleute reindürfen«, sagte Karl, »das geht schließlich alle etwas an.«

In der Halle waren bis auf ein Fernsehteam tatsächlich nur Wyhler zu sehen. Es schien, als hätten sich die zwei

Lager schon von vornherein auch bei der Sitzordnung separiert.

Als sich das Podium füllte, gab es eine Überraschung. Neben Bürgermeister Zimmer und Gemeinderatsmitgliedern betraten Wirtschaftsminister Eberle und weitere Regierungsvertreter den Saal. Während die Pro-Seite die Überraschungsgäste begeistert mit großem Applaus begrüßte, gab es von der anderen Seite Pfui-Rufe. Noch vor der Eröffnung der Versammlung war die Stimmung hochgekocht.

Bürgermeister Zimmer begann mit einem Vortrag, der sehr lang ausfiel. Wieder einmal führte er gebetsmühlenartig die Vorzüge des Baus auf: ein Freibad, ein Hallenbad, ein Vereinsheim, Sportanlagen und noch viel mehr.

»Jeder Bürger wird einige tausend Mark an der Kläranlage einsparen, viele Arbeitsplätze werden durch die neue Industrieansiedlung geschaffen, für Sie, liebe Bürger – aber dies geht nur, wenn Sie für das KKW stimmen. Sonst ist es nicht zu schaffen. Stimmen Sie deshalb für die Zukunft unseres schönen Ortes Wyhl«, schloss der Bürgermeister.

»Endlich«, flüsterte Hannelore ihrem Mann zu. Sie schaute auf ihre Armbanduhr. Eine ganze Stunde hatte Zimmer gesprochen.

Nach langem Beifall von der Pro-Seite ergriff der Wirtschaftsminister das Wort. Auch er setzte zu einem längeren Vortrag an. Seine Argumentation war altbekannt, das Werk sei notwendig und müsse gebaut werden.

Die Befürworter klatschten frenetisch.

»Eberle raus!«, brüllte einer der Gegner.

»Wenn in Wyhl gebaut wird, sind Sie die längste Zeit Wirtschaftsminister gewesen!«, schrie der nächste.

»Energiequatscher!«

»Megawattspinner!«

»Buuuuuuuuh«, kam es von der anderen Seite.

Schließlich ließ Eberle seinen Staatssekretär auch noch ein längeres Referat halten, das sich inhaltlich nicht von den vorangegangenen Reden unterschied. Die Gegner wurden ungeduldig. Noch keinen einzigen Einwand hatten sie bis jetzt vortragen dürfen.

Es war schon zehn Uhr, als der Sprecher der Wyhler Anti-AKW-Bürgerinitiative ans Mikrofon trat.

»Wir haben vorgesorgt, Herr Zimmer. Es wartet unser Rechtsbeistand und es warten zwei Fachleute. Hier oben sitzen deren zehn, das sind eindeutig zehn Befürworter der Kernenergie und des Kernkraftwerks Wyhl. Sie sind Vertreter, die von ihrer Kompetenz her durchaus überzeugend wirken. Wann kommt schon mal der Wirtschaftsminister nach Wyhl? Ich möchte Sie in aller Höflichkeit und aller Form der objektiven Meinungsäußerung wegen und dem Grundsatz der gleichen Waffenstärke bitten, diese von uns benannten Sachverständigen den Saal betreten zu lassen.«

Die Atomkraftwerksgegner klatschten.

»Sie wissen«, erwiderte Bürgermeister Zimmer, »dass Sie bisher in den Gesprächen mit mir immer die notwendige Zeit und Offenheit von mir erfahren haben; in diesem Fall tut es mir leid, Ihren Antrag nicht positiv entscheiden zu können.«

»Pfui, pfui, pfui«, brüllten die Gegner. »Schiebung!«

»Es tut mir außerordentlich leid«, erklärte nun der Sprecher, »dass ich hier an dieser Stelle meine Mitbürger, die zu unserer Sache stehen, dazu auffordern muss, den Saal zu verlassen, vor dem Saal zu warten, bis unsere Sachverständigen kommen, und diesen Sachverständigen Geleitschutz zu geben. Ich werde selbst vorausmarschieren, das Fernsehen wird diese Szene filmen, und wenn Sie Ihre eigenen Bürger, weil sie eine Demokratie wollen und weil sie ein Gleichgewicht auf beiden Seiten wollen, zusammenschlagen lassen, setzen Sie sich nicht den Maßstab, den Sie sich setzen sollten.«

Damit drehte er sich um und verließ den Saal.

»Komm, wir gehen.«

Hannelore erhob sich genauso wie Karl. Viele weitere Gegner taten es ihnen gleich und folgten dem Sprecher. Hannelore stürmte auf das Filmteam am Eingang zu.

»Eine Schande ist das! Wie man hier mit uns umgeht, wie mit Bürgern zweiter Klasse«, empörte sie sich vor der Kamera.

Die Gegner wurden draußen vor der Halle lautstark begrüßt. Sofort bildeten sich kleine Grüppchen, die angeregt diskutierten.

»Es war schon richtig, zu gehen«, meinte Klara, »um ein Zeichen zu setzen. Aber jetzt ist niemand mehr drin von den Gegnern, der unsere Positionen vorbringen kann.«

»Na, ein paar sind ja noch da«, erwiderte Karl.

»Vielleicht wäre es besser, ihr würdet wieder reingehen«, meinte Udo.

»Das Schauspiel da drinnen regt mich nur auf«, zürnte Hannelore.

»Trotzdem, Klara und Udo haben Recht«, fand nun Karl, »vielleicht sollten wir wieder reingehen. Mal sehen, was die anderen sagen.«

Er wandte sich den anderen Wyhlern zu, die den Saal verlassen hatten und nun am Eingang in Grüppchen herumstanden.

Nach längerer Diskussion entschieden sich mehrere, wieder in die Halle zurückzukehren. Auch Karl schloss sich an, während Hannelore zögerte. Schließlich folgte sie ihrem Mann.

Gerade stand Wolle am Mikrofon, allerdings hörte man ihn nicht sprechen, weil das Mikrofon abgestellt worden war.

»Mikro an«, riefen die anwesenden Gegner immer lauter. Schließlich drehte Bürgermeister Zimmer am Regler und Wolle war zu hören.

»Herr Minister, ist es korrekt, dass im Falle eines Neins beim morgigen Bürgerentscheid die Gemeinde Wyhl enteignet werden soll?«

»Nun, wie Sie wissen, wäre das eine Möglichkeit, um den Bau zum Wohle der Bevölkerung von Baden-Württemberg voranzutreiben.«

»Bitte beantworten Sie meine Frage ganz einfach mit Ja oder Nein: Wird Wyhl in diesem Fall enteignet?«

Minister Eberle zögerte einen kleinen Moment, bevor er antwortete: »Ja.«

Wieder johlte und pfiff es im ganzen Saal. Jetzt ging Karl nach vorne ans Mikro. Er war nervös, denn er war es nicht gewohnt, vor vielen Leuten zu sprechen, aber er folgte einem Impuls. Es musste einfach gesagt werden.

»Das ist aber eine komische Demokratie. Einerseits soll der Bürger demokratisch entscheiden, andererseits missachtet das Parlament dieses Votum.«

Nach diesen Worten drehte er sich um und blickte Hannelore in die Augen. Sie stand auf und gemeinsam verließen sie im allgemeinen Trubel die Halle ein zweites Mal.

Vor der Halle machte sich Unruhe breit.

»Sie sagen, dass die Leute überall Straßensperren errichten, um den Eberle gleich aufzuhalten«, brachte Klara ihre Tante und ihren Onkel auf den neuesten Stand.

»Wir sollten mitmachen, komm, Klara«, drängelte Udo. »Hier ist bald Feierabend, da sollten wir rechtzeitig vor Ort sein.«

»Also gut.«

Klara, Udo, Kerstin und Axel machten sich auf den Weg zu Klaras Auto. Sie besaß eine alte grüne Ente, einen Citroën 2CV, der ihr ganzer Stolz war.

»Wir sollten nach Sasbach fahren, meinten die gerade«, sagte Axel, als alle in der Ente saßen. »In Endingen ist so viel los, da fährt der Eberle ganz bestimmt nicht lang. In Sasbach brauchen sie noch Verstärkung.«

»Okay.«

Klara fuhr die Straße in Richtung Sasbach entlang. Schon weit vor dem Ort erkannten sie Warnschilder und drei Autos mit angeschalteten Blinkern.

»Wirklich nicht viel los hier. Wollt ihr schon mal aussteigen? Ich wende und komm gleich nach.«

»Alles klar.«

Ihre drei Mitfahrer verließen das Auto, und Klara legte den Rückwärtsgang ein. In dem Moment, in dem sie das Lenkrad nach links eingeschlagen hatte, ertönte von hinten lautes Gehupe. Mehrere Autos mit blinkenden Lichtern rasten heran.

»Ach, du Scheiße.«

Klara legte vor Schreck den ersten Gang wieder ein und riss das Steuer nach rechts. Nur Zentimeter von ihr entfernt preschte ein Mercedes vorbei direkt auf die Menschenmenge zu. Das nächste Auto auf seinem Weg streifte der Mercedes, man hörte, wie Blech auf Blech traf, ein langes Kratzgeräusch folgte. Die Straßenblockierer schrien und sprangen zur Seite, während das Fahrzeug auf dem angrenzenden Feld zum Halten kam.

»Der Eberle!«, rief einer.

»Packt ihn!«, brüllte ein zweiter.

Klara sprang aus dem Auto und rannte zu ihren Freunden. Der Mercedes war augenblicklich von Menschen umringt, die auf das Autodach und die Motorhaube hämmerten und versuchten, die Türen zu öffnen. Klara fand einen Platz vorne am rechten Kotflügel und sah dem Beifahrer direkt ins Gesicht.

Der Fahrer hupte unablässig und gab Gas. Dreck spritzte hoch und Klara fiel hin. Mit einem Kavalierstart verschwand der Mercedes über das Feld.

»Der haut uns ab. Los, hinterher!«

»Haltet ihn auf, den Saukerl!«

Alle rannten dem Auto hinterher, während Klara im Dreck liegen blieb. Einzig Axel blieb bei ihr und half ihr hoch.

»Ist dir was passiert?«

»Nee, ich glaub nicht. Aber der Eberle ist weg.«

Das Telefon klingelte. Hannelore nahm ab.

»Jacobi.«

»Mensch, Hannelore, jetzt wirst du in deinem Widerstand noch berühmt«, lachte Johann am anderen Ende der Leitung.

»Worauf willst du hinaus?«, fragte Hannelore, dabei wusste sie genau, was er meinte.

»Na, dein Auftritt gestern Abend in der Bürgerversammlung. Mit deinem aufgeregten Kommentar in die Kamera hast du es bis in die Hauptnachrichten geschafft. Ich gratuliere dir.«

Hannelore hatte es selbst im Fernsehen gesehen, wie sie direkt auf die Kamera zulief und losschimpfte. Den ganzen Samstag schon klingelte das Telefon und jeder musste sie darauf aufmerksam machen. Sie bereute längst, dass sie sich zu diesem Auftritt hatte hinreißen lassen.

»Weißt du was, Johann?«, fragte Hannelore.

»Was?«

»Du kannst mich mal.«

Hannelore pfefferte den Telefonhörer zurück auf die Gabel.

Am späten Sonntagabend stand Hannelore im Nachthemd an ihrem Schlafzimmerfenster und starrte in die finstere Nacht. Sie sah die roten Lichter des Messturms, der in seiner Höhe alle Bäume in den Rheinauen weit überragte. Er schien zum Greifen nah. Wieder einmal malte sich Hannelore aus, wie es sich mit zwei dampfenden Kühltürmen da vorne anfühlen würde.

Karl trat neben seine Frau und legte den Arm um sie. Sie schmiegte sich an seine Brust.

»Das war's dann wohl.« Hannelore schluckte.

Fünfundfünfzig Prozent der Wyhler hatten für den Bau gestimmt, dreiundvierzig dagegen. Bei einer Beteiligung von zweiundneunzig Prozent. Das Atomkraftwerk rückte näher als je zuvor.

»Sieh es mal so«, meinte Karl, »genau achthundertdreiundachtzig Menschen haben für den Bau gestimmt, aber in der Region sind doch Zehntausende dagegen. Und immerhin hat sich fast die Hälfte der Wyhler getraut, dagegen zu stimmen, obwohl es so viele Androhungen und Einschmeichelungen im Vorfeld gab.«

»Was nützt uns das, wenn die Befürworter jetzt obenauf sind und das KKW auf Teufel komm raus gebaut wird, egal, was Hunderttausend andere wollen? Das Ding ist gelaufen.«

Jetzt liefen Hannelore die Tränen die Wangen hinab.

»He, Liebes, wir geben nicht auf. Das kommt überhaupt nicht in Frage.« Karl zog seine Frau näher an sich heran und küsste ihre Tränen weg. »Hab keine Angst. Wenn die wirklich bauen wollen, dann gibt's eben Krieg.«

VII.

Ein bisschen schmerzte Klaras linker Arm von dem Sturz in den Dreck, aber es war nicht der Rede wert. Sie arbeitete zwei Mal in der Woche in einem kleinen Café in der Nähe des Stadtgartens, und es war ihr nicht in den Sinn gekommen, ihren Dienst abzusagen, nur weil der Arm etwas weh tat und sie am Handballen eine Schürfwunde hatte. Sie mochte ihre Arbeit, die ihr neben dem Schreiben für die Zeitung etwas Geld und damit Unabhängigkeit in ihrem Studium brachte. Als Tochter einer Pensionswirtin brachte sie reichlich Erfahrung mit und der Chef schätzte seine umsichtige studentische Hilfskraft.

Zur Mittagszeit war viel los, die Freiburger kamen zum Pausenessen und Klara hatte alle Hände voll zu tun, als zwei Männer das Café betraten. Einer trug Polizeiuniform.

»Ein Tisch für zwei Personen?« Klara sah sich um. »Schau'n Sie, da hinten am Fenster ist noch etwas frei.«

»Sind Sie Klara Dufner?«, fragte der Mann in Uniform.

»Ja.« Klara war erstaunt. »Woher wissen Sie das?«

Der Mann in Zivil hielt ihr eine Marke unter die Nase.

»Kriminalpolizei. Kriminalkommissar Steinbach. Wir müssen Sie bitten, mit uns zu kommen.«

»Was, wieso denn das? Ich kann hier gerade nicht weg. Sie sehen ja: Es sind fast alle Tische belegt.«

»Das brauchen wir Ihnen nicht zu erklären, Sie wissen selbst am besten, worum es geht.«

Klara schaute den Polizisten irritiert an und zog die Schultern noch.

»Ich verstehe wirklich nicht, was Sie meinen.«

»Landfriedensbruch. Kommen Sie bitte mit.«

Der Mann deutete mit einem Kopfnicken in Richtung Tür. Einen Moment stand Klara ungläubig vor ihm, während ihr Chef neugierig vom Tresen herüberschaute.

Klara begriff, dass Widerstand an dieser Stelle zwecklos war, und nahm ihre Schürze ab.

»Ich muss kurz weg«, stammelte sie in Richtung des Chefs. »Aber das ist ein Missverständnis. Ich bin gleich wieder da.«

Bevor der Chef antworten konnte, hatten die zwei Polizisten Klara hinausgeleitet. Dutzende Augenpaare glotzten ihnen hinterher.

Klara nahm hinten in einem VW-Bus Platz, und die Tür wurde mit Schwung zugeschoben und abgeschlossen. Auf der Fahrt zum Revier wurde sie fortwährend vom Beifahrer im Rückspiegel beobachtet.

Das kann ja heiter werden, dachte sie.

Auf dem Kommissariat bot man Klara einen Platz vor einem Schreibtisch an. Der Polizist in Uniform, der ebenfalls im Café gewesen war, nahm sich nun ihrer an.

»Ihre Personalien, bitte.«

Klara fischte wortlos ihren Ausweis aus ihrer Umhängetasche.

»Ich werde Sie jetzt fotografieren.«

Klara ließ es widerstandslos über sich ergehen.

»Und jetzt bitte Ihre Fingerabdrücke.«

Der Polizeibeamte schob ihr ein Stempelkissen hin und griff nach ihren Fingern.

»Wozu machen Sie das?«, empörte sich Klara nun.

»Das wissen Sie doch selbst am besten, oder wollen Sie etwa behaupten, dass Sie am Freitag, den zehnten Januar nicht in Sasbach waren?«

Daher wehte der Wind. Klara wusste nicht, was sie darauf antworten sollte, und schaute wortlos zu, wie ihre Finger einer nach dem anderen auf das Stempelkissen und danach auf die vorgesehenen Felder eines Formulars gedrückt wurden.

Schließlich saß sie wieder vor Kriminalkommissar Steinbach, der ihr im Café die Marke unter die Nase gehalten hatte.

»Sie wissen ja, was da in Sasbach passiert ist. Der Wagen des Wirtschaftsministers wurde von Ihnen und anderen Störern angehalten und der Fahrer genötigt, über das Feld zu fahren.«

»Wir haben niemanden genötigt. Vielmehr hat der Fahrer mich verletzt. Sehen Sie hier, die Schürfwunde stammt von dem Abend. Ich wurde umgeworfen, als der Fahrer Gas gab.«

Der Kommissar ignorierte Klaras Einwand.

»Was hatten Sie dort überhaupt zu suchen, so als junge Frau?«

»Das wissen Sie doch. Was hat das damit zu tun, dass ich eine junge Frau bin?«

»Mit wem waren Sie dort?«

»Ich weiß nicht. Es waren ein paar Leute, die ich in Wyhl vor der Halle kennengelernt hatte.«

»Namen?«

»Alex, Uwe, Ulla … Ich weiß es nicht genau.«

Klara war froh, dass ihr so spontan andere Namen einfielen.

»Nachnamen?

»Keine Ahnung.«

»Sie wollen mich wohl für blöd verkaufen.«

»Nein, ich weiß es wirklich nicht.«

»Hören Sie, Sie können es ruhig sagen. Wir wissen es eh schon von Ihrem Kommilitonen.«

»Ich weiß nicht, worauf Sie hinauswollen. Welcher Kommilitone überhaupt?«

»Ich habe Sie gesehen, Fräulein Dufner. Ich war der Beifahrer in dem Mercedes.«

Klara schaute dem Kommissar ins Gesicht. Ja, jetzt erkannte sie ihn.

»Ich kann nicht mehr dazu sagen, als Sie selbst gesehen haben«, erklärte sie.

»Denken Sie nochmal nach«, Kommissar Steinbach erhob sich, »und dann komme ich wieder.«

Vier Stunden behielten sie Klara auf dem Revier, dann durfte sie endlich gehen. Sie eilte zurück in ihr Café am Stadtgarten. Dort bereitete man sich auf den Abendbetrieb vor.

»Entschuldigung. Ich … ich wusste nicht, was die wollen. Die haben mich einfach mitgenommen. Aber jetzt bin ich wieder da. Ich kann die Abendschicht übernehmen, ist kein Problem.«

Der Chef blickte wortlos auf Klaras Hände. Jeder einzelne Finger zeigte noch Spuren von Schwärze. Verlegen versteckte Klara sie hinter ihrem Rücken.

»Ich hab nichts verbrochen.«

»Es tut mir leid, Fräulein Klara, Sie sind eine vorzügliche Kraft. Normalerweise. Aber eine Kellnerin, die vor aller Augen von der Kriminalpolizei abgeholt wird, sorgt für allerlei Geschwätz und ist geschäftsschädigend. Sie können gleich gehen. Ihr Lohn liegt dort in dem Umschlag und Ihre Papiere schicken wir Ihnen nach.«

Klara war wie erstarrt und schaute den Chef ungläubig an. Er blieb unerbittlich und deutete mit einer Kopfbewegung Richtung Tür.

Klara stapfte im Stechschritt Richtung Bertoldsbrunnen. Sie war einerseits wütend, andererseits beschämt. Niemals hatte ihr Verhalten irgendwo Anlass zur Rüge gegeben, geschweige denn zu einer Entlassung. In der Schule war sie stets ordentlich und brav gewesen, bei ihrer Mutter arbeitete sie zur vollsten Zufriedenheit und ihre Artikel für die Zeitung lieferte sie fristgerecht und ohne Rechtschreibfehler ab. Das Gefühl, herausgeworfen worden zu sein, war für sie unerträglich. Und sie konnte nichts dafür. Offensichtlich hatte sie lediglich am falschen Ort zur falschen Zeit gestanden. Die konnten sie doch eigentlich nur über das Nummernschild ihrer Ente identifiziert haben.

Klara überlegte, wohin sie jetzt gehen sollte. Nach Hause zu Oma Inge lieber erstmal nicht, dafür war sie viel zu aufgeregt und ihre Finger viel zu schwarz. Sie wollte nicht, dass ihre Oma, die eh schon so ängstlich war, etwas davon mitbekam. Schlimmer noch, wenn Inge diese Information an Klaras Mutter Irmi weitertrug oder gar an ihren Onkel Johann, den Polizisten.

Klara entschied sich, zu ihren Freunden zu laufen. Udo, Kerstin und Wolle lebten schon, seit Klara sie durch die Uni kennengelernt hatte, in einer Wohngemeinschaft in einem schönen Altbau in der Wiehre zusammen. Im letzten Semester war auch Axel dort eingezogen. Als das Zimmer frei geworden war, hatten sie es zunächst Klara angeboten, weil Kerstin gerne weibliche Verstärkung gehabt hätte. Klara konnte sich weder aus finanziellen noch aus familiären Gründen dazu entschließen, obwohl es für sie keinen tolleren Ort als diese WG gab. Aber sie hätte sich ihr Auto nicht länger leisten können, denn bei der Oma lebte sie quasi umsonst. Noch dazu hätte es Inge, die seit zwei Jahren verwitwet war, das Herz gebrochen.

Axel öffnete die Tür.

»Klara! Komm rein. Ist was passiert? Du siehst mitgenommen aus.«

Er nahm sie in den Arm. Klara und Axel verstanden sich sehr gut, studierten beide Politikwissenschaften und Geschichte und konnten sich stundenlang unterhalten. Oft hatte Klara aber das Gefühl, dass Axel mehr wollte, als sich nur angeregt mit ihr über Gott und die Welt zu unterhalten. Für sie war er eher wie ein Bruder. Sie konnte sich nicht vorstellen, eine Beziehung mit ihm einzugehen, und zog sich deshalb häufiger etwas zurück.

Jetzt war sie nur froh, dass er die Tür geöffnet hatte, und vergrub ihr Gesicht in seinem Pulli.

»Die Kripo hat mich mitgenommen.«

»Das gibt's doch nicht. Wieso das denn?«

»Wegen Sasbach. Landfriedensbruch. Wie auch immer die auf mich gekommen sind.«

»Wir sitzen alle in der Küche, komm mit.«

Kerstin goss gerade Nudeln ab, während Udo und Wolle am Küchentisch ihre Zigaretten fertig rauchten. Axel stellte einen weiteren Teller auf den Tisch.

»Die Klara wurde von der Kripo verhört.«

»Was?«

Während sie die Nudeln mit Soße aßen, erzählte Klara haarklein von ihrem Aufenthalt bei der Polizei.

»Es muss denen auf jeden Fall ein großes Anliegen sein, die Leute von der Aktion ausfindig zu machen«, schloss sie.

»Das können sie doch nicht machen! Wo war denn da der Haftbefehl? Das mit den Fingerabdrücken hättest du verweigern können«, sagte Udo. Er musste es ja wissen, schließlich studierte er Jura.

»Ich bin meine Arbeit im Café los. So etwas sei geschäftsschädigend, hat der Chef gesagt.«

»Du solltest Schadenersatz verlangen.«

»Ach was, ich such mir was Neues.«

»Hast du unsere Namen genannt?«, wollte Kerstin wissen.

»Nein, ich habe nur irgendwelche Namen, die mir gerade einfielen, genannt und dass ich euch vor der Halle kennengelernt hätte.«

Die Runde hielt einen Moment inne. Udo zündete sich eine neue Zigarette an. Wolle lehnte sich zurück, strich sich über seinen Bart und grinste.

»Auf jeden Fall haben die mehr Angst vor uns Gegnern, als ihnen lieb ist. Das sollten wir nicht vergessen.«

VIII.

Hannelores und Karls Haus lag direkt an der Zufahrtsstraße, die zum Rhein führte. Wer an den Platz für das geplante Atomkraftwerk gelangen wollte, fuhr hier vorbei und bog dann links ab.

An diesem Montagmorgen im Februar beobachtete Hannelore, wie ein Baufahrzeug nach dem anderen das Haus passierte. Im Laufe des Tages hörte man stundenlang Motorsägen röhren und das Krachen umfallender Bäume.

»Die sind dran«, informierte Hannelore Karl, der im hinteren Teil ihres Hofes in der Brennerei arbeitete.

Karl blickte erstaunt auf.

»Das können sie nicht machen. Unsere Anfechtungsklage gegen den Teilerrichtungsbeschluss läuft doch noch. Da können die sich doch nicht einfach drüber hinwegsetzen«, sagte er ungläubig.

»Können sie offenbar doch.«

»Das schauen wir uns nachher mal an.«

Hannelore rief Klara an, die bedauerte, am Abend selbst nicht kommen zu können. Sie wollte aber den anderen Bescheid geben und notfalls ihre Ente zur Verfügung stellen, falls es Bedarf an Verstärkung gäbe.

Als die Motorsägen verstummten und die Dämmerung einbrach, fuhren Karl und Hannelore an den Rhein.

Sie waren nicht die Einzigen. An der Natorampe, der Übergangsstelle, die in den Rhein führte, standen einige Grüppchen zusammen. Auch ein paar Studenten aus Freiburg waren darunter, aber niemand, den Karl und Hannelore kannten. Gemeinsam betrachteten sie den Schaden.

Das Unterholz war in weiten Teilen entfernt und Dutzende alte Eichen, Eschen und Schwarzpappeln gefällt. Die Anlegung einer Zufahrtsstraße war deutlich zu erkennen. Überall standen Schilder: »Privateigentum. Betreten verboten!« Sogar einen Zaun hatten sie schon gezogen.

Die Anwesenden blickten stumm auf den Raubbau.

»Das darf nicht wahr sein«, flüsterte Hannelore. Sie griff nach Karls Hand und drückte sie ganz fest.

Die Stimmung war gedämpft, und weil es nichts zu tun gab und die Dunkelheit sie einhüllte, löste sich die Menge bald auf und stieg schweigend in ihre Autos.

Am Dienstagmorgen war der Himmel bedeckt. Es sah nach Regen aus. Hannelore holte nicht nur die Zeitung aus dem Briefkasten, sondern wieder einmal zwei Flugblätter. Das erste war von der Gruppe KKW Wyhl Ja, das sie umgehend zerknüllte. Das zweite Flugblatt allerdings fesselte ihre Aufmerksamkeit.

Polizeiliche Anordnung

1. Nach den §§ 1 und 3 ff. des Polizeigesetzes Baden-Württemberg wird untersagt, den gekennzeichneten und einge-

friedeten Bauplatz für das Kernkraftwerk Wyhl sowie die abgesperrten Zufahrten ohne Erlaubnis des Eigentümers oder der Bauleitung zu betreten und sich dort aufzuhalten.
2. Diese Anordnung ist sofort vollziehbar.
3. Für jeden Fall der Zuwiderhandlung wird ein Zwangsgeld in Höhe von DM 200,– angedroht. Dieses Zwangsgeld kann wiederholt festgesetzt werden.
Gezeichnet: Zimmer, Bürgermeister

»Post vom Bürgermeister.«

Hannelore reichte das Blatt in der Küche an Karl weiter, der es aufmerksam durchlas.

»Also, wir sollten das schon riskieren und heute runtergehen«, meinte er. »Wir können ja nicht nichts tun, nur weil der Bürgermeister so eine Drohung rumgehen lässt. Um elf Uhr gibt es die Pressekonferenz der Bürgerinitiative in der Naturlehrpfadhütte, da zeigen wir uns.« Und er fügte mit vielsagendem Gesicht lächelnd hinzu: »Du weißt schon.«

»Da kannst du Gift drauf nehmen, dass ich da heute runtergehe«, antwortete Hannelore.

Resi versprach, sich um das Mittagessen und die Kinder zu kümmern, und Karl und Hannelore machten sich auf den Weg.

Sie waren nicht die Ersten. Dutzende von Menschen tummelten sich bereits um den Bauplatz. Es waren vor allem

Kaiserstühler, aber auch junge Leute aus Freiburg. Der am Vortag errichtete Zaun trennte sie von den Bauarbeitern.

»Ich geh zur Pressekonferenz, bleibst du hier?«, fragte Karl.

Hannelore nickte.

»Bis gleich.«

Sie gesellte sich zu ihrer Freundin Heidrun, die mit ihrer kleinen Tochter am Bauzaun stand.

»Sauerei, oder?«

»Mir fällt nichts dazu ein«, erwiderte Heidrun.

Die Ersten fingen an, am Zaun zu rütteln.

»He, lasst das«, rief ein Bauarbeiter herüber.

»Wir wollen rein«, lautete die Gegenantwort.

Irgendwann lag der Zaun am Boden und die Atomkraftwerksgegner kletterten darüber und liefen direkt auf die Baumaschinen zu. Hannelore war mittendrin. Gemeinsam mit Heidrun und ihrer Tochter kletterte sie auf eine Baggerraupe. Insgesamt eroberten sie das Fahrzeug zu sechst. Der Fahrzeugführer schimpfte erst, dann grinste er, als er sah, dass unter den sechs Besetzern vier Frauen und ein kleines Kind waren, und stellte den Motor ab.

»Es tut uns furchtbar leid, aber wir müssen das leider tun«, erklärte Hannelore. »Wir sind unter allen Umständen gegen das Kernkraftwerk Wyhl, das unser aller Leben aufs Spiel setzt. Auch Ihres, glauben Sie es uns.«

»Na, wenn ihr meint, dass ihr hier spielen wollt«, meinte er gönnerhaft und stieg von seiner Raupe herunter. »Ich krieg mein Geld auch so.«

Der Arbeiter stellte sich unten zu einem Kollegen und zündete sich kopfschüttelnd eine Zigarette an.

Hannelore war erstaunt, wie leicht es ging, die Baumaschinen zu besetzen. Fast wie von Zauberhand, dachte sie, während sie dem Treiben auf dem Bauplatz von der Baggerraupe aus folgte. Weiter hinten saßen Frauen in einer riesigen Baggerschaufel und lachten, während andere Besetzer das Führerhaus eines Lastwagens enterten. Zwei Männer klammerten sich an einen Kranhaken. Erst zog der Kranführer die beiden ein paar Meter hoch, aber es folgte gleich ein solches Geschrei, dass er sie erschrocken wieder herabließ und missmutig aus seinem Führerhaus stieg.

All diese Aktionen verliefen ohne Gewalt, aber es dauerte nicht lange, bis die Polizei auftauchte. Über Lautsprecher forderte sie die Platzbesetzer auf, den Ort zu verlassen. Ansonsten griff sie nicht ein.

Die wenige hundert Meter entfernt stattfindende Pressekonferenz wurde sofort beendet, und Karl kam zu Hannelore auf die Raupe.

»Wir bleiben erstmal hier«, schlug Hannelore vor. Sie hatte bereits Gefallen an der Platzbesetzung gefunden. Endlich konnte man aktiv etwas bewirken.

Immer mehr Atomkraftwerksgegner strömten auf den Platz. Es hatte mittlerweile zu regnen begonnen und viele hatten Bauholz und Planen dabei. Im Nu wurde ein Unterstand errichtet und daneben sogar eine Küche mit Gasherd.

»Weißt du was, Karl«, sagte Hannelore. »Ich geh jetzt heim und koch eine Suppe und Kaffee und dann komm ich zurück. Du kannst ja hierbleiben.«

»Gute Idee.« Karl nahm seine Frau fest in den Arm. »Endlich passiert was. Endlich!«

Zu Hause angekommen wurde Hannelore von Kai und Sabine bestürmt.

»Der Papa und ich sind heute auf dem Platz unten am Rhein. Ihr bleibt hier. Die Oma kümmert sich um euch«, erklärte sie ihnen.

Hannelore holte ihren größten Topf hervor, setzte Wasser auf und schnitt alles Gemüse, das sie finden konnte, klein und warf es hinein. Dann griff sie zum Telefon.

»Klara? Gut, dass ich dich erreiche. Heute gibt es kein Vertun, heute müsst ihr kommen. Wir haben den Platz besetzt.«

»Was? Also gut, ich rufe die anderen an. Ich komme auf jeden Fall, mal sehen, wer noch kann. Wir sehen uns dann gleich bei euch.«

»Bring Schlafsack und Luftmatratze mit. Du wirst es brauchen.«

Als Klara aufgelegt hatte, ging sie zu Inge in die Küche.

»Oma, jetzt bist du auch gefragt. Die haben in Wyhl den Platz besetzt.«

»Ich?« Inge sah verschreckt aus. »Was soll ich da machen? Mit euch demonstrieren? Gott bewahre.«

»Nein, das brauchst du nicht. Aber Resi als alteingesessene Wyhlerin möchte vielleicht auch auf den Platz. Aber es muss jemand für die Kinder da sein. Magst du mit nach Wyhl kommen?«

Inge wirkte nicht besonders begeistert, Zweifel lag in ihrem Blick.

»Wenn du meinst«, antwortete sie schließlich zögerlich.

»Danke, Oma, du bist die Beste.« Klara gab Inge einen Kuss. »So, jetzt muss ich die anderen anrufen. Und dann geh ich rüber zu Miggi. Die haben als Campingfreunde bestimmt noch einen Schlafsack und eine Matte für mich. Und vielleicht kommt Lorenz auch mit.«

Eine Stunde später waren Klara, Inge und Lorenz in der Ente unterwegs nach Wyhl. Miggi hatte seinem Sohn Lorenz, der bei ihm als Schreiner arbeitete, großzügig frei gegeben. Alle drei waren aufgeregt. Was würde sie erwarten? Es wirkte wie ein großes Abenteuer.

Schon Hunderte Meter vor dem Bauplatz parkten rechts und links unzählige Autos. Auf dem Platz herrschte ein reges Treiben, das die Polizei mit einigem Abstand argwöhnisch beäugte. Lorenz machte sich sofort beim Bautrupp, der mit dem nächsten Unterstand beschäftigt war, nützlich. Hannelore am Küchenstand verteilte mit anderen Frauen Kaffee. Einige Besetzer schleppten Holz und Reisig heran und warfen es auf das große Feuer in der Mitte des Platzes. Stroh wurde auf dem Boden verteilt. Es herrschte eine umtriebige, gleichzeitig friedliche Aufbruchsstimmung.

Klara fiel auf, dass viele Männer mit Abstand zum Treiben auf dem Platz zu zweit herumstanden und Fotos schossen. Sie hob ihre Kamera vor ihr Auge und machte ihrerseits Aufnahmen von diesen Männern. Daraufhin drehten sich die Männer reihenweise weg. Seltsam, dachte Klara. Seit ihrer Festnahme war sie misstrauisch geworden.

Wenig später kamen auch Kerstin, Udo, Axel und Wolle auf den Platz. Gemeinsam begannen sie in der Dämmerung, wie viele andere ihre mitgebrachten Zelte aufzubauen.

»Magst du zu mir ins Zelt kommen?«, fragte Udo recht direkt.

Klara schaute ihn überrascht an und errötete, fühlte sich jedoch geschmeichelt. Denn tatsächlich konnte sie Udo sehr gut leiden. Er sah gut aus, war charmant, und bei ihm hatte Klara im Gegensatz zu Axel nicht das Gefühl, dass er ihr Bruder, sondern etwas anderes für sie sein könnte. Hin und wieder hatten Klara und Udo schon ein paar Blicke getauscht, aber sie hatte bis jetzt noch nie das Gefühl gehabt, dass er sich so für sie interessierte. Umso schöner, dass er jetzt fragte.

»Ja, warum nicht«, antwortete sie.

Der Regen hatte aufgehört, aber es war diesig, feucht und kalt. Die Polizei blieb auf Abstand. Die Besetzer drängelten sich um die Feuerstellen, um sich zu wärmen. Jemand spielte Gitarre und die Menschen sangen dazu. Freiburger Studenten, Kaiserstühler Winzer, Wyhler Bauern, Unterstützer aus dem Elsass – sie alle einte ein Ziel, und heute Abend schien es zum Greifen nah. Die Stimmung war wunderschön, fand Klara, obwohl sie erbärmlich fror. Sie war froh, so eng zwischen Udo und Axel am Feuer zu sitzen und einen heißen Tee trinken zu können.

Die Besetzer wollten sich nicht von der Polizei überrumpeln lassen und teilten für die ganze Nacht Wachen ein. Gemeinsam mit Udo und Wolle übernahm Klara die erste Schicht über zwei Stunden. Sie sollten den nördlichen Bereich des Geländes kontrollieren.

Mit Taschenlampen ausgerüstet zogen sie zu dritt los. An der Natorampe brannte ein weiteres Feuer, um das sich einige Besetzer scharten, die den Parkplatz im Auge behielten.

»Ist alles ruhig?«

»Bis jetzt alles ruhig. Und bei euch?«

»Auch alles ruhig.«

Wolle als Ortskundiger führte seine Freunde Richtung Messturm. Im Hintergrund hörten sie die Besetzer singen und lachen, während sie selbst durch das Dunkel wanderten, vorbei am Bunker des Westwalls tiefer hinein in den Wald, bis sie an der Nordostseite an eine Waldarbeiterhütte kamen. Hier hatte sich eine weitere Wache eingerichtet.

»Keine besonderen Vorkommnisse. Die Polizei hält sich brav zurück«, wurde Bericht erstattet.

»Alles klar.«

Weiter ging es die Waldwege entlang. Der Regen hatte den Boden ordentlich aufgeweicht. Udo hatte Klaras Hand gegriffen und führte sie durch das Schwarz der Nacht.

»Bist du sicher, dass du weißt, wo du bist, Wolle?«, fragte Klara, als es besonders dunkel wurde.

»Todsicher«, antwortete dieser, »hier hab ich meine Kindheit verbracht.«

Sie leuchteten in den Wald, aber außer einem Reh begegnete ihnen niemand, und Klara war erleichtert, als die zwei Stunden endlich um waren. Sie war komplett durchgefroren.

Sie übergaben an ihre Wachablösung und krochen in ihre Zelte. Klara behielt alle Kleidungsschichten an und zog den Schlafsack bis über ihre Nase. War das eisig.

»Du zitterst ja«, stellte Udo fest.

Seine Stimme klang ganz weich. Klara schloss die Augen und wünschte, sie würde sich nicht wie ein Eisklotz fühlen.

»Es ist so verdammt kalt«, antwortete sie, während ihre Zähne klapperten.

»Komm her, ich wärm dich.«

Sie rutschten näher zusammen und Udo legte einen Arm um sie und drückte sie an sich.

Wie lieb er ist, dachte Klara beglückt. Nach einer Weile entspannte sie sich und hatte nichts dagegen, als sie seinen weichen Bart und seine Lippen auf ihrem Gesicht spürte. Sie drehte sich zu ihm und erwiderte die Zärtlichkeit.

Wie lange sie sich küssten, wusste Klara nicht, aber es wärmte sie sprichwörtlich von Herzen und es störte sie nicht, als Udo anfing, am Reißverschluss ihres Schlafsacks zu nesteln. Zu schön war es in diesem Zelt, in dieser besonderen Umgebung, bis sie jäh aus ihrer Zweisamkeit geweckt wurden.

»Alarm!«, brüllte jemand draußen.

»Alarm!«, gleich der Nächste.

»Verdammt noch mal«, grummelte Udo und richtete sich auf.

Er robbte im Dunkeln zum Eingang und öffnete das Zelt. Das Ratschen des Zeltreißverschlusses war in dem Moment zwanzigfach zu hören. Dann sprachen alle durcheinander.

»Was ist?«

»Wo sind sie?«

»Was ist passiert?«

»Kommen sie?«

»Nichts, war nur ein Fehlalarm.«

»Fehlalarm. Alle wieder ins Bett.«

»Das darf nicht wahr sein«, stöhnte Udo und ließ sich zurückfallen.

Klara lachte erleichtert.

»Immerhin. Jetzt wissen wir, dass alle auf der Hut sind.«

Noch bevor der Morgen dämmerte, standen die beiden wieder auf dem Platz. Sie hatten kaum geschlafen. Auch Axel, Wolle und Kerstin krochen aus ihrem Zelt. Axel blickte eifersüchtig auf Klara und Udo, sagte aber nichts.

Sie waren noch gar nicht richtig wach, da standen schon Hannelore und Resi mit heißem Kaffee und belegten Broten vor ihnen. Sie waren bei den Kindern und Inge geblieben, während Karl in Lorenz' Zelt übernachtet hatte.

Alle stürzten sich auf den Kaffee.

»Tut gut.«

»Wenn es nach dem Bauherrn geht, wären wir besser nicht hier«, meinte Hannelore. »Die KWS hat ein Flugblatt verteilt. Hier, ich les mal das Wichtigste vor.« Sie hielt das Blatt der Kernkraftwerk Süd, einer Tochtergesellschaft des Badenwerks, in die Runde, bevor sie fortfuhr.

»*Jeder, der sich an einer Besetzung des Standortes oder an einer Behinderung der Bauarbeiten beteiligt – nicht nur die Rädelsführer und Hintermänner – macht sich strafbar und schadensersatzpflichtig. Strafbar wegen unter anderem Hausfriedensbruch, Nötigung, Sachbeschädigung, Landfriedensbruch. Der durch eine Besetzung des Standortes und durch eine Behinderung der Bauarbeiten entstehende Schaden wächst schnell in die Millionen D-Mark. Jeder Einzelne, der sich an einer Besetzung des Standortes oder an einer Behinderung der Bauarbeiten beteiligt, macht sich persönlich nicht nur strafbar, sondern auch schadensersatzpflichtig als Gesamtschuldner für den vollen entstehenden Schaden.*«

Hannelore ließ das Blatt sinken.

»Jedem von uns hier muss klar sein, dass er ein enormes Risiko trägt«, sagte sie in die Runde. »Das können laut KWS ja Unsummen werden.«

»Geben wir deshalb auf?«, fragte Wolle.

»Natürlich nicht. Oder möchte irgendjemand, dass wir das machen?«

»Nein!«, kam es zehnfach zurück.

»Wir stehen zusammen, auch in solchen Fällen, das ist doch klar«, sagte Karl.

»Und es muss auch klar sein«, betonte Wolle, »dass wir uns nicht zu irgendwelchen gewalttätigen Aktionen hinreißen lassen. Wir müssen gewaltfrei bleiben. Sonst haben wir keinen Erfolg. Das seht ihr alle doch auch so, oder?«

Die Stimmung an diesem Morgen war friedlich und ruhig. Die Besetzer wärmten sich am Feuer und frühstückten, was die Frauen der Umgebung ihnen mitgebracht hatten, während immer mehr Menschen auf den Platz kamen.

Die Polizei zeigte sich weiterhin zurückhaltend. Die Beamten standen in einer Reihe und wurden fortwährend von den Kaiserstühlern angesprochen, ob sie wüssten, was ein Atomkraftwerk an dieser Stelle bedeutete. Die Bäuerinnen reichten ihnen Kaffee und Brote, und nach einigem Zögern nahmen die meisten Polizisten dankbar an.

Einige Platzbesetzer sorgten dafür, dass der Zaun, der um den Maschinenpark gezogen worden war, endgültig verschwand. Die Arbeiter des Vortages tauchten zur Schicht auf und versuchten, ihre Maschinen wieder in Besitz zu nehmen. Sofort rannten Wolle und Udo mit anderen los, um dies zu verhindern. Klara griff nach ihrer Kamera und drückte drauf, als Wolle und Udo sich mit einem Baggerführer einen wahren Tanz um die Baggerschaufel herum lieferten. Hin und her schwenkte der Baggerführer die Schaufel, während Wolle und Udo stets folgten. Der Arbeiter gab schließlich auf und verließ sein Führerhaus, das die beiden jungen Männer feixend in Beschlag nahmen.

Gegen Mittag begann die Polizei mit Lautsprecherdurchsagen.

»Achtung, Achtung, hier spricht die Polizei. Sie halten sich widerrechtlich auf dem Baugelände und der Zufahrtsstraße auf. Der Tatbestand der Nötigung ist damit erfüllt. Wir fordern Sie daher auf, das Gelände zu verlassen. Falls Sie das Gelände nicht verlassen, wird der Bauherr Strafanzeige erstatten und Schadensersatz verlangen. Der Schaden für jeden Tag Verzögerung geht in Hunderttausende Mark. Verlassen Sie das Gelände.«

Keiner der Platzbesetzer reagierte.

IX.

Polizeihauptkommissar Johann Schocher von der Landespolizeidirektion in Freiburg stellte seine Kaffeetasse auf den Schreibtisch und ließ sich in seinen Stuhl fallen. Missmutig schaute er auf die Mappe vor sich. Schließlich seufzte er, schlug sie auf und begann zu lesen:

Zunächst tauchen am Dienstag, 18.2.1975, kurz vor elf Uhr etwa 30 Kraftfahrzeuge an der Natorampe auf, dann bewegen sich rund 100 Personen in Richtung Baustelle, und eine Stunde später dringen etwa 20 Personen – bestehend überwiegend aus der linken Freiburger Szene – auf das Baugelände vor. Die Gruppe erhält weiteren Zulauf durch Kaiserstuhl-Bewohner, polizeiliche Aufforderungen, das Gelände zu verlassen, werden ignoriert.

In der Folge müssen die Rodungsarbeiten eingestellt werden, weil sich Platzbesetzer unmittelbar vor die Maschinen stellen. Ein Teil der Besetzer hat sich mit Knüppeln bewaffnet und wird zunehmend aggressiver. Gegen 13 Uhr befinden sich etwa 300 Personen auf dem Bauplatz, darunter auch Mütter mit ihren Kindern. Die Polizei verzichtet – auch aufgrund der zahlenmäßig unterlegenen eigenen Kräfte sowie wegen der teilweisen Aggressivität der Besetzer – auf eine Räumung.

Am Nachmittag und gegen Abend treffen weitere Personen aus dem linksextremen Umfeld ein, nachdem der

Kommunistische Bund Westdeutschland offenbar einen Kraftfahrzeug-Pendelverkehr zwischen Freiburg und Wyhl eingerichtet hat. Man führt Zelte, Verpflegung und alkoholische Getränke mit – offensichtlich plant man einen längeren Aufenthalt. Die Polizei fordert erfolglos zur Räumung des Baugeländes auf, beschränkt sich in der Folge dann aber darauf, die Personalien von Störern festzustellen sowie Baumaschinen und Arbeiter vor Übergriffen zu schützen.

Johann lehnte sich zurück und schaute aus dem Fenster in den Morgen. Er hatte gestern Abend bei seiner Schwester Hannelore in Wyhl angerufen und zu seiner großen Überraschung seine Mutter Inge am Telefon gehabt. Daher wusste er, dass sich mitnichten nur linksradikale Gruppen aus Freiburg auf dem Platz aufhielten, sondern seine eigene Verwandtschaft. Klara und Lorenz waren vielleicht links, aber bestimmt nicht radikal. Und Hannelore hatte sich einfach nur in diese Antiatomhaltung hineingesteigert. Andererseits – das mit den Knüppeln traute er seinem Schwager Karl nach dem, was er zu Weihnachten gesagt hatte, denn doch zu.

Johann wünschte, er hätte Urlaub. Gleich war Lagebesprechung, an der er als Mitglied des Führungsstabs teilnahm. Und wenn er ganz viel Pech hatte, musste er danach raus auf den Bauplatz fahren.

Johann nahm am großen Tisch im frisch eingerichteten Besprechungsraum Platz. Die Landespolizeidirektion war gerade erst in ein neues Gebäude in den Freiburger Westen gezogen, und nichts wollte so richtig funktionieren. Die Fernmeldetechnik lief nicht, die elektrischen Schreibmaschinen waren noch nicht geliefert und von einer funktionierenden EDV-Anlage war schon gar keine Rede. Die Sekretärin war deshalb ins Freiburger Kartenhaus geschickt worden, um wenigstens Kartenmaterial vom Wyhler Wald zur Verfügung zu haben. Die Karte vom Oberrhein, die sie mitbrachte, hatte einen recht kleinen Maßstab, aber besser als nichts. Die Polizeibeamten am Tisch beugten sich kollektiv über den Plan und versuchten, sich auf diese Weise in das Gelände hineinzudenken.

Johann war nicht der Einzige, dem dabei unwohl war. Überall Wasserläufe des Altrheins und Wald, Wege waren kaum eingezeichnet. Ein Drainagegraben verlief parallel zum Rheindamm und verband mehrere Seen, zwei lagen in unmittelbarer Nähe der Natorampe. Viel Platz für Zufahrten gab es nicht. Lediglich die Zufahrtsstraße und die Natorampe waren überhaupt asphaltiert. Alle anderen Wege waren, soweit aus der Karte erkennbar, unbefestigt, und bei dem Wetter der letzten Tage war der Boden bestimmt ziemlich aufgeweicht. Diesen Bauplatz vor den Gegnern zu sichern war also alles andere als eine leichte Aufgabe.

Der Polizeioberrat blickte auf.

»Also, wir lösen jetzt die aktuelle Schicht vor Ort ab und schauen uns das Gelände mal an. Sie fahren mit zwanzig Mann hin.« Er faltete den Plan zusammen und hielt ihn Johann hin. »PHK Schocher, Sie leiten den Einsatz. Um sechzehn Uhr kommen Sie wieder her. Bis dahin haben wir sicher genauere Informationen aus dem Innenministerium.«

Johann nickte ergeben.

Auf dem Platz herrschte zunehmend Geschäftigkeit. Fortlaufend trafen neue Personen ein, die meisten Gegner, aber auch ein paar Befürworter des KKW ließen sich blicken.

Hannelore und Resi sammelten Müll ein und sorgten so für ein bisschen Ordnung auf dem Platz.

»Mama, willst du dich wirklich lächerlich machen?«, ertönte plötzlich eine Stimme.

Hannelore und Resi drehten sich um. Vor ihnen stand Roswitha.

»Wie peinlich ihr seid. Hier auf den Baumaschinen rumzuhampeln. Habt ihr denn überhaupt kein Anstandsgefühl?«, fragte Roswitha. »Ihr haltet den Fortschritt auf mit eurem Getue.«

»Wir können noch so viel Fortschritt haben, wir sind aber immer noch angewiesen auf gesunde Luft, gesundes

Wasser und gesunde Nahrung«, erklärte Resi ihrer Tochter. »Hier zu sein ist mir überhaupt nicht peinlich. Hier zu sein ist eine Notwendigkeit.«

»Wenn dir und deinem Mann an der Heimat etwas liegt, solltet ihr mitmachen und nicht gegen uns pesten«, schloss sich Hannelore an.

»Heimat. Du bist eh nur nigschmeckt und verdrehst meiner Mutter und meinem Bruder komplett den Kopf. Was ihr macht, ist illegal. Ihr seid doch alles Verrückte.«

»Das ist mir zu blöd, Roswitha. Am besten gehst du wieder. Komm, Hannelore.«

Resi wandte sich ab und ließ ihre Tochter einfach stehen. Hannelore tat es ihr gleich.

Der Einsatzleitungswagen fuhr durch Wyhl und Johann schaute vom Beifahrersitz aus auf das Haus seiner Schwester. Er hoffte inständig, dass er gleich auf dem Platz niemandem aus seiner Verwandtschaft begegnen würde.

Seine Gruppe erreichte etwa zeitgleich mit dem Landrat den Bauplatz. Genau in diesem Moment öffnete der verhangene Himmel seine Schleusen und ließ es kurz kräftig gießen. Johann setzte seine Mütze auf und stieg aus dem Wagen. Missmutig sah er sich um.

Viele der Demonstranten hatten unter einer Plane Schutz vor dem Schauer gesucht. Überhaupt schienen sie sich schon recht häuslich eingerichtet zu haben.

Johann sah Dutzende Zelte und sogar einen Bauwagen, der eindeutig nicht zu den Bautrupps gehörte. Mehrere Lagerfeuer trotzten dem Regen. Auf dem matschigen Grund war großzügig Stroh verteilt. Überall hingen Anti-Atomkraft-Transparente. Außerdem nahm er Fernsehteams und zahlreiche Journalisten und Fotografen wahr.

Johann schüttelte dem Landrat die Hand und stellte sich vor. Um sie herum gruppierten sich die Journalisten und hielten ihnen Mikrofone unter die Nasen. Der Landrat setzte zum Sprechen an. Er kam nicht weit.

»Da hinten machen sie den Wald kaputt«, brüllte eine aufgeregte Stimme.

Alle drehten sich Richtung Nordwesten, von woher das untrügliche Geräusch einer Motorsäge ertönte. Zahllose Besetzer wetzten los. Johann schloss kurz die Augen, um sich zu sammeln. Er war sich ziemlich sicher, seinen Neffen Lorenz in der Menge erkannt zu haben.

Johann machte eine Handbewegung zu seiner Gruppe und gemeinsam mit einigen seiner Kollegen rannte er den Besetzern hinterher. Auch ein paar Fotografen liefen mit. Als der Tross aus Polizisten, Journalisten und weiteren Demonstranten dort ankam, war der Andrang unter den zu fällenden Bäumen schon so groß, dass Johann eine Gefahr für die Personen nicht ausschließen konnte.

»Geht dahin und sagt den Bauarbeitern, sie sollen sofort aufhören. Das ist ja lebensgefährlich«, gab er Anweisung.

Als die Motorsägen verstummten, atmete Johann tief durch und kehrte zum Landrat zurück, der immer noch von der Presse umringt war. Johann blieb auf Abstand und reihte sich bei seinen Kollegen ein. Konzentriert versuchte er, die Bedingungen vor Ort zu erfassen und sich einzuprägen.

Ja, es waren junge Leute mit langen Haaren auf dem Platz. Auch eine Fahne der Kommunistischen Partei konnte er entdecken. Aber das Gros der Menschen hier schienen ihm doch eher ganz normale Bewohner des Kaiserstuhls und der Rheinebene zu sein. Bauern, Winzer, vielleicht auch Fischer und Handwerker. Sogar Kinder tollten hier herum.

Was für ein Irrsinn. Johann konnte sich schon vorstellen, was der Polizeioberrat und weitere Führungskräfte der Polizei gerade mit dem Innenministerium besprachen. Man konnte nur hoffen, dass das gut ausging.

Kaum war der Landrat wieder abgefahren, löste sich die unsichtbare Grenze zwischen Besetzern und Polizei auf. Zahlreiche Demonstranten kamen auf die Polizisten zu und redeten auf sie ein.

»Wissen Sie überhaupt, warum Sie hier sind?«, fragte ein Mann aufgeregt. »Wissen Sie, was Atomkraft überhaupt bedeutet für die Umwelt und die Menschen? Für den Wein, das Obst und den Tabak?«

Die Antwort der Polizisten fiel spärlich aus.

»Wissen Sie, dass über neunzigtausend Bürger der Region und fünfzehn Gemeinden Einspruch gegen das Atomkraftwerk eingelegt haben?«

»Davon habe ich gehört«, hörte sich Johann antworten. Er war selbst über seine Reaktion überrascht.

»Heißt das nicht, dass der Wille einer ganzen Region missachtet wird? Ist das Demokratie?«

Eine ältere Frau drückte Johann einen Pappbecher mit Kaffee in die Hand. Verdutzt schaute Johann sie an.

»Danke.«

»Wir müssen ja alle bei Kräften bleiben, nicht wahr?«, sagte sie und lächelte mütterlich.

Der Mann fuhr fort, auf die Polizisten einzureden.

»Wissen Sie, dass Ministerpräsident Filbinger Aufsichtsratsvorsitzender des Badenwerks ist? Wissen Sie, dass Wirtschaftsminister Eberle Filbingers Stellvertreter im Aufsichtsrat des Badenwerks und zugleich Aufsichtsratsmitglied von der Baufirma hier ist, die große Teile des Bauvorhabens ausführen soll? Wissen Sie, dass in diesem Fall Antragsteller und Genehmigungsbehörde in den Personen von Filbinger und Eberle praktisch identisch sind? Glauben Sie, dass unter solchen Bedingungen Wirtschaft und Staat überhaupt voneinander getrennt sind?«

Johann wusste all das nicht. Er starrte auf seine Stiefelspitzen. Der Mann kam näher an ihn heran und reckte den rechten Zeigefinger.

»Glauben Sie mir, wir demonstrieren hier nicht für uns, wir demonstrieren auch für Sie und Ihre Kinder, deren Gesundheit durch die Auswirkungen des Atomkraftwerks bedroht ist.«

Mit diesen Worten wandte er sich ab, während Johann peinlich berührt an seinem Kaffee nippte.

Am Nachmittag verließen Hannelore, Karl, Resi, Klara, Lorenz und Udo den Bauplatz, um sich bei Hannelore und Karl zu stärken und heiß zu duschen. Inge hatte im Haus ganze Arbeit geleistet und nicht nur die Kinder versorgt, sondern auch einen großen Topf Nudeln gekocht und sogar einen Kuchen gebacken.

»Können wir auch runter zum Platz?«, fragte Kai aufgeregt.

»Es sind zwar Kinder da, aber ihr bleibt hier«, erklärte Hannelore ihrem Sohn, der einen Schmollmund zog.

»Der Christian darf aber hin. Und der Frank. Ich will auch mal gucken.«

»Heute nicht, vielleicht in den nächsten Tagen«, beschwichtigte Karl.

Sie saßen um den großen Esstisch herum und ließen sich das Essen schmecken. Beim Kaffee legte Udo den

Arm auf Klaras Stuhllehne und berührte mit den Fingern sanft ihre Schulter, und sie ließ es sich gerne gefallen.

»Ich glaube, ich hab Johann gesehen«, meinte Lorenz. »Der stand beim Landrat.«

»Hoffentlich nicht«, sagte Inge. »Es gefällt mir nicht, wie sich die Familie über dieses Atomkraftwerk entzweit.«

»Das gefällt mir auch nicht«, pflichtete ihr Resi bei.

»Vielleicht können wir ihn anrufen und ein paar Informationen aus ihm herauskitzeln?«, überlegte Lorenz.

»Ganz bestimmt wird der uns was erzählen. Das darf er ja gar nicht und will er sicher auch nicht. Das können wir uns sparen«, erwiderte Karl bestimmt. »Das bringt ihn nur in Bedrängnis, und uns bringt es gar nichts.«

»Wir müssen davon ausgehen, dass die Polizei räumen wird. Wahrscheinlich schon morgen früh«, war sich Udo sicher.

»Na, dann müssen wir uns gut stärken. Und vielleicht noch ein bisschen schlafen.« Klara rekelte sich und gähnte. »Können wir uns irgendwo bei euch aufs Ohr hauen?«

Johann war froh gewesen, als er den Bauplatz verlassen konnte. Jetzt saß er wieder am Besprechungstisch in der Landespolizeidirektion und hörte den Ausführungen seines Vorgesetzten zu. Die Marschrichtung war klar: Der

Ministerpräsident duldete die Platzbesetzung keinen Tag länger.

»Wie war Ihr Eindruck vom Geschehen auf dem Platz, PHK Schocher?«, wollte der Polizeioberrat wissen.

Johann stützte seine Ellbogen auf den Tisch und wählte seine Worte mit Bedacht.

»Ich denke, die Widerständler sind gut organisiert. Sie haben sich schon häuslich eingerichtet. Es herrscht eigentlich eine ruhige Stimmung. Aber es sind nicht nur Linksradikale da, im Gegenteil. Das sind vor allem Kaiserstühler, Elsässer, Winzer, Bauern. Viele Frauen, auch ältere. Jedenfalls nicht unsere übliche Kundschaft.«

»Was heißt das – haben Sie von den bekannten Linksradikalen nun welche gesehen oder nicht?«

»Ja, schon, aber ...«

»Also, wie vorhergesehen«, schnitt ihm der Polizeioberrat das Wort ab. »Gut, diese Störer sind uns aus dem Freiburger Milieu bestens bekannt. Wir können also davon ausgehen, dass es zu gewalttätigen Ausschreitungen kommen wird.«

»Wie gesagt«, versuchte Johann zu widersprechen, »ich hatte eher den Eindruck, dass die Mehrheit Kaiserstühler Landwirte waren. Es ist die Frage, wie gewaltbereit diese sind.«

Insgeheim dachte er an Äußerungen seines Schwagers Karl, die darauf schließen ließen. Andererseits war Karl im Gegensatz zu Hannelore prinzipiell eher der ausgeglichene und schlichtende Typ. Ob er wirklich als letztes Mittel zu Waffen greifen würde? Johann schüttelte innerlich den Kopf. Nein, das glaubte er nicht.

»PHK Schocher, Sie übernehmen die Leitung unserer Alarmhundertschaft für die Räumung morgen früh. Wir besprechen jetzt noch die genaue Vorgehensweise und dann sehen Sie zu, dass Sie noch eine Mütze voll Schlaf bekommen.«

Johann stellte sich vor, dass Klara und Lorenz, Karl und Hannelore morgen auf dem Platz sein würden. Er überlegte, wie er sich jetzt noch glaubhaft krankmelden konnte. Die Vorstellung, gegen seine eigene Familie vorzugehen, bereitete ihm größtes Unbehagen. Er hatte vor Tagen seinem Vorgesetzten angedeutet, dass er Verwandtschaft in Wyhl hatte, die gegen das Kernkraftwerk war. Das war wahrscheinlich ein Fehler gewesen. Denn jetzt hatte Johann das starke Gefühl, dass der Polizeioberrat seine Loyalität auf die Probe stellen wollte.

X.

Am Abend brannten mehrere Lagerfeuer auf dem besetzten Platz, um die sich die Atomkraftwerksgegner scharten und dem nebligen, kalten Wetter trotzten. Insgesamt waren sie um die hundertfünfzig Besetzer. Die Stimmung war kämpferisch, gleichzeitig nervös.

An vielen Stellen waren hitzige Diskussionen darüber entbrannt, wie der zu erwartenden Staatsmacht begegnet werden sollte. Mit Gewalt oder ohne? Die große Mehrheit war der Ansicht, dass es mehr Größe hatte, passiv und gewaltfrei Widerstand zu leisten, und es wurde demokratisch entschieden, es auf jeden Fall so zu halten.

Von der französischen Seite des Rheins hörte man das Knacken von Lautsprechern. Eine Stimme erklärte in französischer und deutscher Sprache die Solidarität der Elsässer. Schließlich folgten knisternde Schallplatten mit aufmunternden Märschen und Gesängen. Es motivierte tatsächlich. Hannelore war eingetaucht in eine Welle von Solidarität. Sie hatte das Gefühl, inmitten dieser Menschen könnte sie Bäume ausreißen und ein Atomkraftwerk verhindern gleich dazu. Bei aller Nervosität fühlte sie sich in diesem Kreise, neben ihrem Mann, ihrer Familie, den AKW-Gegnern, unglaublich stark.

Die Polizisten, die den ganzen Tag über Stellung bezogen und dem Treiben auf dem Platz scheinbar tatenlos zugeschaut hatten, stiegen plötzlich in ihre Streifenwagen und fuhren davon. Eine Ablösung tauchte nicht auf. Auch dies war den Platzbesetzern ein untrügliches Zeichen dafür, dass bald etwas passieren würde.

Wieder griffen Leute am Lagerfeuer zur Gitarre. Alle stimmten das Lied an, das seit der Platzbesetzung in Marckolsheim gemeinsam von Elsässern und Kaiserstühlern gesungen wurde. Es war die »Wacht am Rhein«, ein altes Kriegslied aus dem neunzehnten Jahrhundert, aber mit neuem Text. Jetzt war es die »andere Wacht am Rhein«.

Im Elsass und in Baden war lange große Not,
da schossen wir für unsre Herrn im Krieg einander tot.
Jetzt kämpfen wir für uns selber in Wyhl und Marckolsheim,
wir halten hier gemeinsam eine andere Wacht am Rhein.
Auf welcher Seite stehst du?
He! Hier wird ein Platz besetzt.
Hier schützen wir uns vor dem Dreck,
nicht morgen, sondern jetzt!

Klara hielt Händchen mit Udo und schaute ihm tief in die Augen, während sie lauthals mitsang. Sie war glücklich. Sie fühlte sich als Teil eines großen Ganzen und gleichzeitig eng mit Udo verbunden. Was später sein würde, war egal. Es zählte nur das Hier und Jetzt.

Zu Hause hatten es sich Resi und Inge vor dem Fernseher bequem gemacht. Resi stellte einen schönen selbstgemachten Eierlikör auf den Wohnzimmertisch. Die zwei Frauen stießen miteinander an und wandten sich den Abendnachrichten zu.

Ministerpräsident Filbinger stand mit eisigem Gesicht vor einer holzvertäfelten Wand und sprach gefasst in die Kamera.

»Die Besetzungen sind rechtswidrig. Und selbstverständlich haben die verantwortlichen Politiker und Instanzen des Landes die Pflicht, das nicht zu dulden«, erklärte der Landesvater. »Es wird daher die Räumung des besetzten Geländes durchgeführt werden durch die Polizei. Selbstverständlich ganz besonnen, aber auf der anderen Seite auch mit der nötigen Entschiedenheit, denn der Rechtsstaat kann es nicht hinnehmen, dass in Teilgebieten Rechtsbrüche durchgeführt werden. Ich habe auch Anzeichen dafür, dass die Bevölkerung sich von diesen Aktionen weitgehend distanziert, dass die Drahtzieher irgendwo anders sind. Man muss gegen sie vorgehen. Wir wollen aber die besonnene Bevölkerung trennen von den extremistischen Kräften, die derzeit ihr Unwesen an Ort und Stelle treiben.«

Resi verschluckte sich an ihrem Eierlikör und prustete, während auf dem Bildschirm die Kamera über den besetzten Platz schweifte.

»Hast du das gehört, Inge? Drahtzieher. Extremistische Kräfte. Ich! Der Karl. Die Hannelore. Herrje.«

Sie griff zur Flasche und goss nach.

»Nochmal Prost. Auf den Widerstand.«

»Prost, Resi.«

Mit einem entschlossenen »Kling« stießen die Gläser gegeneinander.

»Ich glaub«, meinte Resi, »selbst für die Roswitha bin ich nicht linksradikal und extremistisch, sondern einfach nur total verrückt im Kopf.«

Beide Frauen sahen sich an und brachen in lautes Gelächter aus.

Am späten Abend fuhr Hannelore nach Hause. Sie würde dort schlafen und, da sie direkt an der Zufahrtsstraße wohnte, als Warnerin fungieren. Überall in den Orten Richtung Freiburg hatten sie Posten aufgestellt. Sobald der erste Polizeiwagen Freiburg verließ, würde die Telefonkette in Gang gesetzt.

Hannelore war beseelt von den letzten Stunden, gleichzeitig spürte sie, wie jetzt die Anspannung in ihr enorm zunahm. Gerne hätte sie ihren Mann bei sich gehabt, aber sie waren sich einig, dass Karl auf dem Platz bleiben musste.

Sie hörte Gelächter aus dem Wohnzimmer und steckte den Kopf hinein. Wie ertappt fuhren Resi und Inge herum.

Hannelore musste lachen, als sie die zwei Frauen so sah. Dann wurde sie ernst.

»Resi, wie sieht es bei dir aus? Bist du morgen früh dabei?«

»Aber natürlich!« Resi hob ihr Glas. »Das machen wir gemeinsam, ich bleib doch nicht untätig hier sitzen.«

»Prima. Dann gute Nacht. Ich weck dich, sobald ich was höre.«

Hannelore ließ im Schlafzimmer die Tür offen, das Fenster trotz der Kälte gekippt und die Vorhänge aufgezogen, damit sie nichts verpasste. Dann legte sie sich in Jeans und Pulli ins Bett.

Im Wyhler Wald wurde es ruhig. Nachdem die Wachen eingeteilt waren, zogen sich die meisten zurück in ihre Zelte, nur wenige verharrten am Lagerfeuer. Klara und Udo hatten Glück, diesmal traf sie keine Schicht. Stattdessen kuschelten sie sich im Zelt eng aneinander. Udos Hand wanderte vorsichtig unter ihren Pulli. In Klaras Kopf drehte es sich. Was für ein irrealer, zärtlicher Moment. Zwischen ihr und Udo entwickelte sich etwas. Gleichzeitig hing die drohende Räumung wie ein Damoklesschwert über ihnen.

Lorenz, Wolle, Karl und sein Nachbar Franz schlugen ihr Nachtlager im Waldarbeiterhäuschen auf, das vom Platz etwas entfernt lag. Es war täuschend still, aber es lag etwas in der Luft. Nachdem sie es sich auf dem mit

Stroh ausgelegten Boden bequem gemacht hatten, hörten sie das Geräusch eines Fahrzeugs.

Karl setzte sich auf und schaute aus dem kleinen Fenster. Ein VW mit abgeblendetem Licht fuhr auf dem nahen Weg auf und ab.

»Ich hab das Gefühl, ich bin wieder im Krieg«, flüsterte Franz neben ihm.

Während Lorenz und Wolle tatsächlich bald tief und gleichmäßig atmeten, glich der Schlaf von Karl und Franz eher dem eines Hasen. Mit offenen Augen lagen sie da und warteten, bis ihre Wache anfing. Sie hatten die Schicht von drei bis fünf Uhr an der Schranke in der Nähe des Häuschens übernommen. Karl war froh, als sie endlich aufstehen und sich postieren durften. Der VW war mittlerweile verschwunden.

Ungefähr zur selben Zeit wie Karl auf seinem Wachposten fand sich sein Schwager Johann zum Dienst ein. Unter den Polizisten herrschte eine konzentrierte Stimmung. Jeder bereitete sich ruhig und in sich gekehrt auf den kommenden Einsatz vor.

Die olivgrüne Einsatzuniform war nicht Johanns bevorzugtes Kleidungsstück. Außerdem würden sie heute zum ersten Mal Helme statt Mützen tragen. Johann probierte seinen noch einmal an. Es war ein ungewohntes Gefühl, und er war sich nicht ganz sicher, ob der

Helm wirklich gut saß. Dazu kamen seine Dienstwaffe, Handschellen und der Schlagstock, offiziell Hiebwaffe genannt.

In der Zentrale trafen sich schließlich der Einsatzleiter, die vier Hundertschaftsführer sowie die jeweils untergeordneten vier Zugführer der Hundertschaften zur Besprechung.

»Die Anordnung des Innenministeriums lautet: Der Platz muss unter allen Umständen und mit allen Mitteln geräumt werden«, erklärte der Einsatzleiter. »Dafür werden, falls die Störer den Platz nicht freiwillig verlassen, auch Hiebwaffe und Wasserwerfer eingesetzt. Wir haben außerdem Panzerwagen und die Hundestaffel dabei.«

Johann wurde mulmig. Er hatte schon geahnt, dass das Innenministerium auf das ganz große Aufgebot setzen würde. Jetzt befürchtete er das Schlimmste.

In dem Moment klingelte das Telefon direkt neben ihm. Mechanisch hob er ab.

Am anderen Ende der Leitung sagte eine männliche Stimme im Kaiserstühler Dialekt genau zwei Sätze.

»Mir sin do. Ihr kenne kumme.«

Es klackte und dann folgte ein pulsierendes Tuten. Johann blickte verwirrt auf den Telefonhörer, bevor er sich seinen Kollegen zuwandte, die ihn neugierig ansahen.

»Wir können kommen, sagen sie. Sie wären da.«

In Wyhl lag Hannelore hellwach im Bett. Hatte sie überhaupt geschlafen? Sie hörte, wie ein Auto am Haus vorbeifuhr, und sah auf den Wecker auf ihrem Nachttisch. Kurz nach vier Uhr. Sie setzte sich auf, knipste das Licht an und ging zum Fenster.

Wieder fuhr ein Auto vorbei. Und es war eindeutig ein Polizeiwagen. Schnell lief Hannelore die Treppe hinunter zum Telefon im Wohnzimmer. Wieso hatte sich noch keiner bei ihr gemeldet? Oder hatte sie es nicht läuten gehört?

Hannelore hob den Hörer ab und wählte die für die Telefonkette verabredete Nummer. Statt eines Verbindungszeichens gab es ein Klack-Klack. Hannelore war verwirrt. Hatte sie sich vertan? Sie wählte die Nummer noch einmal. Wieder Klack, klack. Seltsam. Sie probierte eine andere Nummer aus der Telefonkette: Klack, klack.

Jetzt wählte sie die Eins-eins-null. Es erschien der altbekannte Verbindungston und schließlich die Stimme eines Polizisten, der fragte, was er tun könne. Ohne ein Wort zu sagen, legte Hannelore auf. Sie brauchte einen Moment, um zu realisieren, was passiert war. Dann rannte sie los und weckte Resi.

XI.

Sie schafften es gerade noch rechtzeitig auf den Platz. Dort waren alle bereits wach und sammelten sich im Schein des großen Lagerfeuers in der Mitte. Von überall strömten Menschen. Dann riss der Strom plötzlich ab. Die Polizei hatte die Zufahrten großflächig abgeriegelt und einen Ring um das Gelände gebildet.

Hannelore und Resi arbeiteten sich zwischen den Hunderten von Menschen vorwärts und trafen irgendwann tatsächlich auf Klara und Udo. Auch Karl und Franz und schließlich Lorenz, Wolle, Axel und Kerstin kamen zu ihnen.

Auf dem gesamten Platz war die Stimmung angespannt. Planen wurden verteilt, um sich bei Bedarf vor den Wasserwerfern zu schützen. So standen und saßen sie herum und warteten.

In der Ferne läuteten bald die Glocken mehrerer Kirchen, Sirenengeräusche mischten sich darunter, und Hannelore bemerkte zufrieden, dass sich die Warner angesichts des nicht funktionierenden Telefons anders zu helfen gewusst hatten.

Es dauerte. Es kam ihnen endlos vor und sie froren. Erst als der Morgen graute, sahen sie schemenhaft die Helme der Polizisten im Nebel auftauchen.

Wie Champignons sehen sie aus, dachte Klara. Sie hielt ihren Fotoapparat, den sie um den Hals trug, hoch und drückte auf den Auslöser. Dann steckte sie ihn wieder unter ihren Parka und zog den Reißverschluss bis nach oben unters Kinn.

Aus dem Wald hörte man Hundegebell. Immer näher kamen die Einsatzkräfte. An der Natorampe standen mittlerweile zahllose Einsatzwagen der Polizei. Hannelore entschied, dorthin zu gehen und mit den Beamten zu reden. Die Lücke, die sich dadurch in der Kette der Besetzer ergab, schloss sich umgehend.

Hannelore stapfte vor zur Natorampe. Sie sah Panzerwagen, Wasserwerfer und Unmengen Polizisten. Ihr fiel auf, wie jung viele von ihnen aussahen.

»Können wir mit Ihnen sprechen?«, fragte sie den Nächstbesten.

»Keine Diskussion!«, lautete die barsche Antwort.

»Hört uns doch wenigstens an«, bat sie verzweifelt.

»Junge Frau«, ein Beamter griff sie am Ärmel, »gehen Sie zurück an Ihren Kochtopf, Sie haben hier nichts verloren.«

Er schubste sie unsanft Richtung Zufahrtsstraße, und Hannelore begriff, dass es zwecklos war, und kehrte zurück zu den anderen, bevor irgendjemand wieder an ihr ziehen konnte.

Johann und seine Hundertschaft näherten sich dem Platz durch den Wald. Sie hatten mehrere Polizeihunde dabei, die aufgeregt neben ihnen herliefen und kaum zu halten waren. Der Boden war schmierig und aufgeweicht. Johanns Helm rutschte etwas und es störte ihn. Er war sehr nervös, aber er durfte sich nichts anmerken lassen. Er war schließlich der Hundertschaftsführer und musste Stärke und vorbildliches Verhalten zeigen.

Nicht weit entfernt sah er die unzähligen Platzbesetzer auf dem Boden kauern. Er war sich sicher, dass seine Verwandten darunter waren, und hoffte, dass er eine direkte Begegnung vermeiden oder sich zumindest zurückhalten konnte.

Singen half gegen die unsägliche Anspannung. Die Menschen, die da am Boden saßen, duckten sich unter ihren Planen, hielten sich fest umklammert und sangen ein ums andere Mal ihr Lied, die »andere Wacht am Rhein«.

Auf welcher Seite stehst du? He! Hier wird ein Platz besetzt. Hier schützen wir uns vor dem Dreck, nicht morgen, sondern jetzt!

Als es gänzlich hell geworden war, versuchte der Einsatzleiter, durch den Polizeilautsprecher gegen das Singen anzukommen.

»Durch Ihr Verhalten ist bereits ein Tatbestand nach Paragraf hundertvierzig Strafgesetzbuch erfüllt, weil Sie die Baustellenzufahrt blockieren und Arbeiter an ihrer Tätigkeit behindern. Ich wiederhole: Falls Sie dieser letzten Aufforderung nicht nachkommen, beginnen wir mit der Räumung. Ende der Durchsage.«

Keiner erhob sich. Klara hockte zwischen Udo und Resi auf dem nassen Boden und hatte das Gefühl, dass die Polizisten immer näher kamen und ihnen fast die Luft abschnürten. Alle froren entsetzlich. Der Einsatzleiter fuhr fort:

»Wir fordern Sie zum letzten Mal auf, ich wiederhole: Wir fordern Sie zum letzten Mal auf, das Baugelände einschließlich der Wege in Richtung Natorampe zu verlassen. Sie werden ferner aufgefordert, Ihre Zelte abzubrechen und Ihre Habe mitzunehmen. Sollten Sie dies nicht tun, werden die Gegenstände beschlagnahmt. Falls Sie dieser letzten Aufforderung nicht nachkommen, beginnen wir mit der Räumung.«

Die Besetzer blieben hocken und stimmten stur ihr Lied an.

Jetzt kämpfen wir für uns selber in Wyhl und Marckolsheim, wir halten hier gemeinsam eine andere Wacht am Rhein.

Entschlossen kamen die Polizisten näher und griffen zu. Resi war die Erste, die weggezogen wurde. Zu zweit schleiften die Beamten sie über den Platz, während sie sich wie verabredet nicht zur Wehr setzte. An der matschigsten Stelle ließen sie los, und Resi landete unsanft im Dreck.

Jetzt wurde Udo herausgegriffen, dann Wolle und Axel. Für jeden Einzelnen von ihnen waren vier Polizisten notwendig. Neben ihnen stand ein Kameramann und filmte die Szene.

Lauter Langhaarige, fiel Hannelore auf. Lauter junge Leute zogen sie raus, sah man mal von Resi ab. Das konnte doch kein Zufall sein.

Einer nach dem anderen wurden sie herausgezerrt. Sogar vor einer jungen Mutter mit Kleinkind machten die Polizisten nicht Halt und gingen so rabiat vor, dass die Frau hinfiel und ihr Kind durch die Luft flog. Ein lautes Raunen ging durch die Reihen.

»Mein Kind«, rief sie verzweifelt.

Klara hatte schon längst ihre Kamera wieder hervorgeholt und drückte unentwegt auf den Auslöser. Als die Polizisten sie sich greifen wollten, ging Karl dazwischen.

»Wenn du sie nimmst, musst du zuerst uns nehmen«, rief er, und die zwei Polizisten ließen tatsächlich von ihr ab. Die nächste Lautsprecherdurchsage folgte:

»Wir werden vor dem Einsatz der Wasserwerfer versuchen, Sie und Ihre Kinder zu entfernen, um Ihr Leben nicht zu gefährden. Aus diesem Grunde nochmal die dringende Bitte an die Eltern, Vernunft walten zu lassen und ihre Kinder nicht unnötig in Gefahr zu bringen.«

»Es geht um unsere Kinder«, rief Hannelore.

»Es geht um unsere Heimat«, brüllte Karl.

»Pfui, pfui! Pfui, pfui! Pfui, pfui!«, skandierte die Menge.

Vor ihnen positionierte sich ein Wasserwerfer. Die Gruppe kauerte sich zusammen und zog die Plane enger über den Kopf. Und sie sangen.

Hannelore sah hoch in die Gesichter der Polizisten. Im ersten Moment zögerte sie, im zweiten war sie sich sicher.

»Johann!«, brüllte sie und sprang unvermittelt auf. »Johann, was soll dieser Unsinn?«

Auf welcher Seite stehst du? He! Hier wird ein Platz besetzt. Hier schützen wir uns vor dem Dreck, nicht morgen, sondern jetzt!

Johann drehte sich in ihre Richtung und blickte Hannelore erschrocken an. Im selben Moment gab es ein lautes Zischen, und die Gesänge der anderen Wacht am Rhein versanken mit einem kräftigen Wasserstrahl in Geschrei, Pfiffen, Hundegebell, Lautsprecherdurchsagen und Chaos.

Der Wasserstrahl traf Hannelore mit voller Wucht von vorn, so dass sie umfiel. Karl versuchte, den Sturz seiner Frau noch abzufangen, während er sich vor der Kraft des Wassers duckte. Klara zog die Knie an und beugte sich vor, um ihre Kamera zu schützen. Das Wasser war eiskalt und der Strahl so hart, dass es schmerzte. Schließlich hörte es auf.

Von oben wurde die Plane weggerissen. Der Einsatzleiter wiederholte seine Warnung durch den Lautsprecher.

Wieder zischte es und das Wasser prasselte mit gleicher Härte jetzt ohne jeglichen Schutz auf sie nieder.

Als der Strahl nachließ, griffen entschlossene Hände nach Klara und zogen sie davon. Mit aller Macht hielt sie ihre Kamera fest. Sie schaffte es sogar, zweimal auf den Auslöser ins Nichts zu drücken. Bis fast zur Natorampe schleiften zwei Polizisten Klara, bis sie sie einfach fallen ließen. Klara rappelte sich auf. Schnell nahm sie ihre Kamera hoch und drückte wieder ab. Dann erst orientierte sie sich.

Sie war über und über mit Matsch bedeckt. Auch ihre Kamera hatte gelitten. Überall liefen Menschen weinend und zornig zwischen den Polizisten hin und her. Vorne an der Natorampe stand eine Riege aus Presseleuten, davor einige Platzbesetzer. Klara ging auf sie zu.

»Das ist ja eine Schande. Wenn ihr ein Herz im Leib hättet, würdet ihr so was nicht tun«, empörte sich gerade eine junge Frau Richtung Polizei. »Wir sind keine Linksradikalen. Wir sind friedliche Bürger und verteidigen unser Land.«

»Wo ist unsere Demokratie? Wir sind Bewohner von dem Gebiet und wir kämpfen drum, dass wir leben können«, weinte eine ältere Frau verzweifelt in eine Kamera.

»Hier sieht man, wo der Baader-Meinhof-Effekt herkommt«, entrüstete sich ein Mann. »Radikale werden ja nicht geboren. Die werden von der Umwelt produziert.

Aber das nächste Mal sind wir noch mehr Leute. Da müssen sie mit Panzern kommen.«

»Das hat den Bogen überspannt«, sagte eine weitere Frau. »Da hätten sie wenigstens sagen können, die Frauen und die Kinder lassen wir in Ruh'. Die hatten ja nicht mal Zeit zum Aufstehen. Gleich die Erste haben sie an den Haaren rumgerissen.«

Auch Hannelore und Karl standen vor den Journalisten. Hannelore hatte keine Scheu zu sprechen.

»Wir sind alle nur gekommen, weil wir hier leben, und für unsere Kinder kämpfen wir.«

Klara stellte sich neben ihre Tante.

»Klara!« Hannelore umarmte sie.

»Kommt, lasst uns gehen. Wir können hier nichts mehr ausrichten«, sagte Klara resigniert.

»Gleich, vorher will ich hier noch was loswerden«, antwortete Hannelore und wandte sich wieder den Journalisten zu.

»Wie geht es denn jetzt weiter?«, wollte ein Reporter von ihr wissen.

»Wir stehen jetzt zusammen, jetzt merken wir, wer unser Feind ist, wer gegen uns ist. Wenn wir jetzt nicht zusammenhalten, dann sind wir verloren«, gab Hannelore sich kämpferisch.

Karl legte den Arm um Klara.

»Alles okay bei dir so weit?«

Klara nickte.

»Ich glaube, sie haben Udo und Wolle mitgenommen«, meinte Karl. »Die saßen da drüben in einer grünen Minna. Sie ist gerade weggefahren. Die Leute werden nach Emmendingen gebracht, hat mir ein Polizist verraten.«

Klara sah erschrocken auf.

»Dann müssen wir sie da rausholen«, erklärte sie bestimmt.

»Gleich, erstmal gehen wir nach Hause und sammeln uns. Sag, hast du Resi gesehen?«

XII.

Im Haus wurden Hannelore, Karl und Klara schon ungeduldig von Inge erwartet.

»Wo wart ihr so lange? Du liebe Güte, wie ihr ausseht.« Sie schlug die Hände zusammen.

Hannelore hatte ganz rote Augen und fing an, sie sich unter dem Wasserhahn auszuwaschen.

»Mein Gott, was war das für ein Strahl«, sagte sie.

Sie duschten heiß und setzten sich dann im Wohnzimmer an den Kachelofen, während Inge ihnen Kaffee und Brötchen reichte.

»Erzählt, was ist passiert? Hier war ja ein Polizeiaufgebot im Ort, wie ich es noch nie gesehen hab.«

Sie berichteten und redeten alle durcheinander.

»Eine Sache möchte ich vor allem wissen«, sagte Inge schließlich mit Nachdruck. »Habt ihr Johann gesehen? War er dabei?«

»Ich hab ihn gesehen«, antwortete Hannelore.

»Das hat er sich bestimmt nicht ausgesucht, da mitzumachen«, meinte Inge.

»Ich bin trotzdem sauer auf ihn«, entgegnete Hannelore.

Es klingelte an der Tür. Es war Lorenz, auch er war nass und von oben bis unten voll mit Dreck.

»Hast du Resi gesehen?«, fragte Karl sofort.

»Nein, leider nicht.«

Dankbar nahm Lorenz einen Becher Kaffee an. Nachdem er ihn leergetrunken hatte, zog er seinen Pulli und sein T-Shirt aus und präsentierte seine Schulter. Sie war großflächig mit blauen Flecken bedeckt.

»Aua.«

Lorenz verzog das Gesicht, als er es sah.

»Was haben sie mit dir gemacht?«, fragte Inge schockiert.

»Schlagstock«, antwortete Lorenz einsilbig.

»Du liebe Güte. Wie ist das passiert?«, wollte Hannelore wissen. Ihre Augen waren immer noch tiefrot.

Lorenz antwortete nicht auf die Frage. »Lasst uns lieber nach Emmendingen fahren und unsere Kameraden abholen«, sagte er stattdessen. »Klara, fährst du hin und nimmst mich mit?«

Karl sprang auf.

»Ja, macht das. Und wir«, wandte er sich an seine Frau, »fahren erstmal zum Arzt.«

Auf dem Gelände wurde es leerer, und Johann nahm es dankbar zur Kenntnis. Die Bauarbeiter nahmen noch während der Räumung ihre Arbeit wieder auf, und schon bald mischten sich unter das letzte Aufbäumen der Platzbesetzer und die Polizeisirenen auch noch der gewaltige Lärm von Motorsägen, niederkrachenden Bäumen und mächtigen Baumaschinen.

Fassungslos betrachteten die verbliebenen Protestierenden, wie sich die Staatsmacht und der Bauherr das Gelände zurückeroberten, bevor sie endgültig weggescheucht wurden. Zwei Arbeiter kamen mit einer riesigen Rolle Stacheldraht, und die Polizisten halfen dabei, ihn um den Platz zu ziehen, auf dem die Atomkraftwerksgegner die letzten zwei Nächte ausgeharrt hatten.

Johann war erschöpft. Er hatte Hunger und Durst, und noch war gar nicht absehbar, wann es mal einen freien Moment für eine Pause geben würde. Abgesehen davon hatte er noch überhaupt keinen Versorgungswagen gesichtet, aber das würde sich hoffentlich bald ändern.

Seit vierzehn Jahren war Johann Polizist, und bis zu diesem Tag war er es stets mit Leib und Seele und einer riesigen Portion Ehrgeiz gewesen, die ihm bereits mit Anfang Dreißig den Rang eines Polizeihauptkommissars eingebracht hatte. Dass ihm schon das Führen einer Hundertschaft zugetraut wurde, war keinesfalls selbstverständlich, genauso wenig wie sein Platz im Führungsstab. Die Aktion heute aber kam ihm völlig übertrieben vor. Er musste zugeben, dass er vor den Protestierenden Respekt empfand. Mit aller Macht und Gewalt war die Polizei über sie hergefallen und diese Menschen waren ruhig geblieben. Natürlich waren sie nicht freiwillig gegangen, natürlich hatten sich gewehrt, aber alles in allem hatten sie sich absolut gewaltfrei verhalten. Und es waren mitnichten die langhaarigen Linksradikalen, die dort ausgeharrt hatten, sondern Bauern, Winzer, ältere Männer und Frauen, Mütter mit Kindern.

Johann sah bewegungslos zu, wie seine Kollegen mit den Bauarbeitern den Stacheldrahtzaun zu einer unüberwindbaren Festung hochzogen. Dass er ausgerechnet Hannelore begegnen musste, war wirklich großes Pech. Auch Klara und Karl glaubte er neben ihr gesehen zu haben. Er hoffte, dass ihnen nichts passiert war. Er würde später versuchen, seine Schwester telefonisch zu erreichen.

Vor dem Polizeirevier Emmendingen gab es einen Menschenauflauf. Alle wollten ihre Kameraden abholen, die dort festgehalten wurden. Insgesamt hatte die Polizei vierundfünfzig Demonstranten verhaftet, hauptsächlich Elsässer, Studenten und andere junge Leute.

Wie Resi in dieses Beuteschema passte, war ihr nicht ganz klar, während sie mit den anderen Festgenommenen drinnen darauf wartete, erkennungsdienstlich behandelt zu werden. Resis einziger Kontakt mit der Polizei in ihrem Leben hatte bis jetzt darin bestanden, dass sie sie einmal angerufen hatte, weil jemand daheim in Karls vor dem Haus geparktes Auto gefahren war. Die Polizei, dein Freund und Helfer? Seit heute hatte Resi dazu ihre ganz eigene Meinung.

Immerhin, der Beamte, der ihre Personalien notierte, Fotos von ihr machte und ihre Fingerabdrücke nahm, war ausgesprochen freundlich zu ihr. Da machte es fast nichts, dass sie vergessen hatte, ihren Personalausweis zum Demonstrieren mitzubringen. Nach zwei Stunden durfte sie gehen.

Resi hatte nicht einen Pfennig Geld bei sich, aber irgendwie würde sie schon nach Hause kommen. Sie war überrascht, wie viele Leute vor dem Revier standen, als sie aus der Tür trat. Die Leute klatschten sogar, und wäre Resi nicht so unglaublich dreckig gewesen, hätte sie sich fast wie eine Diva gefühlt. In der Menge entdeckte sie schließlich Klara und Lorenz, die ihr erleichtert zuwinkten.

»Wie schön, dass wir dich wiederhaben«, begrüßte Klara sie. »Hast du Wolle und Udo gesehen?«

»Müssten auch gleich rauskommen«, meinte Resi, »sie haben mir freundlicherweise den Vortritt gelassen.«

Sie warteten, bis auch Klaras Freunde von der Polizei entlassen wurden, und fuhren dann gemeinsam zurück nach Wyhl.

Gegen Mittag hing Johann der Magen in den Kniekehlen. Wann hatte er das letzte Mal gegessen? Immerhin gab es Wasser zu trinken, sonst wäre er schon umgefallen.

Auf dem Baugelände ging alles seinen geregelten Gang. Der Zaun war gespannt, und die Polizisten standen davor, um Maschinen und Arbeiter bis auf weitere Anordnung zu sichern. Verstohlen blickte Johann auf die Uhr. Wann kam bloß die Ablösung? Die ersten zwei Hundertschaften waren einfach abgezogen, die dritte wurde ausgetauscht. Nur seine stand hier seit dem Morgengrauen in derselben Besetzung.

Die ersten Gegner erschienen wieder an der Natorampe. Die Presse stand auch noch da. Johann war gespannt auf die Berichterstattung. Und was die hohen Herren in Stuttgart wohl zu diesem doch offensichtlich unverhältnismäßigen Einsatz sagen würden. Ach, wenn er doch endlich ins Bett dürfte.

Klara fuhr mit Udo zurück nach Freiburg. Seit Tagen war sie nicht mehr dort gewesen. Sie brannte jetzt darauf, in ihrem Fotolabor die Bilder der letzten Stunden zu entwickeln. Sie setzte Udo in der Wiehre ab, und er versprach, bald nachzukommen. Zu Hause im Stühlinger begann Klara sofort mit den Vorbereitungen. In ihrer Kammer spulte sie den Film in die Entwicklerdose und stellte danach die Wannen mit den verschiedenen Lösungen auf.

Es war ganz ungewohnt, dass Inge nicht in der Wohnung war. Klara konnte sich kaum erinnern, wann das mal der Fall gewesen war, seit sie bei ihr wohnte.

Nachdem Klara den Film aus der Entwicklerdose genommen hatte, hielt sie die Negative gegen das Rotlicht. Auf den ersten Blick konnte sie zufrieden sein. Sie zog die Filmrolle in den Vergrößerungsapparat und machte sich konzentriert ans Werk. Gespannt beobachtete sie, wie das belichtete Fotopapier im Entwicklerbad langsam Konturen annahm.

Als sie die Fotos wässerte, klingelte es an der Tür und Klara ließ Udo hinein. Gemeinsam betrachteten sie die Aufnahmen. Man sah die weißen Helme der Polizisten im Morgennebel. Das Bild war nur schemenhaft, aber es transportierte die Anspannung, unter der sie gestanden hatten. Der Wasserwerfer direkt vor Klara. Die Polizisten. Die Demonstranten, die überall hockten. Schließlich das Foto, das Klara spontan und ohne Hingucken geschossen hatte, nachdem sie sich aus dem Matsch aufgerappelt hatte. Udo zog es aus der Wasserschale und pfiff durch die Zähne.

»Nicht schlecht, was man da sieht.«

Es war ein Polizist, der mit seinem Schlagstock gerade auf einen am Boden liegenden Demonstranten einhieb.

»Das solltest du der Presse geben.«

»Hm. Aber erstmal muss ich schlafen. Du auch?«

Sie räumten gemeinsam auf und krochen dann in Klaras Bett. Es war viel zu schmal für zwei erwachsene Menschen, aber was machte das? Sie schmiegten sich eng aneinander. Nachdem sie heute Morgen durch die Hölle gegangen waren, erschien es Klara nun, als lägen sie in einem Himmelbett.

XIII.

Am Freitagmorgen wachte Johann in seiner kleinen Wohnung in der Haslacher Straße in Freiburg auf. Er war wie gerädert. Ein Blick auf seine Armbanduhr bestätigte ihm, dass er fast zwölf Stunden geschlafen hatte. Johann schlug die Decke zurück und machte sich auf ins Bad. Er sollte heute wieder antreten, dabei fühlte er sich absolut erholungsbedürftig. Er hatte wirklich gar keine Lust, wieder raus nach Wyhl zu fahren und dieses verfluchte Gelände vor wütenden Kaiserstühlern zu sichern. Aber was blieb ihm anderes übrig? Und sollte das jetzt vier Jahre so weitergehen, bis dieses gottverdammte Atomkraftwerk endlich stand?

Nachdem seine Hundertschaft gestern doch irgendwann abgelöst worden war, hatte er – endlich – etwas gegessen und war dann schnurstracks nach Hause gegangen. Dort dauerte es eine Weile, bis er zur Ruhe kam, vor allem, weil ihm das Telefongespräch mit Hannelore nachhing. Sie wütete und beschimpfte ihn, und es war ihm nicht möglich, ihr zu erklären, dass er doch gar keine Wahl gehabt hatte. Alles andere wäre Befehlsverweigerung gewesen und dann wäre es aus mit der Polizeikarriere gewesen.

Hannelore wollte es nicht hören, und Johann war heilfroh, als Inge ihr den Hörer aus der Hand nahm. Seine

Mutter beruhigte ihn und erkundigte sich, wie es ihm ging. Es tat ihm wohl. Er fand es schade, dass sie in Wyhl war. Sonst verließ Inge Freiburg eigentlich nie, und am Abend hätte er sie gerne besucht, um nicht allein zu sein.

Stattdessen hatte er den Fernseher angemacht. In den Sieben-Uhr-Nachrichten sah man Filbinger immer noch von linksextremen Chaoten aus der gesamten Bundesrepublik sprechen. Wollte der sie alle verschaukeln? Johann fragte sich, ob die Polizei dem Ministerpräsidenten die richtigen Informationen zukommen ließ. Oder wollte Filbinger vielleicht gar nicht wirklich hören, wer da am Kaiserstuhl protestierte? Johann hielt das durchaus für möglich. Ehe er diesen Gedanken jedoch weiter hatte verfolgen können, war er eingeschlafen.

Hannelores Augen brannten noch immer, als sie sich mit Karl und Resi zum Bauplatz aufmachte. Für Freitagnachmittag war eine Kundgebung angesetzt worden.

Zahlreiche Atomkraftwerksgegner fanden sich am neu errichteten Panzerdrahtzaun ein, der statt Stacheln kleine rasiermesserscharfe Klingen hatte. Auf der anderen Seite standen die Polizisten mit bewegungslosen Mienen. Es hatte fast Zoocharakter, wie die Protestierenden die Polizei hinter dem Panzerdraht betrachteten.

Hannelore lief den Zaun entlang und sah jedem Beamten genau ins Gesicht, bis sie schließlich am Ziel war.

»Johann, du Verräter«, rief sie ihrem Bruder auf der anderen Seite zu. »Gegen deine eigene Familie, pfui! Schäm dich.«

Johann versuchte, keine Reaktion zu zeigen. Es war ihm vor seinen Kollegen äußerst peinlich, dass seine Schwester vor dem Zaun so einen Radau machte. Jetzt kam Karl hinzu und versuchte sie zu mäßigen. Sie wehrte ihn ab.

»Lass dich bloß nicht mehr bei uns blicken, Johann. Das hätte ich nie von dir erwartet!«, schrie Hannelore.

Jetzt antwortete Johann doch.

»Bitte, Hannelore, geh weiter. Ich hab keine Wahl, versteh das doch.«

»Man hat immer eine Wahl; und wenn Recht zu Unrecht wird, dann wird Widerstand zur Pflicht. Wir geben bestimmt nicht auf. Merk dir das!«

Wütend wandte sie sich ab.

Bis auf den Zwischenfall mit seiner eigenen Schwester verlief die Kundgebung für Johanns Dafürhalten friedlich. Fünftausend Menschen, schätzte er, fanden sich an der Natorampe ein, aber es gab keine besonderen Vorkommnisse. Gott sei Dank. Vermutlich waren an diesem Freitag sowohl die Gegner als auch die Polizei noch von den Ereignissen des Vortages völlig erschöpft. Johann war es auf jeden Fall. Ihm gingen die Kommentare seiner Kollegen, mit denen er am Zaun stand, nicht aus dem Kopf. Kaum hatte Hannelore abgedreht, hatten sie sich ziemlich lustig über ihn gemacht. Es war beschämend.

Das Wochenende würde er frei haben, was für ein Glück. Jetzt schlich er nach Hause und wollte nur noch ins Bett. Als Johann seine Wohnungstür aufschloss und das Licht anknipste, überfiel ihn eine gewaltige Einsamkeit. Sofort machte er das Licht wieder aus und zog die Tür zu. Hier wollte er nicht bleiben. Er lief weiter in den Stühlinger. Als er bei seiner Mutter klingelte, antwortete niemand. Johann blickte hoch und sah, dass das Küchenfenster dunkel war. Egal, er hatte immer noch einen Schlüssel zur elterlichen Wohnung, und in diesem Moment war er lieber dort allein als in der Haslacher Straße. Schwerfällig wie ein gebrochener Mann lief er die vier Stockwerke hoch, bis er endlich unter dem Dach ankam. In der Küche machte er nur das kleine Licht über dem Herd an und schaute im Kühlschrank nach, ob es Bier gab, und weil dies nicht der Fall war, ging er ins Wohnzimmer und holte den Obstbrand hervor. Großzügig goss er sich ein, während er am Küchentisch saß und ins Nichts starrte.

Inge ließ sich nach der Kundgebung und einem gemeinsamen Abendessen in Wyhl von Klara mit nach Freiburg nehmen, nicht ohne zu versprechen, bald zurückzukehren. Sie musste zugeben, dass ihr die Tage im Haus ihrer Tochter richtig gut gefallen hatten. Nicht nur hatte sie sich bestens mit Resi verstanden, sie genoss es auch, ihre Familie auf ihre Weise im Kampf gegen das Atomkraftwerk zu unterstützen, obwohl sie sich noch nie wirklich Gedanken darüber gemacht hatte, ob Kernkraft nun gut oder schlecht sei. Zu guter Letzt hatte Inge sich mit ihren zwei Enkeln eine schöne Zeit gemacht und große Freude daran gehabt, sie zu versorgen und für alle zu kochen. Aber jetzt sollte sie doch mal wieder in Freiburg nach dem Rechten schauen.

Klara setzte sie vor der Haustür ab und fuhr gleich weiter mit Udo zu dessen WG. Zwischen den beiden schien sich ja etwas Ernsthaftes zu entwickeln, dachte Inge auf dem Rücksitz, während sie beobachtete, wie die beiden vorne die ganze Fahrt über Händchen hielten, bis auf die Momente, in denen Klara die Gangschaltung betätigte. Inge war sich nicht ganz sicher, was sie von Udo halten sollte, aber das war Klaras Angelegenheit ganz allein. Da mischte sich Inge ganz bestimmt nicht ein, sondern freute sich eher, dass es Klara gut zu gehen schien.

Nun erklomm Inge die vielen Treppenstufen hoch zu ihrer Wohnung, in der sie seit über vierzig Jahren lebte. Mit den Jahren kam ihr der Weg nach oben immer länger vor. Als sie den Schlüssel ins Schloss steckte, wunderte sie sich, dass nicht abgeschlossen war. Die Tür war nur zugezogen worden. Das sah Klara gar nicht ähnlich, aber vielleicht war sie der Liebe wegen etwas durcheinander. Durch das Türfenster sah sie einen kleinen Lichtschein aus der Küche. Das war ungewöhnlich. Leise schloss Inge auf und trat ein.

»Hallo?«, fragte sie und ging Richtung Küche.

Als sie dort ankam, sah sie ihren jüngsten Sohn am Küchentisch sitzen. Die Flasche vor ihm war schon ordentlich geleert.

»Johann, was machst du denn hier?«

»Mama. Gut, dass du da bist.«

Seine Stimme klang dünn. Inge spürte, dass es ihm nicht gut ging. Sie umarmte ihn, und er warf sich geradezu an ihren Hals.

»Entschuldigung. Alles beschissen.«

»Na, na.«

Beruhigend strich sie ihm über den Rücken. Johann rührte sich nicht. Nach einer Weile bemerkte Inge, wie sein Körper zu beben anfing.

Er weinte.

XIV.

Johann schlief tief und fest auf dem Sofa im Wohnzimmer seiner Mutter. Erst gegen zehn Uhr erwachte er. In der Wohnung roch es nach frischem Kaffee. Johann streckte sich und setzte sich auf. Er fühlte sich immer noch gerädert und verkatert. Vielleicht war es doch etwas viel Obstbrand gewesen, den er gestern in seinem Frust getrunken hatte.

»Guten Morgen«, begrüßte ihn Inge strahlend in der Küche. »Kaffee?«

»Gern.«

Auf dem Küchentisch standen frische Brötchen, Honig und Marmelade sowie eine Auswahl an Aufschnitt und Käse. Seine Mutter hatte sich größte Mühe gegeben, es ihrem Jüngsten schön zu machen. Hungrig griff Johann zu. Dann schlug er die Zeitung auf.

Das Blatt hatte dem Polizeieinsatz vom Donnerstag eine Sonderseite gewidmet. Neben einem ausführlichen Bericht waren vier Fotos abgedruckt. Johann musste sich einen Ruck geben, um genau hinzuschauen. Weiße Polizeihelme im Nebel. Wasserwerfer im Einsatz. Zwei Einsatzkräfte, die eine Frau wegschleiften. Und, zu guter Letzt, ein Polizist, der mit seinem Schlagstock auf einen am Boden liegenden Demonstranten eindrosch.

Das durfte nicht wahr sein. Wie standen sie jetzt da? Zu allem Übel entdeckte Johann einen kleinen Hinweis am Ende des Textes: »Fotos: K. Dufner.«

Wie gelähmt starrte er die Zeitung an. Seine eigene Nichte hatte diese entlarvenden Fotos geschossen.

Die Empörung über den Polizeigroßeinsatz in Wyhl fand nicht nur in der unmittelbaren Umgebung ihren Widerhall. Im ganzen Land herrschte Entsetzen. Für Sonntag wurde eine Kundgebung angemeldet. Eine Verschnaufpause für die Atomkraftwerksgegner gab es bis dahin nicht. Vielmehr galt es jetzt, die Menschen in der Region zu mobilisieren, damit sie sich zahlreich am gesicherten Bauplatz versammeln würden. Flugblätter wurden gedruckt und verteilt, die Presse bundesweit benachrichtigt, und fast durchgehend harrten ein paar Handvoll Demonstranten am Panzerdrahtzaun aus, um Präsenz zu zeigen. Manch einer schlug direkt davor wieder ein Zelt auf, Lagerfeuer wurden im Bereich der Natorampe entzündet. Dessen ungeachtet liefen die Baumfällarbeiten auf dem nachts hell erleuchteten Baugelände fast rund um die Uhr im Akkord weiter.

Hannelore schmierte wie viele andere Frauen Vesperbrote, die sie am Samstag mit an den Zaun nahmen.

»Ihr sollt ja was zu essen haben, wenn ihr hier schon in der Kälte rumsteht, gell«, sagten die Frauen versöhnlich, geradezu mütterlich und reichten den Polizisten die Brote durch den Zaun.

Die Versorgung der Polizeibeamten ließ zu wünschen übrig, und kaum einer der Wachhabenden griff nicht gerne zu. Auch das ist Widerstand, dachte Hannelore zufrieden. Demoralisierung durch gutes Essen.

Am Abend schallte es vom Elsass herüber. Der Sprecher gab den Einsatzkräften eine Einführung in die regionale Geschichte.

»Liebe Polizisten, wisst ihr überhaupt, auf welchem Fleck Erde ihr euch befindet? Hier haben unsere Väter im Zweiten Weltkrieg aufeinander geschossen. Hier mussten die Menschen flüchten, ihre Häuser verlassen. Ihre Häuser wurden niedergebrannt. Der Boden, den ihr jetzt schützt, ist blutgetränkt.«

Der Vortrag dauerte einige Minuten. Dann knackte es und man hörte den Gesang von der Wacht am Rhein. Der anderen Wacht am Rhein.

Schon am Sonntagvormittag fanden sich immer mehr Menschen an der Natorampe ein. Nach der Kirche strömten sie nur so. Ganz Wyhl war mit Autos zugeparkt, die Zufahrtsstraße zum Rhein war eine einzige Blechschlange. Überall liefen Menschen. Hannelore und Karl standen an ihrem Schlafzimmerfenster und freuten sich über den Zustrom. Gleich würden noch die Freiburger kommen und im Hof parken, und dann sollte es zu Fuß raus zum Platz gehen. Am Vorabend hatten sich die Anti-AKW-Bürgerinitiativen getroffen und einen Plan geschmiedet.

Auch Johann machte sich an seinem freien Tag in Richtung Kaiserstuhl auf den Weg. Unmengen von Autos waren auf den Straßen unterwegs. Johann wollte natürlich nicht zur Demonstration gehen – er war froh, dass er heute nicht zum Bauplatz raus musste. Stattdessen steuerte er seinen Wagen nach Sasbach, das am nördlichen Ausläufer des Kaiserstuhls lag. Dort parkte er und lief entlang der neu angelegten Terrassierung den Berg hinauf.

Als er oben an einer Bank ankam, blieb er stehen und blickte sich um. Heute herrschte klare Sicht. Im Westen auf der anderen Rheinseite war das vorbereitete Baugelände für das Bleichemiewerk in Marckolsheim mit bloßem Auge gut zu erkennen. Nördlich Richtung Wyhl sah man emsiges Treiben, selbst aus der Entfernung. Auch der Kahlschlag in den Rheinauen zeichnete sich deutlich ab. Johann holte sein Fernglas aus dem Rucksack und hielt es vor seine Augen.

Menschen über Menschen. Wie ein großer Ameisenhaufen sah es aus. Rein berufsbedingt war Johann geübt im Schätzen von Demonstrationsgrößen, aber das, was hier zusammenkam, übertraf alles, was er bis jetzt in seiner Karriere als Polizist, ja in seinem Leben gesehen hatte. Wie viele mochten es sein? Er überschlug, dass es über zwanzigtausend Personen sein mussten. Er betrachtete das Polizeiaufgebot und lachte auf. Mit so einer Menge hatten sie sicher nicht gerechnet, sonst wäre garantiert deutlich mehr aufgeboten worden. Gut für ihn, er war froh, dass er heute frei hatte. Stattdessen waren Einsatzkräfte aus dem Schwäbischen zusammengezogen worden.

Mit dem Fernglas glitt sein Blick vom Bauplatz nach Osten in die Ortsmitte von Wyhl, wo Hannelore mit ihrer Familie lebte. Die Entfernung zum geplanten Kernkraftwerk war wirklich verdammt gering, das musste Johann eingestehen.

Er setzte sich auf die Bank und holte seine Thermoskanne mit dem heißen Tee hervor. Der Aussichtsplatz war perfekt. Die Februarsonne schien mild. Hier würde er bleiben und sehen, wie sich die Lage da unten entwickelte.

Am Rhein staute es sich an der Natorampe. Klara hatte noch nie so viele Menschen auf einem Haufen gesehen. Auch die Menge an mitgebrachten Transparenten war beachtlich. »Kein KKW am Kaiserstuhl«, »AKW am Rhein – Nein!« oder »Das KKW wird nicht gebaut« waren die am häufigsten hochgehaltenen Forderungen. Viele nahmen aber auch Bezug auf die Räumung zwei Tage zuvor: »Deutschland ist eine Demokratie, Baden-Württemberg eine Diktatur« gab es zu lesen oder einen gemalten Stacheldrahtkreis mit der Unterschrift »Des Landesvaters Heiligenschein«. Auch oft zu sehen war eine Parole im Dialekt, die schon in Marckolsheim Anklang gefunden hatte: »Nai hämmer gsait.« Nein haben wir gesagt. Klara hielt all dies mit ihrer Kamera fest.

An der Natorampe gab es Informationsstände. Unterschriftenlisten lagen aus und die Menschen drängelten, um sich einzutragen. Ein einfacher landwirtschaftlicher Anhänger mit einer großen Lautsprecheranlage diente als Podium, auf dem ein evangelischer Pfarrer und die Sprecher der Bürgerinitiativen ihre Reden halten sollten.

Die Polizisten, die der Menge gegenüberstanden, trugen zum größten Teil wieder Helme. Ihre Zahl wirkte gering, sie gingen fast unter angesichts des Großaufgebots an Demonstranten.

»Polizei raus aus Wyhl!«, skandierten die Teilnehmer.

Die Stimmung war dennoch ruhig, fast fröhlich, und wieder einmal hatten sich die Atomkraftwerksgegner auf einen gewaltfreien Kurs verständigt. Die Bürgerinitiativen hofften, dass sich alle daran hielten.

Der Pfarrer eröffnete die Kundgebung. Karl stupste Hannelore an.

»Ich geh dann mal mit den anderen.«

Hannelore nickte und wandte ihre Aufmerksamkeit wieder der Rede zu. Udo, Axel und Wolle schlossen sich Karl, Franz und dem Rest der Gruppe an. Gemeinsam liefen sie Richtung Norden.

Die Polizei und die Baufirma hatten in den letzten Tagen ganze Arbeit geleistet. In kürzesten Abständen waren baumdicke Pfosten eingeschlagen und der Panzerdrahtzaun bis zu drei Meter hochgezogen worden. Daneben stand, in genauso regelmäßigen Abständen, jeweils ein behelmter Polizist. Über den Köpfen der Menge kreiste ein Hubschrauber.

An der Natorampe bereitete sich Hannelore gedanklich auf ihren großen Auftritt vor. Nach dem dritten Redner war sie an der Reihe. Sie hatte sich freiwillig gemeldet, um für die Bauern und Winzer zu sprechen. Aber vor allem, damit die Herren Politiker auch sahen, wie viele Frauen sich an dem Widerstand beteiligten! Dabei hatte sie noch nie in ihrem ganzen Leben überhaupt eine Rede gehalten. Und jetzt gleich vor so vielen Leuten.

Aufgeregt kletterte sie auf den Hänger und faltete den Zettel mit ihrer vorbereiteten Rede auf. Klara hatte ihr etwas geholfen, aber eigentlich floss es aus Hannelore nur so heraus, als sie sich hingesetzt und mit dem Schreiben angefangen hatte. Sie blickte in die Menge. Diese unzählig vielen Menschen waren schlicht beeindruckend. Sie räusperte sich.

»Liebe Kaiserstühler, liebe Umweltschützer! Wir aus der Region, Männer, Frauen und Kinder, hatten diesen Platz besetzt, weil die Regierung und das Badenwerk einfach angefangen haben, zu bauen. Sie haben uns keine Wahl gelassen! Trotz massivster Bedenken von der Bevölkerung wollen sie dieses Wahnsinnsprojekt verwirklichen. Sechshundertfünfzig Polizisten mit Hunden, Wasserwerfern und Panzerfahrzeugen sind gegen uns mit brutalster Gewalt vorgegangen. Sie haben junge Mädchen mit Gewalt an den Haaren durchs Feuer gezogen. Sie haben uns abgespritzt und wie Verbrecher vom Platz vertrieben. Keiner von uns hat sich gewehrt. Als wir unsere Kameraden hier auf der Natorampe in die Arme genommen haben, haben erwachsene Männer vor Ohnmacht und Scham geheult.«

Hannelore machte eine Pause, und die Demonstranten begannen zu klatschen. Es freute sie, denn sie merkte, die Menschen hörten ihr zu.

»Der Eid, den unsere Politiker leisten, lautet: Den Nutzen des Volkes mehren, Schaden von ihm wenden. Mit diesem Kernkraftwerk passiert aber genau das Gegenteil! Wir, die Kaiserstühler Bevölkerung, wir, die Bauern, Winzer, Fischer dieser wunderschönen Region, verlieren unsere Existenz durch den Bau des Kernkraftwerks.

Wir arbeiten in der Natur, für uns entstehen keine neuen Arbeitsplätze in der Atomindustrie, sondern unsere Lebensgrundlage wird vernichtet.«

»Das Atomkraftwerk wird nicht gebaut«, skandierten die Demonstranten im Chor und klatschten im Takt dazu.

»Auf ›legale‹ Art will uns die Landesregierung ein Atomkuckucksei ins Nest legen, obwohl die Herren von der Regierung genau wissen, dass sie die Verantwortung nie tragen können. Die Herren in Stuttgart stecken mit dem Großkapital unter einer Decke. Bei der Räumung haben sie ihre Maske fallen gelassen, da hat man gemerkt, dass es um die Demokratie in unserem Land schlecht bestellt ist. Wenn man den Herren die Wahrheit sagt, dann ist man gleich linksradikal. Die letzte Zeit hat uns gezeigt, dass wir uns auf Politiker nicht verlassen können! Deshalb kämpfen wir so lange, bis wir die Gewissheit haben, dass kein Atomkraftwerk mehr gebaut wird, und drum halten wir zusammen und sind uns einig im Kampf um unsere Heimat.«

»Bravo!«

Applaus brandete auf. Hannelore genoss es. Abertausende von Menschen, vereint in ihrem Kampf gegen das Kernkraftwerk. Die erste Rede ihres Lebens hatte sie ohne Versprecher überstanden. Sie sah sich zufrieden um und versuchte von ihrer erhöhten Sicht aus zu erfassen, wie die Lage rund um die Natorampe sich darstellte. Im linken Augenwinkel nahm sie wahr, dass es weiter nördlich zu Unruhe gekommen zu sein schien.

An der Nordwestflanke des Geländes trafen die Männer rund um Karl auf einen weiteren Trupp, der aus Weisweil hergelaufen kam. Gemeinsam waren sie mehr als hundert Personen und liefen auf das festungsartig gesicherte Nordtor zu. Dieses öffnete sich und ein Polizeiwagen kam herausgefahren, direkt auf die Gruppe zu.

Blitzschnell schoben die Männer einen alten VW-Bus, der genau dort stand und als Nachtlager gedient hatte, in die Mitte des Zufahrtsweges und warfen ihn um. Der Weg für den Polizeiwagen war versperrt. Die Demonstranten selbst ließen sich nicht aufhalten. Einer bückte sich noch blitzschnell und stach mit einem Messer in den linken Hinterreifen des Polizeiautos.

Das Nordtor öffnete sich ein zweites Mal und ein großer Trupp Bereitschaftspolizisten marschierte zielgerichtet zu Fuß heraus und auf die Demonstranten zu. Diese zogen sich zusammen wie eine Herde Schafe und wichen zurück. Die Polizisten halfen mit Tritten und Stößen nach.

Währenddessen beendete der Pfarrer die Kundgebung mit der Aufforderung, gewaltfrei zu bleiben. Viele

Kundgebungsteilnehmer zog es jetzt auf den Rheindamm Richtung Norden, um dort den Drainagegraben zwischen Rheindamm und Weg zu überqueren. Unweit der Natorampe gab es einen kleinen Steg aus Baumstämmen, den die Platzbesetzer wenige Tage vorher angelegt hatten. Einer nach dem anderen querte darüber den Graben.

Die Polizisten rückten mit einer Motorsäge an und positionierten sich am Rand des Steges. Sie versuchten, die Demonstranten zurückzudrängen, um den Kollegen mit der Säge in der Hand zu sichern. Der Druck, der vom Rheindamm kam, nahm jedoch stetig zu.

Es dauerte nicht lang, bis der erste Kundgebungsteilnehmer vom Steg ins eiskalte Wasser fiel. Immer mehr Demonstranten gingen direkt ins Wasser und wateten auf breiter Front durch den Graben. Auf der anderen Seite begrüßte die Polizei sie mit ihren Schlagstöcken. Binnen Sekunden kippte die Stimmung.

»Bullen weg! Bullen weg!«

Pfui-Rufe, Pfiffe und Parolen gingen ineinander über. Die Polizisten schlugen zu, so dass die Demonstranten zurück in den Graben weichen mussten. Zwei zogen einen Polizisten einfach mit hinein.

Auf einmal flog vom Rheindamm her ein Stein. Wie ein Hagelsturm folgten weitere. Das Aufschlagen der Wurfgeschosse auf Polizeihelme klang bedrohlich.

»Hört auf mit dem Scheiß!«, brüllten die Demonstranten die Steinewerfer an. »Aufhören!«

Einem Polizisten lief das Blut in Strömen aus dem Mund, ein anderer war zu Boden gegangen. Doch die Stimmung war zu aufgeheizt, die wenigen Steinewerfer ließen sich kaum bändigen. Gleichzeitig schlugen die Polizeibeamten weiter mit steigender Wut mit ihren Hiebwaffen zu.

Klara befand sich auf dem Weg gegenüber dem Rheindamm. Fast wäre sie selbst von einem Stein getroffen worden. Ein ums andere Mal drückte sie auf den Auslöser. Schließlich kam ein Polizist mit erhobenem Schlagstock auf sie zu.

»Kamera her«, herrschte er sie an.

Erschrocken sah Klara den Polizisten an. Dann löste sich ihre Starre und sie verschwand im Gewühl der aufgebrachten Menge.

Das Chaos am Rheindamm brachte der Gruppe rund um Karl einen strategischen Vorteil. Nachdem sie den Polizisten großräumig ausgewichen waren, erreichten sie jetzt unbemerkt die nordöstliche Flanke des abgeriegelten Baugeländes. Sie wateten durch einen Ausläufer des Altrheins. Das Wasser ging ihnen bis über die Knie. Es war kalt, aber sie waren getrieben von ihrem Plan und ließen sich nicht aufhalten. Ihnen folgten immer mehr Menschen.

Als sie den mannshohen Zaun erreichten, begannen sie daran zu rütteln. Mit aller Macht versuchten sie, die baumdicken Pfähle zu lösen. Als der erste nach geraumer Zeit nachgab, sprang Udo auf den schrägen Pfahl, während Wolle ihm die Hand hielt. Udo wippte auf und ab und verfing sich im Panzerdraht. Er spürte die rasiermesserscharfen Schnitte an seinen kalten Beinen. Mit seiner rechten Hand versuchte er, den Draht wegzunehmen, als auf der anderen Seite ein Polizist plötzlich kräftig zog. Die kleinen Klingen fuhren blitzschnell durch Udos geschlossene Hand und zerschnitten die Innenfläche.

»Scheiße, aua«, schrie Udo. »Mann, lass das!«

Der Polizist grinste.

Trotz der blutenden Hand blieb Udo in seiner Position und wippte, bis schließlich der Pfahl ganz nachgab. Er war so wütend, dass er keine Schmerzen verspürte. Auf dem zweiten Pfosten wippte Axel, gestützt von Karl. Eine ganze Front hatte sich gebildet und zog und zerrte am Zaun. Die Polizei sah ratlos zu.

Als mehrere Pfosten gefallen waren und der Panzerdraht niedergedrückt und mit Ästen bedeckt, gab es kein Halten mehr. Die Demonstranten liefen auf das Baugelände.

Das Nordtor wurde geöffnet. Wie ein Wasserfall ergoss sich die Menge auf das abgesperrte Gelände. Bald strömten Menschen von allen Seiten herbei.

Und während die Sonne in den Vogesen unterging und den Himmel blutrot färbte, eroberten sie ihren Platz zurück. Der Polizei blieb nichts als der Rückzug.

Johann war mittlerweile durchgefroren. Er hatte seine Aussichtsbank nicht verlassen, zu fasziniert war er von dem Schauspiel vor ihm. Seine klammen Finger hielten das Fernglas konstant vor seinen Augen. Zwar konnte er damit bei Weitem keine Einzelheiten erfassen, aber er konnte deutlich verfolgen, wie die Menge sich in eine Richtung bewegte. Schließlich nahm er wahr, wie seine Kollegen abzogen. Ein Polizeiwagen nach dem anderen verließ den Ort.

Johann schüttelte den Kopf. Das durfte doch nicht wahr sein. Was war denn das für eine miserable Polizeiarbeit? Er war heilfroh, nicht beteiligt gewesen zu sein. Man durfte auf die Reaktionen morgen gespannt sein.

Er warf einen letzten Blick auf den spektakulären Sonnenuntergang und machte sich auf den Weg zu seinem Auto.

XV.

Der Jubel kannte keine Grenzen. Sie hatten ihren Platz zurück! Hunderte von Menschen lachten, tanzten und umarmten sich. Manche waren so überwältigt, dass ihnen die Tränen kamen.

Die Bauarbeiter hatten den Platz bestens für die Besetzer vorbereitet: Die gefällten Baumstämme waren zur Seite geräumt und das Gelände mit Beleuchtung ausgestattet. Die ersten Zelte waren schnell wieder aufgestellt, Lagerfeuer wurden entzündet und frisches Stroh auf die besonders aufgeweichten Stellen aufgeschüttet. Ja, der Polizei wurde sogar beim Abzug geholfen: Ein im Matsch steckengebliebener Einsatzwagen wurde mit vereinten Kräften herausgeschoben und freundlich verabschiedet.

Hannelore und Karl fanden sich im Menschengewühl auf dem Platz wieder. Sie umarmten sich.

»Wir haben gewonnen«, strahlte Hannelore.

»Es ist unglaublich«, erwiderte Karl. »So ein Erlebnis. Das muss uns doch Kraft geben für die nächsten zehn Jahre. Die setzen uns hier kein Kernkraftwerk hin.«

Auch Klaras Clique fand wieder zusammen.

»Mein Gott, Udo, was ist passiert?«, fragte Klara entsetzt. Seine rechte Hand und seine Hosenbeine waren blutgetränkt. »Soll ich dich zum Arzt fahren?«

»Musst du nicht«, Udo küsste sie, »Pflaster und Verband reichen. Sieht schlimmer aus, als es ist. Und der Einsatz hat sich doch gelohnt, oder?«

Es herrschte eine geschäftige Stimmung. Der Panzerdrahtverhau wurde abgerissen. Essen wurde ebenso herbeigeschafft wie Schlafsäcke und Decken. Jetzt, da die Sonne untergegangen war, fiel die Kälte auf sie nieder.

Rund um das Gelände wurden Barrikaden aus dem Holz der gefällten Bäume errichtet. Auch der Panzerdraht fand Wiederverwendung. Hier sollte niemand mehr ungesehen durchkommen. Denn keiner konnte sich vorstellen, dass die Landesregierung diese Niederlage einfach schlucken würde.

Karl entschied, Bella als Wachhund zu holen und auf dem Platz zu übernachten. Auch Klara, Kerstin, Udo, Wolle und Axel wollten dableiben. Hannelore würde genau wie Resi im Haus bei den Kindern bleiben.

Fast die ganze Nacht arbeiteten sie vereint an den Barrikaden. Auf der Zufahrtsstraße aus Wyhl wurde aus Sterholz ein Kontrollpunkt errichtet. Von dieser Seite kam niemand mehr unbemerkt herein, weder im Auto noch zu Fuß.

Zur Ruhe kamen die wenigsten. Es waren über tausend Personen auf dem Platz, die ihr Glück feierten. Als gegen vier Uhr morgens die Sirenen heulten und sich Kirchengeläut daruntermischte, waren alle sofort auf den Beinen. Doch es kam niemand.

Der Montagmorgen war nebelverhangen und kalt. Die Besetzer richteten sich weiter ein. Bauwagen, Geschirr und Besteck wurden gebracht. Nach kurzer Zeit gab es ein Waschhaus und eine Baracke mit Gasherd, die als Küche dienen sollte. Mit kräftigen Schlägen auf ein langes Metallrohr wurde ein Brunnen geschlagen. Ab jetzt hatten sie frisches Grundwasser aus einer Pumpe auf dem Platz. Sogar ein Freilandklo wurde errichtet.

Die Bauarbeiter kamen pünktlich zu Arbeitsbeginn und begutachteten ihre Maschinen. Die meisten hatten platte Reifen, einige Sand im Tank.

»Wir haben Mechaniker in unseren Reihen, wir werden den Schaden für Sie reparieren«, bot Karl den Arbeitern im Namen aller an. Diese lehnten dankend ab. Da sie sahen, dass sie auf dem besetzten Platz nicht mehr arbeiten konnten, zogen sie wieder ab.

Den ganzen Tag über herrschte ein Kommen und Gehen. Schulklassen statteten den Besetzern einen Besuch ab. Viele Kaiserstühler hatten sich frei genommen, um auf den Platz kommen und helfen zu können. Jeder tat das, was er oder sie konnte.

Hannelore hatte schon seit der Früh in der Küche gestanden und Essen zubereitet. Gegen Mittag schleppte sie nun mit Resi mehrere Schüsseln mit Kartoffel- und Nudelsalat herbei. Resi hatte Hefezöpfe gebacken. Auch andere Frauen kamen mit Essen. Sie bauten vor der neuen Küche ein Büffet auf, und die Besetzer stellten sich gerne in die Reihe.

Johann erschien am Montagmorgen erholt zum Dienst. Dort herrschte eine angespannte Stimmung. Es ging sofort mit einer Besprechung los.

»Wie stehen wir jetzt da?«, fragte der Polizeioberrat erregt und gab sich gleich selbst die Antwort. »Wie die letzten Deppen!«

Er hielt es im Sitzen nicht aus und sprang hoch.

»Die Durchführung dieses Einsatzes war … dilettantisch. Verletzte auf beiden Seiten, was für ein Desaster. Gott sei Dank hat man sich letzte Nacht zurückgehalten und nicht gleich wieder zugeschlagen. Das wäre das Letzte gewesen.«

Der Polizeioberrat lief auf und ab.

»Aber jetzt müssen wir damit rechnen, dass es in den nächsten Tagen wieder einen Befehl zur Räumung gibt. Vielleicht schon gleich morgen früh.«

Johann schloss die Augen. Bitte nicht. Er betete, dass dieser Kelch an ihm vorübergehen möge.

»Also«, der Polizeioberrat haute mit der Faust auf den Tisch, dass Johann erschreckt die Augen wieder aufriss, »jetzt werden wir erstmal analysieren, wo die Schwachstellen lagen. Und dann warten wir ab, was Stuttgart sagt. Und dann werden wir ja sehen. An die Arbeit.«

Auf dem Weg zu seinem Schreibtisch kam Johann am Fernschreiber herbei. Neugierig blickte er auf die Schreiben, die dort lagen. Er nahm das oberste in die Hand und las:

Kurz vor 15 Uhr beginnt die Kundgebung an der Natorampe, die Teilnehmerzahl erhöht sich von anfangs rund 2000 auf letztlich 7000 bis 8000 Personen.

Johann schüttelte ungläubig den Kopf. Es hatte es doch mit eigenen Augen gesehen – es waren mindestens doppelt, eher drei- bis viermal so viele. Selbst in der Zeitung war von über zehntausend Teilnehmern die Rede. Was sollte denn diese Untertreibung?

Er stellte seine Kaffeetasse auf dem Schreibtisch ab und setzte sich. Sein Kollege ihm gegenüber beugte sich vor.

»Jetzt aber drauf, oder?« Er lachte grimmig. »Mit denen werden wir schon fertig, wirst schon sehen. Deine Schwester und ihren Anhang zieh ich persönlich vom Platz.«

Johann antwortete nicht und blickte aus dem Fenster. Er spürte, wie Panik in ihm hochstieg.

Am Montagabend gingen Klara und Udo mit zu Hannelore und Karl, um heiß zu duschen und sich auf die nächste Nacht in den Rheinauen einzustellen. Alle rochen durch und durch nach Lagerfeuer. Klara gruselte davor, schon wieder eine Nacht in der Kälte zu verbringen, auch wenn sie einsah, dass es wichtig war. Ein bisschen fürchtete sie sich außerdem, dass es wieder zu so einer dramatischen Räumung mit Wasserwerfern kommen könnte. Die Vorstellung zerrte an ihren Nerven. Sie war froh, dass sie Udo hatte. Gleichwohl wäre es natürlich schön, wenn Klara mit ihm mehr Zeit in Privatsphäre verbringen könnte und sie nicht immer mit mehreren Schichten Kleidung in einem Schlafsack verschwinden müssten. Klara war jedoch zuversichtlich, dass sich die Sache nach ein paar Tagen so oder so erledigt haben würde, und dann war immer noch Zeit genug. Jetzt hatte die Verteidigung des Platzes eindeutig Vorrang.

Hannelore richtete etwas zu essen im Wohnzimmer. Sie platzierten sich vor dem Fernseher, um ja die Abendnachrichten nicht zu verpassen, denn sie wollten unbedingt hören und sehen, was der Ministerpräsident heute im Laufe des Tages von sich gegeben hatte. Selbst die Kinder wollten mitgucken.

Die Platzbesetzung in Wyhl war die Topnachricht. Auf der Mattscheibe erschien Ministerpräsident Filbinger und versuchte, milde dreinzuschauen.

»Der muss sich aber zusammenreißen«, fand Resi.

»Wer die Arbeitsplätze sichern will, der muss Vorsorge für die Energie betreiben. Die Kernenergie ist unverzichtbar, wir werden deshalb das Kernkraftwerk Wyhl bauen. Es ist sehr sorgfältig geplant und alle Bedenken sind berücksichtigt«, erklärte der Ministerpräsident, sichtlich bemüht, freundlich und ruhig zu wirken. »Wir lassen aber jetzt noch vier Wochen Zeit, um eine Trennung unserer Bevölkerung, die besonnen ist, auch an Ort und Stelle, von den Extremisten zu erreichen. Zweifellos ist es zu einer gewissen Solidarisierung an Ort und Stelle gekommen, und wir wollen den besonnenen Kräften unserer Bevölkerung die Möglichkeit geben, hier sich wieder herauszufinden.«

Alle Erwachsenen im Wohnzimmer lachten herzhaft auf. Die Kinder stimmten ein.

»Wie verschwurbelt der sich immer ausdrückt«, amüsierte sich Klara.

»Ich habe niemals unsere Bürger in einen Topf geworfen mit den Extremisten und den Kommunisten, denen es nicht um den Umweltschutz geht, sondern die in erster Linie gegen unseren Staat angehen wollen«, fuhr Filbinger fort.

»Niemals«, meinte Resi spöttisch.

»Diese Unterscheidung treffen auch unsere Bürger, und wir reichen den Bürgern die Hand dazu, nun sich zu distanzieren und die rechtswidrige Besetzung an Ort und Stelle aufzuheben.«

»Ich will seine Hand nicht«, erklärte Hannelore.

»Dennoch, besser als nichts«, meinte Karl, »dann müssen wir erstmal keine Platzräumung fürchten. In vier Wochen kann man einiges bewirken.«

»Ich weiß nicht recht«, befand Udo. »Ich habe ja heute mit den anderen Polizeifunk gehört. Es klang überhaupt nicht so, als würde es morgen früh keinen Einsatz geben. Ich würde mich da mal nicht zu früh freuen.«

Johann saß in der Umkleidekabine vor seinem Spind und trommelte mit den Fingern auf seinen Helm. Er war nervös. Warum war er überhaupt hier? Er hatte sich bemüht, dass er zu diesem Einsatz nicht ausrücken musste, schon gar nicht als Hundertschaftsführer. Aber sein Vorgesetzter zeigte sich unerbittlich. Immerhin würde er heute nicht die Führung der Alarmhundertschaft innehaben. Das war einerseits eine Erleichterung, andererseits eine Schmach. Er hatte Schwäche gezeigt, und sie war erkannt worden. Das konnte man durchaus als Degradierung betrachten.

Dennoch war Johann darüber froh. Er hoffte nur, dass er diesen Einsatz irgendwie ohne größere Kollisionen hinter sich würde bringen können und dass es dann hoffentlich vorbei war. Er überlegte, gleich danach Urlaub einzureichen. Er würde zu seiner älteren Schwester Irmi in den Schwarzwald verschwinden und am Feldberg Ski fahren. Hauptsache weg von hier. Aber jetzt musste er da noch durch, wollte er sich seine sicher geglaubte Karriere nicht ganz versauen.

An Schlaf war diesmal gar nicht zu denken. Sie würden sich mit den anderen Hundertschaften auf dem Autobahnparkplatz bei Riegel treffen, deutlich früher als beim letzten Einsatz. Es sah nicht so aus, als wollte Filbinger die Nacht selbst noch abwarten, da konnte er sonst was im Fernsehen verkünden. Und diesmal würden es richtig viele Bereitschaftspolizisten sein, das war klar.

Johann fand das Vorgehen des Ministerpräsidenten schäbig. Erst vier Wochen zusagen und dann doch räumen. Es war absehbar, wie die Platzbesetzer reagieren würden. Johann hoffte nur, dass es kein Blutbad geben würde. Und seine Familie war mittendrin.

Auf dem Platz nahm die Spannung zu. Keiner glaubte den Worten des Ministerpräsidenten, zu eindeutig waren die Informationen über den Polizeifunk gewesen. Auch hatten Beobachtungsposten festgestellt, dass am Autobahnparkplatz in Riegel auffallend viele Polizeiautos standen.

Diesmal äußerte sich die Nervosität anders als in der Nacht vor der ersten Räumung. In der Nacht von Mittwoch auf Donnerstag hatte trotz aller Anspannung noch eine gewisse Leichtigkeit und Zuversicht mitgeschwungen, ja vielleicht sogar Naivität. Davon war heute Nacht gar nichts zu spüren. Im Gegenteil, die Besetzer reagierten gereizt. Manch einer schnauzte seinen Nächsten an, der wiederum zurückkeilte. Die Stimmung war schwer auszuhalten.

Klara wäre am liebsten in ihre Ente gesprungen und abgehauen. Auch Kerstin, die am Feuer neben ihr saß, machte keinen glücklichen Eindruck. Kurz erörterten sie die Möglichkeit, ob ihre Anwesenheit wirklich vonnöten sei. So als Frauen könnten sie sich vielleicht noch herausreden. Ihnen war jedoch klar, dass sie jetzt nicht kneifen konnten, und sie ließen von ihren Gedankenspielen ab.

Der Autobahnparkplatz in Riegel war komplett zugeparkt mit Polizeiautos in allen möglichen Größen und für den weiteren Verkehr gesperrt. Das flackernde Blaulicht erleuchtete den Ort auf unheimliche Weise. Die Bereitschaftspolizisten warteten auf ihren Einsatzbefehl. Manche standen draußen in der Kälte und rauchten, während sie von einem Fuß auf den anderen trippelten, andere blieben in den Autos sitzen. Aber auch dort war es ohne laufenden Motor kalt.

Johann hatte sich für die Innenvariante entschieden. Er saß in einem VW-Bus und starrte in die blau erleuchtete Nacht. Seine Hände waren schweißnass. Er versuchte, sich zu beruhigen, und hoffte, dass ihm keiner seine Panik ansah. Seit Stunden standen sie hier jetzt schon herum.

Vorne quakte das Funkgerät. Sein Kollege nahm das Mikrofon in die Hand und antwortete. Johann versuchte, sich zu konzentrieren und zuzuhören, aber es gelang ihm nicht. Stur schaute er aus dem Fenster. Im blauen Dunkel sah er sein Spiegelbild. Es erschien ihm wie eine Fratze.

»Wir brechen ab.«

Johann schreckte auf.

»Was?«

»Hast du doch gehört. Wir brechen ab. Weiß der Geier, was die in Stuttgart jetzt geritten hat. Wir sollen auf jeden Fall alle abziehen. Erstmal kein Einsatz mehr in Wyhl.«

Johann schickte ein Dankesgebet gen Himmel. Seine Kollegen kletterten in den Bus, der letzte warf kräftig die Schiebetür zu, der Fahrer startete.

Wie ist das möglich, fragte sich Johann. Als wären seine Gebete erhört worden. Für ihn kam der Abbruch einem Wunder gleich.

Klara erwachte am Dienstagmorgen im Zelt. Es war schon hell und alles schien ruhig. Man hörte Stimmen draußen, aber es klang nicht nach Polizeieinsatz. Sie drehte sich um, um nach Udo zu schauen. Sein Schlafsack war leer.

Erstaunlich, wie tief sie trotz der Anspannung und vor allem der Kälte geschlafen hatte. Klara hauchte in die Luft und sah ihren eigenen Atem. Sie musste aufs Klo und stellte sich innerlich darauf ein, ihren warmen Schlafsack zu verlassen.

Nach einer Vorbereitungsminute öffnete sie den Reißverschluss des Zeltes und blickte hinaus. Es war neblig.

Die Platzbesetzer drängelten sich weiter hinten um das Feuer. Udo kam auf sie zu.

»Wo ist die Polizei?«, fragte Klara verschlafen.

Udo grinste und streichelte ihr Gesicht mit seiner verbundenen Hand.

»Wir scheinen sie verschreckt zu haben.«

»Gott sei Dank.«

Sie umarmte ihren Freund und steckte ihre Nase in seinen Kragen. Er roch nach Lagerfeuer. Und nach Abenteuer, fand Klara verliebt.

»Kaffee?«

»Gleich.«

Klara ging Richtung Klo und sah sich verwundert um. Alles wirkte so friedlich. Weiter hinten, beobachtete sie, wurde mit den Bauarbeitern die Übergabe der Baumaschinen verhandelt. Karl und Wolle standen mittendrin. An der Küchenbaracke entdeckte sie Resi und Hannelore. Sie bereiteten mit anderen Frauen eine Art Frühstücksbüffet vor. Sie lachten und winkten Klara zu.

Ganz offensichtlich gab es keine Räumung. Mal sehen, was der Tag heute bringen würde.

Hannelore und Resi räumten ihre Töpfe und Schüsseln zusammen und verstauten sie im Auto. Sie wollten wieder nach Hause fahren und sich um ihre üblichen Arbeiten kümmern, während Karl auf dem Platz blieb. Noch war Winterzeit, die Bauern und Winzer konnten etwas Zeit erübrigen.

Als Hannelore und Resi vor dem hohen Hoftor ankamen, sahen sie, dass die Erklärung der Badisch-Elsässischen Bürgerinitiativen, die Hannelore gleich zweimal ans Tor geschlagen hatte, heruntergerissen worden waren.

»Verdammt, schon wieder die Pro-Leute«, schimpfte Hannelore. »Das war jetzt sicher schon das fünfte Mal.«

Es hatte sie auch die vier Male zuvor gestört, aber jetzt, mit der Platzbesetzung, nahm sie die Aktionen langsam persönlich. Sie stieg aus, sammelte die auf dem Boden liegenden Reste auf und sah sich um. Niemand war zu sehen. Sie blickte hinüber zu Roswitha, aber hinter ihren mittlerweile vier Pro-Schildern und -Transparenten war nichts zu entdecken.

»Lass gut sein, Hannelore«, meinte Resi. »Wir werden das nicht ändern können. Solange es nur das ist.«

Am Nachmittag arbeitete Hannelore in der Küche bei laufendem Radio. Als die Nachrichten kamen, drehte sie lauter. Sie konnte nicht glauben, was sie hörte.

»Resi«, rief sie ihre Schwiegermutter, »Resi, komm, wir müssen sofort zum Platz. Kinder, ihr könnt mitkommen.«

Schnell fuhren sie alle an den Rhein. Hannelore lief freudestrahlend auf ihren Mann zu.

»Gerade wurde es verkündet. Das Bleichemiewerk in Marckolsheim wird nicht gebaut!«

XVI.

Das Leben auf dem Platz begann sich einzupendeln. Viele Leute waren in den ersten Tagen da, um zu unterstützen und Präsenz zu zeigen, falls doch noch geräumt werden sollte. Mittlerweile waren die Gegner sich aber eher sicher, dass Filbinger eine zweite Räumung unter massivem Polizeieinsatz erst einmal nicht wagen würde. Der Ministerpräsident verkündete zwar in seiner Regierungserklärung: »Ohne das Kernkraftwerk Wyhl werden zum Ende des Jahrzehnts in Baden-Württemberg die ersten Lichter ausgehen« und verurteilte die Platzbesetzung und schob sie wieder einmal linken Gruppierungen zu. Er schien mittlerweile aber doch an einer friedlichen Lösung interessiert zu sein.

Sie konnten sich also etwas entspannen. Wären da nicht die Gegner im eigenen Ort gewesen.

Den ganzen Abend hatten die Besetzer wieder am Lagerfeuer gesessen, diskutiert, gestrickt, Wein getrunken und gesungen. Jung und Alt, Winzer und Student, Schüler und Bauer, Männer und Frauen. Es war eine wunderbare, optimistische Stimmung gewesen, die alle Anwesenden genossen. Jetzt war es ruhig geworden, fast alle hatten sich auf ihre Luftmatratzen zurückgezogen.

Klara und Udo lagen eng aneinandergeschmiegt in ihrem Zelt und schliefen.

»Feuer!«

»Hilfe, Alarm, Feuer!«

Erschreckt schossen die beiden hoch.

»Was ist da los?«, fragte Udo.

Er hechtete zum Zelteingang, griff nach seinen Schuhen, riss den Reißverschluss hoch und krabbelte hinaus. Klara folgte ihm.

Einer der Bauwagen stand in Flammen. Aufgeregt liefen Platzbesetzer umher, andere kamen mit Eimern voller Wasser angelaufen.

Sie schafften es, das Feuer unter Kontrolle zu bringen.

»Wir haben da zu viert drin geschlafen«, sagte einer der studentischen Platzbesetzer.

»Seid ihr verletzt?«

»Nein, alles okay. Wir haben es ja schnell gemerkt.« Er atmete tief durch. »Weil einer von uns noch wach war.«

»Mein Gott, wie konnte das passieren?«

»Habt ihr Kerzen angehabt oder geraucht, seid ihr dabei eingeschlafen?«

»Nein, überhaupt nicht.«

Karl und weitere Männer suchten das nähere Umfeld ab.

»Sieht irgendwie aus, als hätte man nachgeholfen.« Karl hielt einen Benzinkanister hoch. »Die Pro-Leute schrecken offensichtlich vor immer weniger zurück.«

Der Schreck saß den Besetzern in den Gliedern. Sie beschlossen, die Wachen ab sofort zu verstärken. An Schlaf war erst einmal nicht mehr zu denken.

Am Wochenende kamen sehr viele Besucher aus der Region, um sich den besetzten Platz mal aus der Nähe anzuschauen. Auch die Elsässer, die Marckolsheim verhindert hatten, waren jetzt in Wyhl präsent. Die Besetzer hatten Infotafeln aufgebaut und Stände, an denen die Besucher sich in Unterschriftenlisten eintragen oder Informationsmaterial über Atomkraft mitnehmen konnten. Anti-Atomkraft-Aufkleber wurden verkauft. Die Frauen der Umgebung brachten Kuchen und Thermoskannen voller Kaffee, um die Besucher zu bewirten. So kamen einige Mark für die Aktionskasse zusammen.

Aufmerksamkeit und zu tun gab es an diesen Tagen genug. Das Problem waren eher die kalten Nächte. Es kostete Überwindung, bei den Temperaturen im Zelt zu schlafen. Immer weniger hatten dazu die Ausdauer, und es war ein Glück, dass wenigstens die jungen Leute sich so zäh zeigten.

In der Mitte des Platzes begannen die Besetzer, ein Rundhaus zu bauen, um etwas mehr Schutz gegen die Unbilden des Wetters zu haben. Ein solches Haus gab es bereits in Marckolsheim, aber das Wyhler »Freundschaftshaus« wurde viel größer. Wenige Tage nur waren vonnöten, um die Konstruktion zu errichten. Lorenz und sein Vater Miggi halfen mit Holz, Werkzeug und ihrem Können als Schreiner tatkräftig mit.

Es war ein beeindruckender Bau: massiv, komplett rund mit einer Feuerstelle in der Mitte. Darüber gab es eine Öffnung, damit der Rauch entweichen konnte. Insgesamt passten mehrere Hundert Personen in das Freundschaftshaus. Hier trafen sich die Besetzer fortan zu ihren nun schon üblichen Runden am Feuer mit Diskussionen, Gesang und Wein.

»Du liebe Güte, wie sieht es denn hier aus?«

Hannelore war mit Heidrun gekommen. Beide brachten neues Essen. Jetzt schauten sie in die Küche und waren entsetzt.

»Das kann man ja nicht Küche nennen! Wollt ihr nicht mal ein bisschen häufiger spülen? Und wie sieht es mit Fegen aus?«

Hannelore und Heidrun schüttelten den Kopf und machten sich ohne weitere Worte an die Arbeit. Klara und Kerstin halfen ihnen. Nach einer Stunde konnte man das Geschirr wieder benutzen, und auch der Holzfußboden der Küchenbaracke verdiente es ihrer Meinung nach wieder, so genannt zu werden.

»So geht es nicht weiter«, meinte Heidrun.

»Wir müssen uns was überlegen, dass hier Ordnung herrscht«, ergänzte Hannelore. »Wir sollten die Küche unter unsere Fittiche nehmen.«

So langsam dämmerte den Atomkraftwerksgegnern, dass die Besetzung des Platzes länger dauern könnte. Die Zahl der Dauerbesetzer auf dem Platz nahm dennoch seit Tagen kontinuierlich ab. Nicht jeder konnte ständig freimachen und herkommen. Auch für die Landwirte wurde es zunehmend schwieriger. Es gab einige Arbeitslose, die die Stellung hielten und es vielleicht ganz angenehm fanden, unter Leuten zu sein und zu essen zu bekommen. Die Studenten hatten noch Semesterferien und gehörten deshalb zu den hartnäckigsten Besetzern. Wolle und Udo hatten den Platz seit der Wiedereroberung noch nicht verlassen, höchstens, um mal bei Wolles Familie oder bei Hannelore zu duschen. Hannelore hatte sich auch der Wäsche der Jungs angenommen.

Das Engagement der Studenten wurde gleichwohl von vielen Kaiserstühlern zunehmend argwöhnisch beobachtet und kommentiert.

»Die kenne' nur schwätze', schaffe' tun die nix«, meinte ein älterer Winzer. »Die sind doch nur kopfgesteuert. Die solle' mal schaue', was richtige Arbeit ist.«

»Lass mal gut sein«, beschwichtigte Karl. »Wenn wir die jungen Leute nicht hätten, dann könnten wir einpacken. Wir würden es ohne die doch gar nicht hinkriegen.

Vor allem machen sie es, weil sie wirklich an die Zukunft denken. Die haben ja keinen Grund und Boden zu verlieren, keine Existenzgrundlage, so wie wir. Die machen das aus Idealismus.«

Um eine regelmäßige Anwesenheit durch ausreichend Besetzer sicherzustellen, gab es schließlich innerhalb der engagierten Kaiserstuhlgemeinden einen Plan, der vorsah, dass die Bewachung täglich von Ort zu Ort wechselte. Das bedeutete, dass die Bewohner einer Gemeinde alle zwei Wochen für die Wachen und die Verpflegung auf dem Platz verantwortlich waren.

Die Männer waren dann für die Platzwache zuständig und blieben über Nacht auf dem Baugelände. Noch bevor sie am Morgen aus ihren Zelten oder Hütten krochen, hatten ihre Frauen schon Kaffee gekocht und Frühstück bereitgestellt, so dass die Männer gestärkt zur Arbeit fahren konnten. Auch diejenigen, die den ganzen Tag auf dem Platz blieben, profitieren vom Einsatz der Frauen.

Die Frauen wiederum setzten sich nach dem Aufräumen des Frühstücks zusammen, strickten und häkelten, bevor mittags gemeinsam gekocht wurde. Die Dauerbesetzer halfen beim Schneiden von Gemüse und dem Abwasch. Nach dem Mittagessen kam die Ablösung: weitere Frauen der Gemeinde mit frisch gebackenem Kuchen. Sie waren zuständig für das Richten des Abendbrotes, bevor sie wieder nach Hause gingen. Es funktionierte bestens.

Hannelore fegte daheim den Hof, als sie direkt vor dem geschlossenen Tor Stimmen wahrnahm. Offensichtlich las jemand die Erklärung der Bürgerinitiativen, die Hannelore postwendend wieder angebracht hatte.

Zwei Frauen unterhielten sich. Hannelore spitzte die Ohren und schlich näher heran. Leider konnte sie die Stimmen nicht zuordnen. Aber was sie hörte, war deutlich.

»Mein Gott, die solle' mit diesem Schissdreck endlich uffhöre«, sagte die eine.

»Das ist das Letzte«, pflichtete die zweite Frau bei. »Wenn's nach mir gegangen wär, hätt die Polizei sich nit eifach zurückziehe' solle'. Wenn die meinen, die müssen illegal den Platz besetzen, dann hätt die Polizei halt schießen müssen.«

»Ganz genau, am besten mit dem Maschinengewehr.«

Beide Frauen lachten lauthals, und Hannelore hatte genug. Lautstark ließ sie den Besen fallen und ging die letzten Schritte Richtung Tor. Als sie öffnete, sah sie nur noch die Hinterseiten der beiden Damen.

Karl stellte den Fernseher an und ließ sich auf das Sofa fallen. Er freute sich auf die anstehende Fußballpartie. England gegen den amtierenden Weltmeister Deutschland, ein echtes Topspiel im Wembley-Stadion, wenn auch nur ein Freundschaftsspiel ohne Wert. Was gab es nach den letzten aufregenden Tagen und Nächten auf dem besetzten Platz Schöneres als ein kühles Bier und einen Fußballabend im heimischen Wohnzimmer? Nichts.

Hannelore griff nach ihrem Strickzeug und setzte sich zu Karl. Sie interessierte sich zwar nicht für Fußball, aber sie fand es schön, mit ihrem Mann allein zu sein, auch wenn er auf den Fernseher starrte.

Nach der sechsundzwanzigsten Minute stand es eins zu null für England. Karl setzte sich auf.

»Den hätte er halten müssen, der Sepp, verdammt. Was spielen die heute für einen Seich!«

Hannelore lächelte milde und hielt sich zurück. Sie liebte es insgeheim, wenn Karl sich bei Fußballspielen zum Nationaltrainer aufschwang.

Plötzlich wurde es dunkel.

»Huch. Kein Strom mehr.«

»Das darf nicht wahr sein! Ausgerechnet jetzt!«, jaulte Karl.

Hannelore stand auf und tastete sich zur Kommode vor, auf der eine Kerze stand. Sie ließ ein Streichholz aufflammen. Immerhin konnte man jetzt wieder die Hand vor Augen sehen. Mit der Kerze lief sie zum Sicherungskasten. Dort waren alle Sicherungen so, wie sie sein sollten. Hannelore schaute aus dem Fenster. Die ganze Straße war dunkel.

»Was soll denn das? Drehen die uns jetzt den Strom ab, weil wir gegen das Atomkraftwerk sind, oder was?«, regte Karl sich auf, der ihr gefolgt war.

»Wie kommst du denn auf die Idee?«, fragte Hannelore.

»Hab es letztens gehört; irgendjemand sagte bei einer CDU-Versammlung mit dem Eberle, man solle uns doch mal den Strom beim Fußball abstellen, damit wir wüssten, wie das ist, wenn es nicht genügend Energie gibt.«

»Glaubst du das wirklich, Karl?«

Hannelore schaute ihren Mann ernst an. Der nickte.

»Denen ist alles zuzutrauen.«

Am nächsten Tag hieß es, es hätte eine Bombendrohung gegen das Umspannwerk in Eichstetten gegeben. Vorsorglich wurde deshalb der Strom in mehreren Ortschaften am Kaiserstuhl und Teilen von Freiburg abgestellt.

Karl fühlte sich bestätigt.

»Das ist Sabotage, Hannelore, ich sag's dir. Das ist Schikane. Das ist auf jeden Fall nicht normal. Und wer soll die Bombendrohung ausgesprochen haben? Ausgerechnet die Kommunisten. Da lachen doch die Hühner!«

»Jetzt reg dich nicht so auf. Der Strom ist ja wieder da. Und die Deutschen haben sowieso verloren. Sie haben grottenschlecht gespielt. Du hast also nichts verpasst.«

»Nein, aber viel schlimmer ist, wie die da oben mit uns spielen. Wo soll das noch enden?«

Es klingelte an der Haustür. Hannelore öffnete. Vor ihr stand ein Techniker der Bundespost. In seiner rechten Hand trug er einen Werkzeugkasten.

»Guten Tag, ich komme wegen der Störung«, sagte der Mann freundlich.

»Welcher Störung? Der während des Fußballspiels?«

Der Mann schaute einen Moment lang irritiert, dann lächelte er.

»Nein. Hier im ganzen Ort gibt es eine telefonische Störung. Ich müsste mir deshalb mal Ihr Telefon und die dazugehörige Buchse anschauen. Darf ich?«

»Ist mir gar nicht aufgefallen. Aber wenn Sie meinen.«

Hannelore ließ den Mann eintreten, obwohl sie sich wunderte, welche Störung das Telefon haben sollte. Er folgte ihr ins Wohnzimmer, wo der Apparat stand. Der Techniker nahm den Hörer ab und drückte ein paarmal auf die Gabel.

»Hm, wirklich seltsam. Ich muss mal an die Buchse.«

Er griff in seinen Werkzeugkasten und zückte einen Schraubendreher, mit dem er sich Richtung Wand drehte.

Hannelore sah unentschlossen zu, bis sie sich auf ihre gute Kinderstube besann.

»Möchten Sie vielleicht eine Tasse Kaffee? Ich habe gerade einen frisch aufgebrüht.«

Der Techniker strahlte sie an.

»Oh, danke, da sage ich nicht Nein.«

»Bin gleich wieder da.«

Hannelore richtete in der Küche ein Tablett mit ein paar Keksen, Kaffeesahne und Zuckerwürfeln und kehrte ins Wohnzimmer zurück. Der Techniker drehte gerade die Sprechmuschel fest.

»Ach, das ist aber lieb von Ihnen. Herzlichen Dank.«

Der Mann griff nach der Kaffeetasse.

»Etwas Kaffeesahne? Zucker?«

»Danke, ich trinke schwarz. So, ich danke Ihnen. Mittlerweile bin ich schon fertig. Ihr Telefon ist wieder störungsfrei.«

Der Techniker leerte seine Tasse und stellte sie zurück aufs Tablett, das Hannelore immer noch in den Händen hielt. Dann griff er nach seinem Werkzeugkasten.

»Vielen, vielen Dank. Sie sind sehr freundlich. Auf Wiedersehen. Ich finde hinaus, machen Sie sich keine Umstände.«

»Auf Wiedersehen.«

Hannelore war von so viel Höflichkeit so perplex, dass sie sich nicht von der Stelle rühren konnte, bis sie hörte, dass die Haustür ins Schloss fiel. Dann lief sie zurück in die Küche, stellte das Tablett ab und schaute aus dem Fenster. Der Mann klingelte jetzt bei ihrem Nachbarn Franz. Er sagte ja, dass der ganze Ort von der Störung betroffen sei.

XVII.

Die ersten Bäume trugen schon Blüten, da kehrte der Winter zurück. Mitte März waren die Zelte dick mit Schnee bedeckt. Klara schaute missmutig um sich, als sie am Morgen am Feuer stand und ihre Hände in die Wärme streckte. Sie musste husten und fror.

Sie hatte sich ordentlich erkältet und fühlte sich matt. Und jetzt auch noch der Schnee. Alles war klamm und eiskalt. Überall Matsch und Dreck. Klara hatte keine Lust mehr. Sie brauchte eine Pause. In vier Wochen ging das Semester wieder los und von den drei Hausarbeiten, die sie sich für die Semesterferien vorgenommen hatte, hatte sie noch keine einzige geschrieben. Und hier auf dem Platz war kein Ende absehbar.

Klara wäre schon längst mal wieder für ein paar Tage nach Freiburg zurückgekehrt, wäre da nicht Udo gewesen. Udo zeigte keinerlei Interesse, den Platz zu verlassen. Er hatte einmal noch etwas mehr Kleidung geholt, aber das lag auch schon wieder zwei Wochen zurück. Er blühte auf dem Platz richtig auf. Und Klara war verliebt, sie wollte einfach mit ihm zusammen sein. Tag und Nacht.

Aber jetzt war es genug. Sie fühlte sich zu elend. Vielleicht kam Udo ja mit und sie konnte sich in der WG in seinem Bett erholen. Er würde ihr Tee bringen und sie verwöhnen. Das war eine großartige Vorstellung.

»Ich möchte heute nach Freiburg fahren. Ich bin total erkältet«, erklärte Klara, als Udo sich neben sie stellte.

»Ja, mach das. Wenn du wiederkommst, kannst du mir vielleicht noch ein anderes Paar Schuhe mitbringen. Kerstin lässt dich sicher rein.«

Kerstin war schon seit Tagen nicht mehr auf dem Platz. Sie studierte Medizin und arbeitete nebenbei im Josefkrankenhaus.

»Willst du nicht mitkommen? Dann hätten wir einmal nur uns ganz allein und es wäre warm«, schlug Klara vor.

»Weiß nicht«, wich Udo aus, »eigentlich nicht. Hier wird jeder gebraucht, weißt du ja.«

»Musst du nicht auch noch was für die Uni tun?«

Udo schaute Klara genervt an. Er reagierte heftig.

»Sag du mir bitte nicht, was ich für die Uni tun muss oder nicht, okay?«, erklärte er barsch.

Klara zuckte zusammen.

»Ist ja gut.«

Sie machte eine Pause. Diese wurde sehr lang.

»Dann fahre ich jetzt.«

»Ja, mach das. Gute Besserung.«

Klara versuchte, einen Kuss zu erheischen, aber Udo hatte sich bereits abgewandt.

Mit ungutem Gefühl fuhr Klara nach Freiburg. Was war das gerade gewesen? So mürrisch und grundlos unfreundlich hatte sie Udo bisher noch nie erlebt. Na ja, das Platzleben zerrte vielleicht inzwischen auch ein bisschen an seinen Nerven.

Klara war froh, als sie endlich im Stühlinger ankam. Inge war zu Hause.

»Klara, wie schön. Aber wie siehst du aus?«

»Ich fühl mich krank.«

Inge legte prüfend die Hand auf Klaras Stirn.

»Ich glaube, du hast Fieber. Ab mit dir ins Bett. Ich koch dir einen Tee.«

»Danke, Oma. Ich will wirklich nur hinliegen.«

Erschöpft fiel Klara in ihr Bett. Noch bevor Inge den Tee brachte, war sie eingeschlafen.

Klara fieberte drei Tage lang, umsorgt von Oma Inge. Die meiste Zeit schlief sie. Es war, als müsste sie Dutzende von Stunden an Schlaf nachholen. Dabei träumte sie so wild, dass sie um sich schlug und vor sich her redete.

Am vierten Tag stand sie zum ersten Mal wieder länger auf und setzte sich in der Küche an den gedeckten Frühstückstisch. Hunger hatte sie keinen, aber der Kaffee schmeckte wieder. Danach duschte sie und fühlte sich deutlich besser.

Am Nachmittag klingelte es an der Tür. Axel und Wolle kamen zu Besuch.

»Das ist aber eine Überraschung«, freute sich Klara und umarmte ihre Freunde.

»Und wir bringen gute Nachrichten, falls du sie nicht schon längst gehört hast«, meinte Wolle.

»Ich habe gar nichts gehört. Nur geschlafen.«

»Das Verwaltungsgericht in Freiburg hat heute auf sofortigen Baustopp entschieden«, strahlte Axel.

»Oh, das ist ja toll!« Klara schlug die Hände zusammen. »Ein echter Erfolg.«

»Das schon, aber du kannst dir denken, dass die KWS dagegen Widerspruch einlegen wird. Dann geht die Entscheidung nach Mannheim«, erklärte Wolle.

»Aber egal«, meinte Axel, »du hast Recht, Klara, es ist ein erster Erfolg. Wir bleiben natürlich auf dem Platz.«

Jetzt schaute Klara nachdenklich drein.

»Ist Udo noch dort?«

»Klar, in Freiburg haben wir ihn jedenfalls nicht gesehen.«

»Und?«

»Was und?«, fragte Axel.

Ausgerechnet ihn wollte Klara nicht fragen, ob Udo sich mal nach ihr erkundigt hätte.

»Ach, nichts.«

»Jetzt am Wochenende wird es auf dem Platz wieder voll. Wir fahren auch hin. Kommst du mit?«, wollte Axel wissen.

Klara schüttelte den Kopf.

»Nein, ich glaube, dafür ist es noch zu früh. Ich muss erst wieder ganz gesund werden. Aber falls ihr Udo seht, sagt ihm einen schönen Gruß von mir.«

Klara brauchte noch fast eine ganze Woche, bis sie sich stark genug fühlte, wieder auf den Platz zu fahren. Von Udo hörte sie nichts. Sie nutzte die Tage, um in die Universitätsbibliothek zu gehen und Literatur für ihre Hausarbeiten zu recherchieren, die sie nicht länger aufschieben wollte.

Am Donnerstagmorgen rief Hannelore an.

»Klara, geht es dir wieder besser? Sag, wann können wir wieder mit dir rechnen?«

»Ich hatte mir eigentlich vorgenommen, morgen mal nach Wyhl zu fahren«, antwortete Klara.

»Das trifft sich prima. Hast du schon gehört? Es gibt einen großen Ostermarsch am Ostermontag mit Kundgebung an der Natorampe. Wir erwarten Tausende Teilnehmer. Dich natürlich auch.«

»Ja, ich hab es schon gehört. Klar bin ich dabei.«

»Bestens. Wir haben in Freiburg Flugblätter in Auftrag gegeben, die wir auf dem Ostermarsch verteilen wollen. Könntest du sie heute Vormittag noch bei der Druckerei abholen und mitbringen? Morgen ist ja Karfreitag, da ist es zu spät. Und wer weiß, wann sie heute zumachen.«

»Natürlich, das kann ich gleich machen. Ich komme dann vielleicht doch schon heute«, überlegte Klara.

»Das wäre natürlich prima. Ich würde mich freuen. Und ich denke, Udo würde sich auch sehr freuen. Ich glaube, er vermisst dich.«

Hannelores Worte gingen Klara runter wie Öl. Ihre Entscheidung war gefallen.

In der Wilhelmstraße holte Klara die bereitstehenden Kartons ab und fuhr direkt weiter nach Wyhl. In ihrem Auto lagen nicht nur die Flugblätter, sondern auch ihr Schlafsack, warme Kleidung und die von Udo gewünschten Schuhe. Es war immer noch sehr kalt. Klara hatte sich eigentlich vorgenommen, bei Hannelore zu schlafen oder sogar nach Freiburg zurückzukehren. Aber je nachdem, wie es sich entwickelte, wollte sie sich alle Optionen offenhalten.

Auf der Landstraße zwischen Riegel und Wyhl herrschte wie üblich wenig Verkehr. Ihre Ente schnurrte zuverlässig vor sich hin und Klara genoss den Blick auf die Vogesen, als hinter ihr ein blauer BMW dicht auffuhr.

Klara schaute in den Rückspiegel.

»He, du Idiot, lass das«, sagte sie laut.

Er saß ihr fast auf der Stoßstange und ließ nicht locker. Klara nahm den Fuß vom Gas.

»Jetzt überhol doch.«

Der BMW schien sich an ihrer Stoßstange festkrallen zu wollen. Zwei Männer saßen drin und schienen ihren Spaß zu haben. Klara fuchtelte mit ihrer Hand herum, um ihnen Zeichen zu geben, dass sie doch endlich überholen sollten. Sie taten es nicht. Schließlich gab Klara Gas, um den Abstand zu vergrößern, aber das war nur von kurzer Dauer. Der BMW schloss dicht auf.

Immer schneller fuhr Klara, bis die Ente fast an ihre Grenzen stieß. Klara bekam es mit der Angst zu tun. Plötzlich scherte der BMW nach links aus und überholte so knapp, dass Klara fast die Kontrolle über ihr Auto verlor. Sie bremste stark ab und hielt am Straßenrand.

Ihr Puls raste. Was war das für eine Aktion gewesen? Wollten die sie umbringen? Totale Idioten.

Klara brauchte einige Minuten, bis sie sich so weit beruhigt hatte, dass sie weiterfahren konnte. Als sie Forchheim passiert hatte und rechts nach Wyhl abgebogen war, sah sie außerhalb des Ortes am Straßenrand einen Streifenwagen stehen. Ein Polizist schwenkte eine Kelle und bedeutete Klara, anzuhalten.

Sie stoppte und klappte das Seitenfenster hoch. Der Polizist bückte sich und schaute hinein.

»Guten Tag, Fahrzeugschein und Führerschein bitte.«

Klara griff in ihrer Tasche nach den Papieren und reichte sie dem Beamten durchs Fenster. Er schaute sie sich ausführlich an und ihr danach direkt ins Gesicht. Dann ging er zu seinem Kollegen, der im Streifenwagen saß, und besprach sich. Nach einer Weile kehrte er zurück.

»Könnten Sie bitte mal aussteigen, Fräulein Dufner?«

»Worum geht es hier überhaupt?«, fragte Klara zurück.

»Steigen Sie einfach aus.«

Klara folgte der Anweisung unwillig. Der Beamte besah sich ausführlich das Innere der Ente.

»Machen Sie bitte den Kofferraum auf.«

Klara lief hinter ihr Auto, drehte am Knauf und hob die Kofferraumklappe hoch. Der Polizist deutete auf die Kisten.

»Was ist das?«

»Kartons.«

»Seh ich selber. Öffnen Sie mal bitte.«

Klara riss eine Verpackung auf und klappte die Pappe zur Seite. Der Polizist griff nach einem Flugblatt und betrachtete es von allen Seiten.

»Wo haben Sie die her?«

»Von der Druckerei in Freiburg.«

»Was machen Sie damit?«

»Ich bringe sie zu den Verantwortlichen in Wyhl.«

»Aha. Nämlich?«

»Bürgerinitiative.«

Der Polizist sah aus, als würde er die Flugblätter am liebsten beschlagnahmen und nur noch nach der entsprechenden Begründung suchen. Schließlich sagte er:

»Sie können weiterfahren. Ein paar Exemplare von den Dingern hier behalte ich aber.«

»Gerne doch.«

Klara lächelte zuckersüß. Sie stieg zurück ins Auto und startete den Motor. Langsam fuhr sie an den Polizisten vorbei, die ihr nachschauten, und hob die Hand zum Gruß. Als sie aus dem Sichtfeld war, fielen Klaras Mundwinkel nach unten.

»Ihr Saukerle«, grollte sie.

Ihr erster Weg führte sie zu ihrer Tante. Hannelore kam ihr schon entgegen, kaum dass Klara vor dem Haus geparkt hatte.

Hannelore umarmte ihre Nichte.

»Klara, schön, dass du wieder da bist.«

»Hannelore, du glaubst nicht, was gerade passiert ist.«

»Erzähl es gleich beim Kaffee, erstmal tragen wir die Flugblätter rein.«

Karl und Resi kamen hinzu und halfen beim Tragen. Schließlich saßen alle um den Küchentisch und Klara berichtete.

»Erst schneidet mich ein BMW dermaßen, dass ich fast von der Straße abkomme, und dann hält mich ein paar Kilometer weiter hinter Forchheim eine Polizeistreife an.«

»Was wollten die?«, fragte Hannelore hellhörig.

»Sie haben meine Papiere kontrolliert und dann in den Kofferraum geguckt. Ich musste einen Karton aufmachen, und der Polizist hat sich ein paar Flugblätter rausgegriffen. Am liebsten hätte er alle mitgenommen.«

»Tja, aber mit welcher Begründung hätte er das tun sollen?«, fragte Karl.

»Vielleicht will er die ja im Kollegen- oder Freundeskreis verteilen«, witzelte Resi.

»Spannend ist natürlich, warum sie gerade dich angehalten haben«, wunderte Karl sich weiter. »Warst du irgendwie verdächtig?«

»Du hast einen Anti-Atomkraft-Aufkleber am Auto«, warf Hannelore ein.

»Ja, aber am Kofferraum. Und so groß ist der auch nicht. Den kann die Polizei unmöglich vom Straßenrand her gesehen haben«, meinte Klara. »Außerdem ist das doch nicht verboten.«

»Dein Auto sieht aus, als würde es einer Linksradikalen gehören«, sagte Resi mit todernstem Gesicht.

Alle vier brachen in Gelächter aus.

»Nein, wirklich«, meinte Karl, nachdem ihr Lachen abgeebbt war, »es ist ja schon ein seltsamer Zufall, oder? Dass ausgerechnet Klara herausgezogen wird. Mit einer frischen Ladung Flugblätter im Kofferraum. Die Frage ist doch: Woher wussten die das?«

Die vier sahen sich an und hatten darauf keine Antwort.

Der Platz sah ganz verändert aus. Wie eine Goldgräberstadt, dachte Klara fast bewundernd, als sie ihn erreichte. In der Mitte erhob sich stolz das Freundschaftshaus, davor standen Tische und Bänke, an denen die Menschen bei Kaffee und Kuchen zusammensaßen und schwätzten. Die Zahl der Bauwagen und Hütten rund um das Freundschaftshaus hatte zugenommen. Es wirkte alles sehr kompakt. Dahinter die Zelte. Auch ein Kinderspielplatz entstand gerade, der sich schon größter Beliebtheit erfreute. Und gleich am Eingang standen die Infotafeln.

Es war immer noch recht kalt, aber trocken. Klara freute sich, nach so vielen Tagen wieder hier zu sein. Immer wieder wurde sie von Platzbesetzern begrüßt und gefragt, ob sie über Ostern dabei sei. Kerstin zog sie zu einem alten Bauwagen, der etwas abseits stand. In seiner unmittelbaren Umgebung hatten die Besetzer wieder aufgeforstet und mehrere junge Bäume gepflanzt.

»Schau, das ist unser Hühnerstall. Ein paar Leute haben die armen Viecher aus einer Legebatterie gerettet.«

An der Eingangstür zum Stall hing ein Schild. »Wir kommen aus dem Hühner-KZ« stand darauf geschrieben.

Klara beobachtete die Tiere eine Weile. Sie verhielten sich gar nicht so, wie Klara es von den Hühnern zu Hause im Schwarzwald kannte, sondern standen verängstigt und steif herum. Sie sahen sehr zerrupft und verschreckt aus. Scharren und Picken schien ihnen fremd zu sein.

»Das ist im Vergleich zu den letzten Tagen schon richtig gut«, meinte Kerstin. »Sie fangen an, sich zu entspannen.«

Schließlich kam Udo auf sie zu, nahm sie fest in den Arm und küsste sie.

»Hallo Klara. Wie schön, dass du wieder da bist.«

Er verlor kein Wort über das letzte Mal, als Klara krank den Platz verlassen hatte, noch fragte er, wie es ihr ging. Aber es war ihr egal. Sie sog den Geruch von Lagerfeuer an seiner Schulter ein und genoss seine Umarmung, die ihr so innig wie in den Wochen zuvor vorkam. Und Udo sah irgendwie froh aus, dass sie da war. Das allein, fand Klara, zählte.

XVIII.

Der Ostermarsch mit Kundgebung an der Natorampe fand großen Anklang: Zehntausend Teilnehmer kamen. Nach dem Osterwochenende fielen die Besetzer in ihre Platzroutine zurück.

Es zeigte sich, dass es auf Dauer schwer war, ausreichend viele Personen auf dem Platz zu halten. Zwar funktionierte der Wachplan, mit dem sich die einzelnen Orte bei der Bewachung und Versorgung abwechselten, aber ihr Faustpfand, der besetzte Platz, durfte durch eine zu geringe Anzahl von Platzbesetzern nicht leichtfertig Anlass zu Zweifeln geben – weder bei der Bevölkerung noch bei der Landesregierung. Regelmäßiger Umtrieb war also nötig, vor allem in Hinblick darauf, dass die Arbeit der Bauern und Winzer im Frühjahr zunehmen werden würde und in wenigen Tagen für die Studenten das neue Semester begann.

An einem Tisch vor dem Rundhaus wurde angeregt diskutiert, wie man den Widerstand aktiv halten konnte. Unter dem Tisch schnüffelte das »Eberle« herum, ein kleines zahmes Wildschwein, das schon in Marckolsheim auf dem besetzten Platz die Leute erheitert hatte und das bestens mit den Menschen und den Hunden um sich herum auskam. Die Platzbesetzer liebten und verwöhnten ihr Eberle.

»Jetzt wird es schon ein bisschen eintönig und langweilig, aber wir müssen doch Leute auf den Platz ziehen«, meinte Hannelore.

»Am Wochenende kommen immer viele«, fand Heidrun und streichelte das Eberle.

»Ja, schon, aber wir brauchen regelmäßig viele Menschen, sonst schläft das hier ein«, sagte Wolle.

»Wir sollten etwas gründen, wo man was lernt«, schlug Hannelore vor, »so wie eine Schule.«

»Eine Schule?«

Fünf Augenpaare schauten Hannelore verwundert an.

»Ja, so etwas wie … wie eine Volkshochschule. Mit Vorträgen, Konzerten und so was. Hier im Freundschaftshaus. Damit die Leute einen Grund haben, auf den Platz zu kommen.«

»Super«, fand Wolle, »ich sehe schon das Schild vor dem Eingang: Volkshochschule Wyhler Wald.«

»Und wo kriegen wir die Themen her? Und die Referenten?«, wollte Heidrun wissen.

»Vorträge zu Atomkraft und Naturschutz, zum Beispiel«, schlug Klara vor.

»Gesangsabende«, warf Karl ein, »Heimatkultur.«

»Ja, möglichst breit gefächert. Dann ist für jeden was dabei.« Hannelore war begeistert von ihrer Idee.

»Und wie setzen wir das um?«, wollte Franz wissen.

»Na, die Referenten sollten am besten nichts kosten«, erklärte Wolle. »Aber von der Uni macht sicher der eine oder andere mit. Wir haben ja schon öfter diese Infoabende zu Atomkraft gemacht. Das geht ja auch hier im Rundhaus.«

»Jeder, der etwas zu sagen hat, könnte einen Abend gestalten«, fand Klara. »Das muss kein Wissenschaftler sein. Jeder, der will, soll machen.«

»Die Idee ist auf jeden Fall genial«, befand Wolle und alle stimmten ein.

Schon Mitte April stand das erste Vier-Wochen-Programm der Volkshochschule Wyhler Wald. Von Dienstag bis Freitag gab es jeden Abend zu verschiedenen Reihen eine Veranstaltung. Den Anfang machte natürlich ein Vortrag aus der Sparte »Kernkraftwerke und Alternativen« über die Funktionsweise und die Risiken eines Atomkraftwerkes. Dazu gab es »Reisen, Fahrten, fremde Länder«, »Fragen der modernen Landwirtschaft« und »Natur- und Umweltschutz«. Der Erfolg stellte sich sofort ein, denn die Veranstaltungen waren alle gut besucht. Man schlug mehrere Fliegen mit einer Klappe: Auf dem Platz war ordentlich was los. Die Spenden, die im Anschluss gesammelt wurden, kamen den Bürgerinitiativen zugute. Und die Besetzer und Besucher lernten viel über Atomkraft und alternative

Energieformen, gleichzeitig rückten sie an den Heimatabenden zusammen.

Das Sommersemester hatte angefangen, und Klara war zurück an der Uni. Sie hatte nur eine von den drei Hausarbeiten geschrieben, die sie sich vorgenommen hatte, aber gut – es hatte schließlich Wichtigeres zu tun gegeben. Vielleicht schaffte sie es in diesem Semester, die verpassten Arbeiten nachzuholen. Klara nahm sich extra wenig Seminare vor, schließlich wollte sie sich auch noch auf die Zwischenprüfungen vorbereiten.

Sogar Udo verließ jetzt den Platz für einige Tage, duschte ausgiebig und kürzte seine Haare und seinen Bart. Beides war während der Besetzung ordentlich gewachsen. Klara selbst setzte die Schere an. Sie war froh, dass Udo in Freiburg war, denn sie verbrachte gerne Zeit in der WG und fand es angenehm, wenn sie mit Udo auf seiner großen Matratze herumliegen konnte, statt immer ins klamme Zelt zu kriechen. Auch genossen sie ihre Privatsphäre. Doch schon am Wochenende drängte es Udo zurück auf den Platz, und da die Temperaturen mittlerweile ordentlich gestiegen waren, war Klara gerne dabei.

Gemeinsam fuhren sie in der Ente nach Wyhl, als sich auf der Landstraße von hinten ein Auto mit hoher Geschwindigkeit näherte und dicht auffuhr. Klara sah in den Rückspiegel.

»Das darf ja wohl nicht wahr sein«, rief sie. »Udo, schau mal, dieser BMW hat mich schon mal bedrängt.«

»Fahr nicht schneller, bleib, wie du bist«, meinte Udo, während er sich den Hals verrenkte, um nach hinten zu schauen.

Schließlich überholte der BMW und zog mit hoher Geschwindigkeit davon.

»Was für Idioten! Haben die es auf mich abgesehen, oder was soll das?«, fragte Klara empört.

Als sie in Wyhl ankamen, parkten sie an der Rheinstraße. Es standen schon viele Autos da. Den restlichen Weg zum Bauplatz würden sie zu Fuß zurücklegen. Klara und Udo schulterten ihre Sachen und liefen Richtung Natorampe.

Dort stand der blaue BMW, daneben zwei Männer in Lederjacken.

»Der BMW schon wieder, das gibt es doch nicht«, meinte Klara. »Was macht der hier?«

»Wie welche von uns sehen die irgendwie nicht aus in ihren schicken Jacken«, fand Udo.

Da fiel es Klara wie Schuppen von den Augen. Erst die Überholaktion, danach die Polizeikontrolle. Der Zusammenhang erschien ihr plötzlich glasklar.

»Das sind Bullen, Udo, Spitzel.«

Klara ließ ihre Tasche fallen, griff nach ihrer Kamera, die wie so oft um ihren Hals hing, und rannte los.

»He, ihr da, haut ab, ihr Bullen«, rief sie und in die Menge: »Spitzel! Schaut her, das sind Spitzel!«

Sie nahm die Kamera und stellte das Objektiv ein. Hinter ihr kamen Udo und weitere Platzbesetzer angerannt. Die beiden Männer sahen zu, dass sie in ihren BMW stiegen. Sie drückten die Knöpfe herunter, der Fahrer startete. Mittlerweile war eine ganze Gruppe junger Männer an dem Auto angekommen und rüttelte es.

»Haut ab, ihr Bullenschweine!«

Der Fahrer gab Gas und der BMW verschwand mit einem Kavalierstart von der Natorampe.

Am Wochenende strahlte die Sonne vom Himmel und auf dem Platz herrschte reges Treiben. Ganze Busladungen voller Menschen ergossen sich auf dem Gelände, und die Besetzer führten ihre Gäste gerne herum, zeigten ihnen das Freundschaftshaus und erläuterten an den aufgestellten Infotafeln, warum sie gegen Atomkraft waren. Die Kaiserstühler Frauen brachten Unmengen von Kuchen und kochten literweise Kaffee. Der Erlös aus dem Verkauf wanderte in die Spendenkasse der Bürgerinitiativen. Auf dem Spielplatz tobten unzählige Kinder herum.

Klara saß mit Axel und Kerstin am Infotisch, teilte Flugblätter aus und verkaufte Anti-AKW-Aufkleber und Fotopostkarten. Klara hatte für die Postkarten ihre Aufnahmen von der Platzräumung zur Verfügung gestellt.

Die drastischen Motive empörten die Besucher, und so fanden die Karten reißenden Absatz.

Klara war gerade in ein Gespräch mit einer Besucherin vertieft, als sie aus den Augenwinkeln ein ihr vertrautes Gesicht an ihrem Tisch wahrnahm.

»Hallo Klara.«

»Johann, das gibt's doch nicht! Was machst du hier?«

»Inge meinte, es sei eine gute Idee, wenn ich mal hierherfahre. So ganz privat und inkognito«, Johann lachte etwas verkrampft. »Inge ist natürlich mitgekommen. Sie holt gerade Kaffee für uns.«

»Es freut mich, dass du da bist, wirklich«, sagte Klara aufrichtig.

Johann nahm zwei Postkarten hoch und betrachtete sie lange. Die eine zeigte den Wasserwerfer, die andere die Polizeihelme im Morgennebel.

»Du bist eine großartige Fotografin«, sagte er anerkennend.

Klara errötete. »Danke. Ich hoffe, ich habe nicht aus Versehen dich mit aufgenommen.«

»Denk nicht, dass ich den Einsatz damals gerne mitgemacht habe, weiß Gott nicht. Ich konnte es mir nicht aussuchen.«

»Ich weiß«, antwortete Klara. »Hannelore sieht es etwas anders. Sie ist stinksauer auf dich. Sehr nachtragend.«

»Ich weiß, sie will auch nicht mit mir telefonieren.« Johann sah sich um. »Ist sie heute hier?«

»Falls du gehofft hattest, sie zu treffen, nein. Die Arbeit ruft, die sind kräftig am Schaffen.«

»Schade. Heute hätte sie mich vielleicht nicht angeschrien. Aber wer weiß?«

Wieder lachte Johann, aber es klang immer noch angespannt.

»Fahr doch später zu ihr, dann triffst du sie zu Hause. Wenn Inge mit dabei ist, wird sie schon zahm sein.«

»Vielleicht.« Johann sah seine Nichte auffordernd an. »Komm, erzähl mir von den Gefahren der Atomkraft, zeig mir den Platz – ich will alles sehen.«

Klara grinste. »Aber du bist kein Spitzel, oder?«

»Ich weiß, dass es welche gibt, aber«, Johann legte die Hand auf sein Herz, »ich schwöre, ich bin keiner.«

»Also gut, dann komm.«

Hannelore hatte alle Hände voll zu tun, als es kurz vorm Abendessen an der Tür klingelte.

»Johann? Mama!«

Sie wusste nicht recht, ob sie sich freuen oder ihren Bruder zum Teufel jagen sollte. Inge nahm ihr die Entscheidung ab.

»Lass uns rein, Hannelore. Er ist immer noch dein Bruder.«

Hannelore trat zur Seite und ließ sie eintreten. Sie und Johann besahen sich wie zwei Hunde, die sich auf der Straße kennenlernten.

»Wir kommen gerade vom Platz«, erklärte Inge.

»Ihr?«, fragte Hannelore ungläubig.

»Ja, wir. Es hat mir gefallen«, antwortete Johann. »Ich versteh euer Anliegen. Und die Räumung durch die Polizei war unverhältnismäßig. Hannelore, bitte. Wir sind Geschwister. Wir können uns doch nicht von diesem Kernkraftwerk die Familie kaputtmachen lassen.«

»Da sagst du was Wahres«, tönte Resi von hinten. »Schön, dich zu sehen, Johann. Inge, toll, dass du mal wieder da bist. Wollt ihr mitessen?«

Bevor Hannelore noch etwas sagen konnte, hatten die beiden eingewilligt. Resi nahm ihre Schwiegertochter zur Seite und raunte ihr zu:

»Es reicht schon, dass Roswitha nicht mit uns redet. Wir brauchen nicht noch mehr zerschlagenes Familienporzellan. Da stimmst du doch zu, oder?«

Am nächsten Morgen brachte Hannelore eine Kiste selbstgebrannten Schnaps nach Sasbach ins Gasthaus. Sie war noch beseelt davon, dass gestern ihr Bruder und ihre Mutter bei ihnen gewesen waren. Sie und Johann schafften es, einen Schlussstrich zu ziehen. Hannelore sparte sich sämtliche Vorwürfe. Sie hatte verstanden, wie schwer es Johann gefallen sein musste, seinen Polizeidienst überhaupt zu verrichten. Schließlich hatten sie sich lange umarmt. Vielleicht hatten sie einen Atomkraftgegner mehr gewonnen? Hannelore musste bei dieser Vorstellung lächeln.

Als sie auf dem Rückweg den Ortseingang von Wyhl passierte, fiel ihr wieder einmal auf, wie viele Plakate für und gegen das Atomkraftwerk über das Dorf hinweg verteilt hingen. Hier herrschte wahrlich kein Frieden. Sie hielt vor ihrem Haus und stieg aus. Ihr Blick blieb am Hoftor hängen.

Irgendjemand hatte rote Farbbeutel dagegen geworfen. Die zwei Erklärungen der Bürgerinitiativen waren völlig verschmiert und die Farbe lief am ganzen Holztor herab. Hannelore wurde heiß und kalt gleichzeitig. Das durfte doch nicht wahr sein. Sie ließ den Wagen an der Straße stehen und öffnete das besudelte Tor.

»Karl? Bist du da?«

Karl kam von hinten aus der Scheune.

»Schau mal, unser Hoftor.«

Karl besah sich den Schaden und schüttelte den Kopf.

»Idioten«, sagte er tonlos.

Hannelore kamen die Tränen.

»Warum wir, Karl? Diese Irren!«

Karl nahm seine Frau tröstend in den Arm.

»Es ist nicht schlimm«, beschwichtigte er. »Ich mach es weg. Es ist einfach nicht da.«

Hannelore hatte sich ins Haus verzogen und hantierte nun wütend in der Küche herum, während Karl die vor Farbe triefenden, verklebten Plakate vom Hoftor entfernte. Dann holte er den Wasserschlauch und spritzte das Tor ab. Der Boden davor verfärbte sich rot. Ganz sauber bekam Karl die Oberfläche nicht. Er ging näher heran und kam zu dem Schluss, dass er das Holz wohl abschleifen musste. Dazu fehlte ihm die Zeit. Mit dem Daumennagel versuchte er, die Farbe aus einer Rille zu entfernen.

Unmittelbar verharrte er in der Bewegung. Er wurde das Gefühl nicht los, dass ihn jemand beobachtete. Langsam drehte Karl sich um und blickte auf das Haus seiner Schwester gegenüber. Roswitha stand am Fenster und sah ihn an. Ihre Blicke trafen sich, und keiner wandte sich ab. Lange verharrten sie so, bis Karl schließlich resigniert mit den Schultern zuckte und die Arme ausbreitete. Da wandte Roswitha den Blick ab, zog die Gardine zu und verschwand vom Fenster.

Wyhl war an der Reihe mit Platzdienst. Karl übernachtete mit den anderen Männern auf dem Baugelände, während Hannelore mit den Frauen für das Essen sorgte. Das Wetter war gut und Hannelore und ihre Mitstreiterinnen setzten sich nach dem Frühstück vor das Freundschaftshaus und holten ihr Strickzeug hervor. Das Schweinchen

Eberle gesellte sich zu ihnen in der Hoffnung, dass etwas zu essen abfallen könnte. Hannelore hatte Bella dabei, die freundlich mit dem Schwanz wedelte und am Eberle herumschnüffelte.

Die Stimmung unter den Frauen war bestens. Hannelore liebte den Platzdienst. Es war eine gute Gelegenheit, aus dem Haus herauszukommen, und sie genoss die Gemeinschaft. Nur wenige junge Leute hielten sich gerade auf dem Platz auf, darunter Udo, der vor seinem Zelt in die Sonne blinzelte. Sie waren also fast unter sich. Eifrig strickten und häkelten die Frauen; sie planten schon wieder den nächsten Flohmarkt, auf dem sie ihre Erzeugnisse für die Aktionskasse verkaufen wollten.

Bella löste sich von der Gruppe, bellte und lief schwanzwedelnd auf einen Besucher zu. Hannelore schaute ihrem Hund hinterher und staunte. War es wirklich Roswithas Mann Gerd, der da auf sie zukam? Sie stand auf und ging ihm entgegen.

»Hallo Gerd, was machst du denn hier?«, begrüßte sie ihren Schwager. »Ich glaub, du bist in der falschen Veranstaltung. AKW-Anhänger sehen wir hier eigentlich nicht so gern.«

»Hallo Hannelore. Jetzt wart doch erst mal ab«, erwiderte Gerd. Er wirkte unsicher. »Man wird sich doch noch informieren dürfen, oder ist das für Befürworter verboten?«

»Nein, natürlich nicht.« Hannelore streckte den Arm aus und zeigte auf die Infotafeln. »Dort kannst du dich informieren.«

Sie wandte sich zum Gehen, als Gerd sie am Arm festhielt.

»Warte mal, Hannelore. Ich bin gekommen, um dir zu sagen, dass ich nicht immer der gleichen Meinung bin wie meine Frau.« Jetzt sah er unglücklich aus. »Die Roswitha meint, wenn hier das Kernkraftwerk steht, dann hätte ich da Arbeit und wir mehr Geld, und alles wäre gut. Aber ich will doch überhaupt nicht in einem Kernkraftwerk arbeiten.«

Er sah Hannelore verzweifelt an. »Ich will doch selbst nicht, dass dieses Ding gebaut wird. Was soll dann aus unserer schönen Gegend werden?«

Hannelore war überrascht. Das hatte sie nicht erwartet. Gerd blickte hinter ihr auf die Frauen vor dem Freundschaftshaus, die neugierig herüberschauten und sich wahrscheinlich ordentlich das Maul darüber zerrissen, was er hier machte. Er seufzte.

»Weißt du, ich will eigentlich nur Musik machen. Aber hier ein bissle die Orgel in der Kirche zu spielen, das langt halt nicht. Was soll ich also machen?«

»Ich weiß es nicht, Gerd«, antwortete Hannelore, »aber wenn du gegen das Atomkraftwerk bist, dann ist es egal, ob deine Frau will, dass du dafür bist und dass du dort arbeitest. Dann musst du dich einbringen und uns im Kampf dagegen unterstützen.«

Gerd schaute sie ernst an.

»Ich werde es versuchen, Hannelore, ich versprech's«, erklärte er. »Aber eine Ehekrise will ich auch nicht.« Er wandte sich zum Gehen. »Und sag den Wiiber da hinten, sie sollen ja nicht verzählen, dass ich hier auf'm Platz war.«

Wenige Tage später verschwand das Eberle. Es wurde einfach nicht mehr gesehen, so sehr die Platzbesetzer es riefen und mit Essen versuchten, anzulocken. Das Rätsel, wo das Eberle steckte, schien kurz darauf gelöst, als Hannelore ihren Nachbarn Herrn Schmidt auf der Straße traf.

»Tag, Frau Jacobi, geht es Ihnen gut?«, fragte er jovial.

»Danke, bestens«, antwortete Hannelore und fragte sich, warum der alte Stiesel sie ansprach. Er war Befürworter, und mit ihm wollte sie nichts zu tun haben.

»Wir hatten gestern einen herrlichen Wildschweinbraten«, Herr Schmidt rieb sich den Bauch. »Ich kann Ihnen sagen, der hat fantastisch geschmeckt. Ganz zart.«

Sprachlos sah Hannelore ihren Nachbarn an. Sie wusste nicht, was sie darauf antworten sollte, während er sie spöttisch an- und auslachte. Schließlich spuckte sie ihm vor die Füße.

»Widerlich«, sagte sie und wandte sich ab.

Franz klopfte an die Küchentür und steckte den Kopf hinein.

»Entschuldigt, die Haustür war auf. Darf ich reinkommen?«

Hannelore, Karl, Resi und die Kinder saßen gerade beim Mittagessen.

»Klar, komm rein und setz dich dazu.«

Hannelore stand auf und holte Teller und Besteck für ihren Nachbarn. Franz setzte sich bedächtig und legte einen Brief auf den Tisch.

»Ich hab Post bekommen«, sagte er vieldeutig. »Den Schrieb muss ich euch zeigen.«

»Erst isst du was«, erwiderte Hannelore und stellte ihm einen vollen Teller hin. »ä Guete.«

»Danke.«

Nach dem Essen schob Franz den Briefumschlag über den Tisch. Karl griff danach und zog das Schreiben heraus. Beim Lesen bekam er große Augen.

»Das darf ja nicht wahr sein.«

»Schadensersatzforderung von der KWS«, erklärte Franz scheinbar gefasst. »Hundertfünfzigtausend Mark. Wegen der Bauverzögerung.«

»Zeig mal her.« Hannelore riss ihrem Mann den Brief fast aus den Händen. »Die sind ja total verrückt geworden. Das können die doch nicht machen!«

»Wo soll ich jetzt hundertfünfzigtausend Mark hernehmen? So viel ist ja nicht mal mein Haus wert.

Schon gar nicht, wenn hier ein Atomkraftwerk gebaut wird.«

Seine Stimme kippte.

»Warum denn gerade du?«, fragte Resi konsterniert.

»Rädelsführer soll ich sein, so ein Quatsch! Weil ich den Einzeleinspruch eingelegt hab, werd' jetzt ich zur Kasse gebeten.«

»Das werden wir ja sehen«, meinte Hannelore kämpferisch. »Wir haben schließlich Anwälte. Wir haben schon haufenweise Spenden gesammelt und sammeln immer noch. Jetzt am Wochenende veranstalten wir einen Flohmarkt.« Sie legte Franz die Hand auf die Schulter. »Du brauchst keine Angst zu haben. Wir lassen dich nicht allein.«

»Du wirst bestimmt nicht der Einzige sein, der solche Post bekommt«, meinte Karl. »Jetzt warten wir erstmal ab, und du machst gar nichts. Hannelore hat Recht: Mal sehen, was unsere Anwälte sagen. Und dann wird es weitergehen, ohne dass du zahlen musst.«

»Glaubst du?«, fragte Franz zweifelnd. Er war sichtlich aufgelöst.

»Ganz sicher«, antwortete Karl, »ganz sicher.«

Im Innern wusste er, dass er sich so sicher eigentlich nicht sein durfte.

Am nächsten Morgen lief Karl die wenigen Meter ins Kirchgrün, um nach seiner dortigen Streuobstwiese zu schauen. Vor sieben Jahren, zu Sabines Geburt, hatte er auf der Wiese zwanzig junge Apfel- und Birnbäume gesetzt. Dieses Jahr, war Karl zuversichtlich, würde er zum ersten Mal ernten können.

Ein altes, klappriges Holztor trennte seinen Besitz von der Straße. Karl öffnete es, ging zügig hindurch und ließ es, ohne sich umzudrehen, laut wieder zufallen. Er konnte den Blick nicht abwenden von dem, was er schon von der Straße aus gesehen hatte.

Von seinen zwanzig jungen Obstbäumen standen nur noch fünf. Die restlichen fünfzehn waren unten am Stamm glatt durchgesägt worden. Wie ein Mahnmal lagen sie kläglich auf dem Boden.

»Seid ihr jetzt total verrückt geworden?«, murmelte Karl fassungslos.

Er zog hilflos am Ast eines gefällten Baumes und wusste nicht recht, was er tun sollte. Mechanisch ließ er sich auf den Boden fallen und starrte auf den Schaden.

Es waren nicht die paar Hundert Mark, die ihn damals die Setzlinge gekostet hatten. Aber die ganzen Jahre, die sie nun gewachsen und endlich so weit waren, dass sie trugen – alles für die Katz. Karl konnte nicht verhindern, dass ihm Tränen in die Augen stiegen. Wütend sprang er wieder auf und ballte innerlich die Faust gegen seinen abwesenden Feind.

»Ihr kriegt uns nicht klein, ihr Atombrüder!«, brüllte er. »So jedenfalls nicht.«

XIX.

Klara saß auf dem Platz vor dem Kollegiengebäude im Gras und genoss die warme Maisonne. Noch zehn Minuten, bevor sie sich langsam wieder zum nächsten Seminar aufmachen musste. Sie liebte das Treiben hier, Studenten gingen ein und aus.

Neben ihr ließ sich Axel auf den Boden fallen. Auch er besuchte das Seminar.

»Tach«, sagte er.

Klara schaute ihn an. »Tag, wie sieht es aus bei euch?«

»Bei mir – bestens. Literatur für mein Referat hab ich schon recherchiert. Ziviler Ungehorsam. Das passt doch ganz gut in unsere heutige Zeit.«

»Stimmt. Wann hältst du es?«

»In zwei Wochen. Find ich gut, dann ist es weg und ich hab mehr Zeit für den praktischen zivilen Ungehorsam.«

Er lachte und Klara stimmte ein.

»Wohl wahr.«

Eine Weile schwiegen sie und reckten ihre Gesichter in die Sonne, bis schließlich Axel etwas näher rückte.

»Von Udo haben wir in der WG jedenfalls schon lange nichts mehr gesehen.«

»Der ist auf dem Platz.«

»Nicht mal Wolle als gebürtiger Wyhler verbringt da so viel Zeit. Ist schon komisch, oder?«

»Was soll daran komisch sein?«, fragte Klara, obwohl sie es ehrlich gesagt auch komisch fand. Schließlich studierte Udo Jura, das war kein Pappenstiel. Und irgendwann wollte doch jeder mal wieder heiß duschen und in einem richtigen Bett schlafen.

»Na, der macht doch nichts anderes mehr. Hat nur noch den Widerstand im Kopf.«

»Leute wie ihn brauchen wir«, entgegnete Klara.

»Ja, schon, aber … alles andere ist unwichtig für ihn. Nervt ein bisschen.«

»Warum interessiert dich das so?«, fragte Klara. Das Gespräch ging in eine eigenartige Richtung, fand sie.

Axel schaute Klara lange an. Sie wich seinem Blick aus.

»Na ja, nervt halt. Das ist so ein bisschen … wichtigtuerisch«, erklärte er.

»Wenn das AKW nicht gebaut wird, dann liegt das auch an Leuten wie ihm«, erwiderte sie. »Außerdem ist er ja in dieser Juragruppe, die den Anwälten der Bürgerinitiativen zuarbeitet. Sozusagen angewandtes Jurastudium.«

»Also, irgendwie ist es auf jeden Fall seltsam, dass er sich überhaupt nicht mehr in Freiburg blicken lässt. Jetzt ist der praktisch schon die ganzen drei Monate dort. Als wäre er auf der Flucht.« Axel sah Klara eindringlich an. »Und das braucht er ja nun wirklich nicht zu sein.«

Klara wusste nicht, wie sie reagieren sollte, aber sie glaubte den Wink zu verstehen. Sie schüttelte innerlich den Kopf. Und sie hatte schon gedacht, Axel hätte seine Ambitionen bei ihr aufgegeben. Abrupt stand sie auf.

»Komm, lass uns gehen. Dann kriegen wir auf jeden Fall noch einen guten Sitzplatz im Seminar.«

Nach der Uni packte Klara ihre Tasche. Sie hatte sich entschieden, nach Wyhl zu fahren und dort die Nacht zu bleiben. Sie und Udo hatten sich ein paar Tage nicht gesehen, und das Gespräch mit Axel hatte Klara zu denken gegeben. Sie und Udo sahen sich eigentlich nur auf dem Platz. Ihr Privat- und Liebesleben stellte sich Klara aber irgendwie intimer vor. Das würde sie gerne mal ansprechen.

Die Wohnungstür ging auf. Oma Inge kam heim und schaute in Klaras Zimmer.

»Kommst du oder gehst du?«

»Ich fahr nach Wyhl«, antwortete Klara.

»Das passt ja. Ich komme gerade von Miggi. Lorenz bittet darum, dass du dich bei ihm meldest, er will auch mal wieder auf den Platz.«

»Mach ich.«

Sie rief ihren Cousin gleich an und bot an, ihn mitzunehmen.

»Aber wahrscheinlich bleib ich über Nacht«, schränkte sie ein.

»Das macht nichts. Nach Freiburg kommt man immer irgendwie zurück«, meinte Lorenz optimistisch.

»Also gut, dann in etwa zwanzig Minuten.«

»Alles klar, bis gleich.«

Als Klara und Lorenz auf dem Platz ankamen, war schon ordentlich Betrieb. Heute stand in der platzeigenen Volkshochschule ein Heimatabend auf dem Programm. Diese Art von Veranstaltung erfreute sich immer größter Beliebtheit, denn am liebsten mochten es die Besucher, wenn gesungen wurde. Es wimmelte nur so vor Menschen.

Klara folgte Lorenz ins Freundschaftshaus. Dicht an dicht standen und saßen die Besucher. Klara entdeckte Wolle ganz hinten an der Wand und arbeitete sich zu ihm vor. Er drückte sie zur Begrüßung und bot ihr sein Bier an. Sie nahm einen Schluck. Klara konnte wenig sehen, aber die Stimmung übertrug sich auf sie. Es wurden die alten Lieder ihrer Kindheit gesungen, dazu Gitarre und Akkordeon gespielt. Manches bekannte Stück bekam im Lichte des Atomwiderstandes einen neuen, passenden Text.

In Mueders Stübele, do goht der hm hm hm, in Mueders Stübele, do goht der Wind. Sin nit Franzose, s'isch 's große hm hm hm, sin nit Franzose, s'isch 's große Geld. Z'erscht kunnt's Atomkraftwerk un dann kunnt d'Großchemie, und bis dü »Au« gsait hesch, isch's Ländle hi.

Das Publikum sang und summte begeistert mit. Zum Abschluss trat ein Liedermacher mit seiner Gitarre vor und sang sein neuestes Stück, den »blöden Ofen«. Kopien mit dem alemannischen Liedtext gingen durch die Reihen und so war es schließlich ein einziger, verbindender Chor, der gegen das Atomkraftwerk sang. Die Menschen hakten sich sogar unter.

Was do in dr letschte Zitt passiert bi uns, des macht mich ganz verruckt. Bi allene isch ebbis durränand. Deä daüb Schdromfabrik, de hockt uns im Gnick. Ja, weiß dr Deifel, was wurd noch üs unserem Land? Das geht doch alli a, mir derfe jetzt nit schlofä. Was mer mit uns allewil macht, isch nit egal! Glaube' denn die, mir brüche heä de bleede Ofe'?

Nach der Veranstaltung strömten die Menschen aus dem Rundhaus auf den Platz, und Klara ließ sich mitziehen. Sie kannte viele Leute persönlich oder vom Sehen und grüßte immer wieder zu allen Seiten. Auch Hannelore und Karl waren da. Nur Udo konnte Klara nirgends entdecken. Sie lief in den Bereich, in dem die Zelte standen. Udos Behausung war verwaist.

»Habt ihr eine Ahnung, wo Udo ist?«, fragte sie die Zeltnachbarn, die draußen saßen.

»Udo? Der ist heute Morgen nach Freiburg gefahren. Hat sich so ergeben.«

Udo war in Freiburg. Klara spürte, wie ihr Gesicht heiß wurde. Und gemeldet hatte er sich nicht. Der Schuft.

Klara wusste nicht, ob sie wütend auf ihn oder auf sich selbst sein sollte. Sie kam sich blöd vor, dass sie ihm hinterhergefahren war und es ihn einen Dreck zu scheren schien. Offensichtlich hatten sie beide unterschiedliche Vorstellungen davon, wann und wie oft man sich in einer Beziehung sehen sollte.

Klara lief jetzt unkonzentriert über den Platz und hatte jede Lust verloren, hier noch länger zu bleiben und sich zu unterhalten. Sie suchte Lorenz und hoffte, dass er mit ihr zurückfahren würde.

Es dauerte, bis sie ihn im Gewühl fand. Er sah ihren Frust und erklärte sich gleich bereit, mit ihr zu kommen.

Die Straße, die den Ort Wyhl mit dem Rheinufer verband, war stockdunkel. Klara erhellte den Weg mit ihrer Taschenlampe. Sie hatten weit hinten geparkt, und es dauerte eine Weile, bis sie bei der Ente ankamen. Klara wendete und fuhr los. Schon nach wenigen Metern bemerkte sie ein Ruckeln. Die Ente eierte. Klara hielt an.

»Fühlt sich nicht gut an«, meinte Lorenz und öffnete die Beifahrertür.

Klara griff nach ihrer Taschenlampe und stieg ebenfalls aus. Sie liefen ums Auto herum und Klara leuchtete auf die Reifen. Der rechte vordere war platt.

Lorenz bückte sich.

»Leuchte mal genauer«, gab er Klara Anweisung.

Im Lichtkegel deutlich zu erkennen war ein Gegenstand, der im Reifen steckte. Lorenz pulte ihn heraus und hielt ihn in die Höhe. Klara folgte mit dem Lichtstrahl.

»Dachpappennagel«, erklärte Lorenz fachmännisch.

»Sauerei«, schimpfte Klara und trat mit ihrem Fuß gegen den platten Reifen.

Sie war wütend und gleichzeitig froh, dass sie jetzt nicht allein in der Dunkelheit herumstand. Lorenz nahm seine Cousine in den Arm und schaute sie aufmunternd an.

»Ersatzrad vorhanden?«

»Im Kofferraum.«

»Na, dann an die Arbeit.«

Am nächsten Morgen ging Klara wie gewohnt an die Uni. Sie hatte schlecht geschlafen und war unkonzentriert. Nach der ersten Vorlesung nahm sie ihr Fahrrad und radelte in die Wiehre. In der Zasiusstraße klingelte sie an der Tür der WG. Tatsächlich, der Summer wurde betätigt und die Haustür sprang auf. Oben im dritten Stock war die Wohnungstür angelehnt. Musik drang heraus. Klara trat ein und folgte den Geräuschen.

In der Küche saßen Udo und Kerstin am Tisch. Udo drehte sich gerade eine Zigarette.

»Hey Klara, super Überraschung«, strahlte Udo und klang ehrlich erfreut.

»Warum hast du nicht gesagt, dass du in Freiburg bist?«, fragte Klara und ließ sich in den Arm nehmen.

»Bin ich doch erst seit gestern.« Udo grinste. »Musste erst duschen. Kaffee?«

»Gern.«

Klara entschied, auf Vorwürfe zu verzichten, und setzte sich an den Küchentisch, während Udo ihr eingoss. Kerstin drückte ihre Zigarette in den Aschenbecher und erhob sich.

»Na, dann lass ich euch zwei mal allein. Muss eh in die Vorlesung.«

Als sie die Küche verlassen hatte, legte Klara doch los.

»Ich war gestern Abend auf dem Platz. War blöd, dass du ausgerechnet dann nicht da warst.«

»Entspann dich. Ich hatte spontan eine Mitfahrgelegenheit und hätte mich schon bei dir gemeldet. Komm«, Udo zog Klaras Kinn an seinen Mund und lächelte, »sollen wir rübergehen?«

Klara schaute Udo in die Augen. Die Versuchung war groß. Dann aber schüttelte sie den Kopf.

»Nee, tut mir leid«, sagte sie und stand auf. »Ich muss wieder los.«

XX.

Mittlerweile war Sommer, und die Politik bewegte sich kaum einen Millimeter auf die Atomkraftwerksgegner zu. Immerhin, der neue Verhandlungsführer der Regierung, der Fraktionsvorsitzende Lothar Späth, zeigte sich bereit, mit den Platzbesetzern zu diskutieren, und reiste mehrere Male in die Region. Vor allem in Weisweil traf er sich zu Gesprächen mit dem dortigen Pfarrer im evangelischen Gemeindehaus, erst allein, dann mit einer Verhandlungskommission, die die Bürgerinitiativen aufgestellt hatten.

Bauer Josef aus Weisweil fuhr gerade Gülle auf seinem Feld aus, als sich der Hubschrauber mit dem Politiker näherte. Josef blickte hoch und ahnte, dass der auf seinem Acker landen wollte.

»Dem zeig ich's«, brummelte er, während der Hubschrauber an Höhe verlor.

Josef drehte auf und ließ die Gülle nur so herausspritzen. Zufrieden verfolgte er, wie der Hubschrauber wieder aufstieg und abdrehte.

»Such dir 'nen anderen Parkplatz«, grinste Josef nach oben.

Schließlich kam Lothar Späth nach Wyhl. Mehrere Hundert Atomkraftwerksgegner erwarteten ihn und seinen Anhang bereits. Späth hatte sein Jackett angesichts der

Hitze locker über die Schulter gelegt und stellte sich erst einmal stur.

»Wir sind trotz Bedenken mit der Genehmigung des Grundeigentümers hier auf den Platz gekommen«, erklärte er. »Aber es bleibt dabei; wir wollen das hier völlig klarstellen, dass wir bereit sind zu dieser Diskussion, aber nicht auf diesem besetzten Platz.«

Die Gegner reagierten ungnädig und fingen sofort an zu pfeifen.

»Pfui!«

»Buh!«

Hannelore schüttelte den Kopf. »Was soll das?«, fragte sie Karl. »Vor drei Wochen war er auch da und hatte kein Problem damit, im Freundschaftshaus was zu trinken und sich vor den Kameras zu postieren.«

Einer der Sprecher der Bürgerinitiativen griff zum Megafon, damit es auch jeder hörte.

»Meine Herren Politiker, ich möchte mal wissen, ob das ein Unterschied ist, ob wir hundert Meter weiter stehen oder ob wir hier stehen. Der Platz ist genau so Platz, ob ihr dort seid oder hier. Und ich glaub nicht, dass Ihnen ein Zacken aus der Krone fällt, wenn Sie hier mit uns diskutieren. Unsere Meinung ist hier am Platz genau dieselbe, wie wenn wir an der Natorampe stehen: Wir wollen kein Atomkraftwerk, wir wollen nicht verseucht werden von Radioaktivität, wir wollen Mensch sein und Mensch bleiben.«

Die Atomkraftgegner klatschten Zustimmung.

»Meine Damen und Herren«, versuchte es Späth erneut, »wir müssen uns klar darüber sein, dass, wenn wir zu Lösungen kommen wollen, dass wir auch die Formalien …«

»Vor Mördern haben wir doch keinen Respekt!«

»Also, das Wort Mörder, da würde ich drum bitten, dass Sie das jetzt nicht mal gleich benutzen.« Lothar Späth wirkte von dem Einwurf ernsthaft betroffen. »Meine Damen und Herren, ich bin ausdrücklich drauf aufmerksam gemacht worden, ich befände mich hier auf einem Privatgrundstück, ich hätte die Erlaubnis, hierherzugehen …«

»Das ist ergaunert worden!«

»… aber ich werde auf diesem Platz diese Diskussion nicht führen.«

»Buh!«

Ein weiterer Sprecher der Bürgerinitiativen meldete sich zu Wort. Er redete sehr besonnen.

»Hier sind wir verprügelt worden und hier ist unsere Stellungnahme. Ich würde vorschlagen, dass wir darüber abstimmen, ob die Diskussion hier auf dem Platz oder draußen geführt wird. Wer ist dafür, dass die Diskussion hier auf dem Platz geführt wird?«

Alle streckten.

»Ja!«, rief die Menge.

»Wer ist dagegen?«

Keiner hob die Hand. Lothar Späth schüttelte den Kopf.

»Ich begebe mich vor den Platz, dort stehe ich zur Diskussion.«

Mit diesen Worten setzte er sich in Bewegung, vom Platz weg. Die Gegner redeten durcheinander.

»Ich bin der Meinung, da draußen kann er die Bäume ansprechen.«

»Feigling, Feigling!«

»Lügner!«

»Hau doch gleich ab.«

Am Eingang des Platzes hielt Späth an.

»So, jetzt kann hier diskutiert werden. Ist das alles?«

Die Antwort darauf folgte schnell und patzig.

»Ja, das ist alles.«

Hannelore drehte sich zu Karl um.

»Komm, wir gehen. Das ist mir zu blöd. Wir haben Besseres zu tun mit unserer Zeit, als dem Kindergarten hier zu folgen.«

Karl nickte und sie verließen den Platz.

Die Tabakernte hatte begonnen. Tabak war ein wichtiger Teil ihres Einkommens. Karl und Hannelore waren deshalb dankbar, dass Klara und ihre Freunde ohne langes Zögern sich bereit erklärt hatten, ihnen zu helfen. Es war ein Tauschgeschäft, von dem in diesem Sommer alle Landwirte und Winzer profitierten: Die jungen Aktivisten, die teilweise ständig auf dem besetzten Bauplatz waren und sich stets das gute Essen der Frauen schmecken ließen, unterstützten nun die Winzer und Bauern. So standen alle seit Tagen in der Sonne und pflückten die Blätter der Tabakpflanzen ab. Diese wurden aufgefädelt und zum Trocknen in die Scheune gehängt.

Einer fehlte heute Vormittag. Karl saß jetzt schon seit Stunden vor dem Haus in einem VW-Bus der Polizei und wurde nicht herausgelassen. Hannelore war auf Beobachtungsposten in der Küche. Sie schaute auf die Uhr. Zwanzig Minuten nach elf.

Eigentlich hatte Karl nur schnell nach Emmendingen aufs Landratsamt fahren wollen, um die nächste Demonstration anzumelden, als plötzlich die Polizei auftauchte. Die Aktivisten wechselten sich bei den Anmeldungen regelmäßig ab, damit nicht ein Einzelner zum Sündenbock gestempelt werden konnte. Das Problem jetzt war, dass ihnen die Zeit davonlief, während Karl in der grünen Minna schmorte. Bis zwölf Uhr musste die Anmeldung im Landratsamt eingegangen sein, sonst wurde es nichts mit der Demo.

Hannelore sah erneut nervös auf die Uhr. Zwei weitere Minuten waren vergangen. Sie wusste, sie musste jetzt handeln, und in ihrem Kopf spielte sie verschiedene Möglichkeiten durch. Sie selbst würden die Polizisten ja wohl kaum losfahren lassen. Dazu müssten sie ihre grüne Minna wegfahren, denn die blockierte wohl nicht ganz unbeabsichtigt die Hofeinfahrt.

Hannelore griff zum Telefon und rief Josef in Weisweil an. Sie erreichte seine Frau, die ihren Mann erst einmal draußen suchen musste, was Hannelore ewig vorkam. Sie starrte auf die Uhr. Es war zwei Minuten vor halb zwölf, als Josef endlich den Hörer in die Hand nahm.

»Josef? Du musst uns helfen. Der Karl sitzt seit Stunden in einer grünen Minna vor dem Haus und wird nicht rausgelassen. Bis zwölf Uhr muss aber die Demo angemeldet sein.«

»Wo ist das Anmeldeformular?«, fragte Josef.

»Das liegt vor mir. Er hat es fast schon komplett ausgefüllt, nur die Unterschrift fehlt.«

Josef dachte nicht lang nach.

»Pass auf, jetzt streichst du seinen Namen durch und schreibst meinen rein. Ich fahre sofort los. Kannst du mir entgegenkommen? Die Polizei muss uns ja nicht unbedingt zusammen sehen.«

»Ich versuch's.«

»Dann bis gleich – oder besser: sofort.«

Josef hängte auf und Hannelore strich schnell Karls Namen und Adresse auf dem Formular durch und ersetzte sie durch Josefs. Dann stopfte sie das Papier unter ihre Kittelschürze, griff nach ihrer Geldbörse und ging zur Haustür hinaus. Sie blickte auf den VW-Bus mit den Polizisten und ihrem Karl darin und machte mit der Geldbörse in der Hand eine winkende Bewegung. Zügig lief sie die Straße Richtung Weisweil hinunter und war froh, als sie außerhalb des Blickfeldes der Polizei war. Um vier Minuten nach halb zwölf hielt Josef mit seinem Wagen neben ihr. Hannelore reichte das Papier durch die Fensterscheibe, und Josef brauste davon. Hannelore lief weiter zum Bäcker, kaufte einige süße Stückle und reichte diese bei ihrer Rückkehr den Polizisten und Karl durch das Autofenster.

In Emmendingen hielt Josef direkt vor dem Landratsamt im Halteverbot, aber es scherte ihn nicht. Um zwei Minuten vor zwölf war die Demonstration angemeldet. Um drei nach zwölf durfte Karl die grüne Minna verlassen.

Im Garten saßen sie danach alle gemeinsam beim Mittagessen im Schatten der Kirschbäume und besprachen die Lage.

»Wieso kam die Polizei hierher? Woher wusste sie, dass Karl die Demo anmelden wollte?«, fragte Resi.

»Wie wurde organisiert, dass du sie anmeldest?«, fragte Klara.

»Bei der letzten Sitzung der BI«, erklärte Karl, »und dann habe ich gestern Abend noch mit dem Sprecher aus Oberrotweil darüber geredet.«

»Wo?«, fragte Wolle.

»Am Telefon«, erwiderte Karl.

Wolle schaute misstrauisch in die Runde und erhob sich.

»Ich darf mal kurz euer Telefon anschauen?«, fragte er.

»Ja, schon, aber wozu?«, entgegnete Hannelore.

»Will nur mal kurz schauen.«

Wolle setzte sich in Bewegung und alle anderen folgten. Im Wohnzimmer nahm Wolle den Telefonhörer in die Hand und drehte an der Sprechmuschel. Konzentriert schaute er ins Innere, bis er anfing zu pulen. Schließlich hielt er ein winziges Teil auf der Spitze seines Zeigefingers und reckte es in die Höhe.

»Auf der Mauer, auf der Lauer …«, summte Wolle, unterbrach sich aber und bedeutete den anderen, still zu sein.

Karl, Resi und Hannelore sahen sich erschreckt an.

Wolle legte das kleine Abhörgerät auf den Tisch neben das Telefon und winkte den anderen, ihm nach draußen zu folgen.

»Wie kommt eine Wanze ins Telefon?«, fragte Karl im Garten.

»War mal jemand da, der hier irgendetwas repariert hat oder so?«

Hannelore wurde in diesem Moment heiß und kalt zugleich.

»Der Techniker von der Bundespost!«, rief sie aus. »Im März schon. Der hat was von einer Störung gefaselt, ich wusste gar nicht, welche er meinte. Aber er war ausgesprochen nett.«

»Hast du ihn allein gelassen?«, fragte Karl.

»Nein …«, Hannelore zögerte, »doch! Ich hab ihm einen Kaffee geholt.« Sie schüttelte entsetzt den Kopf.

»Jetzt weiß ich auch, warum die Polizei mich kurz vor Ostern hinter Forchheim kontrolliert hat, als ich die Flugblätter im Kofferraum dabei hatte«, meinte Klara. »Hannelore und ich hatten kurz vorher noch telefoniert.«

»Bei Franz war der Mann auch«, ergänzte Hannelore mit zittriger Stimme.

»Das glaubt doch keiner, dass die so was machen«, sagte Resi kopfschüttelnd.

Alle schauten ernst.

»Machen sie offensichtlich doch«, erwiderte Karl nach einer Weile, »aber sie werden uns nicht kleinkriegen.«

XXI.

Es war heiß, die Augustsonne brannte vom Himmel. Selbst in der Wyhler Kirche gab es keine Abkühlung mehr. Die Reihen im Sonntagsgottesdienst waren gut gefüllt und Hannelore fächerte sich mit dem Liedblatt etwas Luft zu. Sie, Karl, Resi, Kai und Sabine saßen in der fünften Reihe und lauschten dem Pfarrer. Er kündigte das nächste Lied an und oben an der Orgel wurde mit Schwung in die Tasten gegriffen. Hannelore sah kurz hoch auf die Empore, auf der Gerd konzentriert an der Orgel saß. Sie musste lächeln, wenn sie daran dachte, dass er mittlerweile einer der ihren war, während Roswitha, die ebenfalls in der Kirche saß, auf der anderen Seite des Ganges, immer noch glaubte, sie täte ihrem Mann etwas Gutes mit ihrer KKW-Ja-Haltung.

Zum Ende des Gottesdienstes sprach der Pfarrer den Segen. Dann hielt er inne, als schien er ein stilles Gebet zu sprechen, bevor er sich mit dem Messbuch an den Auszug machte. Dieses stille Gebet nach dem Segen hatte Hannelore schon seit Längerem beobachtet. Er machte es jedes Mal. Vielleicht war es das ganz persönliche Gebet des katholischen Geistlichen in Wyhl, der sich nicht klar positionieren konnte oder wollte – ganz im Gegensatz zu seinen evangelischen Kollegen in den Nachbargemeinden, die alle deutlich gegen das Atomkraftwerk kämpften –

und der es mit einer äußerst zerrissenen Gemeinde zu tun hatte. Wie sollte er sich verhalten? Hannelore war sich bewusst, dass das in seiner Position schwierig war.

Sie erhoben sich und folgten dem Pfarrer nach draußen. Die Hitze traf sie wie ein Schlag. Sie mussten gleich nochmal ins Tabakfeld, die oberen Blätter waren dran. Klara und ihre Freunde hatten sich angekündigt, um zu helfen, und wenn sie gut vorankamen, sprach nichts gegen einen Abstecher auf den Bauplatz. Dort war am Wochenende immer am meisten los, das machte allen in der Familie Spaß. Kai und Sabine liebten es, im Wald mit anderen Kindern herumzutoben oder sich in den Seen oder im Altrhein zu erfrischen.

Sie liefen die Straße hinunter nach Hause, grüßten hier und hielten dort für ein Schwätzle an. Kai und Sabine rannten voraus. Ihnen schien die Hitze nichts auszumachen, sie waren lebhaft wie eh und je.

Kurz bevor Karl, Hannelore und Resi an ihrem Haus angelangten, hörten sie einen schrillen Schrei. Es war Sabine, und nicht nur Hannelore stockte der Atem. Kai kam aus dem Hoftor herausgeschossen und ihnen entgegengerannt.

»Mama, Papa, kommt schnell, mit der Bella stimmt was nicht«, keuchte er.

Die drei Erwachsenen beschleunigten ihre Schritte. Hannelore rannte und war als Erste im Hof angelangt.

Dort lag Bella ausgestreckt, neben ihr kauerte Sabine, die so herzzerreißend weinte, dass sich ihr Augenpflaster vor lauter Tränen schon gelöst hatte.

»Was ist los mit ihr?« Hannelore kniete vor ihrem Labrador. Bellas Atem ging ganz flach. Ein Zittern ging durch ihren Körper.

»Sie stirbt, Mama, sie stirbt«, brüllte Sabine.

Woher weiß sie das, fragte sich Hannelore. Sie sah sich um. Ihr Hund hatte erbrochen, und das Erbrochene schimmerte bläulich.

»Blausäurevergiftung«, sagte Karl, der ebenfalls neben Bella kniete. »Ruf den Tierarzt!«

Resi rannte nach drinnen zum Telefon. Sabine weinte und weinte, Kai stimmte ein, während die Erwachsenen den Hund streichelten und nicht wussten, was sie machen sollten.

Resi kam zurück.

»Er kommt sofort«, rief sie.

Als der Tierarzt zehn Minuten später eintraf, konnte er nichts mehr machen. Bella hatte aufgehört zu atmen. Ganz entspannt lag sie jetzt da nach ihrem Todeskampf, umringt von ihrem menschlichen Rudel. Alle weinten und Hannelore hielt ihre Tochter fest, die sich nicht beruhigen konnte.

Vor dem geöffneten Hoftor hatten sich einige Nachbarn versammelt, die das Drama mitbekommen hatten.

Hannelore erhob sich, ging auf Heidrun zu und ließ sich in den Arm nehmen.

»Wer macht so was?«, weinte sie an der Schulter ihrer Freundin.

Da sah sie Roswitha, offensichtlich neugierig geworden, aus dem Haus auf die Straße treten. Hannelore löste sich von Heidrun und stapfte auf ihre Schwägerin zu.

»Bist du jetzt zufrieden, du dummes Weib?«, brüllte sie hysterisch. »Musst du auch noch unseren Hund vergiften, damit du dich im Recht fühlst?«

Im selben Moment gab es einen knallendes Geräusch und Hannelore spürte einen schneidenden Hieb auf ihrer linken Wange. Erschreckt sah sie Roswitha an, die ihrerseits staunend auf ihre rechte Hand schaute, mit der sie Hannelore gerade eine saftige Ohrfeige verpasst hatte.

»So, Hannelore, jetzt hörst du mir mal zu«, sagte Roswitha streng, nachdem sie sich gefangen hatte. »Ich bin vielleicht nicht eurer Meinung und ich bin vielleicht davon überzeugt, dass wir das Kernkraftwerk hier im Ort brauchen. Aber das heißt noch lange nicht, dass ich deswegen euren Hund vergifte! Für wie herzlos hältst du mich? Euer Hund hat sich mir gegenüber in den letzten Monaten noch am freundlichsten von euch allen verhalten. Da werde ich ihn ja wohl kaum umbringen, oder? Bella kann für euren komischen Anti-Atom-Einsatz nun wirklich nichts.«

Sie schnaufte und starrte Hannelore hasserfüllt an. Hannelore rieb sich die Wange und brachte sich in Stellung. Wütend funkelte sie ihre Schwägerin an, und das alles vor den neugierigen Augen der gesamten Nachbarschaft, Resi, Karl, den Kindern.

»Ihr Pro-Leute mit eurem Hass gegen uns, das ist doch nicht normal. Das Wildschwein habt ihr schon umgebracht, Nägel ausgelegt, Bäume abgesägt, Leute verprügelt, Autos demoliert. Ist es das wert? Und jetzt muss ein unschuldiger Hund dran glauben!«

»Ich sagte ja bereits«, erwiderte Roswitha erstaunlich beherrscht, »ich habe Bella bestimmt nichts getan. Ich habe auch kein Wildschwein zerlegt. Oder Autos zerstört. Geschweige denn Bäume zersägt. Ich bin nicht an allem schuld, liebe Schwägerin!«

Sie wandte sich zum Gehen, aber Hannelore war noch nicht fertig.

»Dein eigener Mann, liebe Roswitha, ist gegen das Atomkraftwerk. Dagegen, hörst du? Er traut sich nur nicht, es dir zu sagen. Also, denk mal drüber nach, ob deine Meinung hier wirklich die richtige ist.«

Roswitha schaute überrascht.

»Red nicht so einen Mist.«

»Ist aber wahr.«

Sie hatten beide in ihrem Eifer nicht mitbekommen, dass Gerd mittlerweile dazugekommen war.

»Ist das wahr, Gerd?«, herrschte Roswitha ihn an.

Gerd hob die Schultern und nickte.

Ohne ein weiteres Wort drehte Roswitha sich um und verschwand im Haus. Gerd blieb bewegungslos stehen. Und Hannelore sah sich zum ersten Mal um und war angesichts der vielen Menschen peinlich berührt.

»Ihr könnt jetzt verschwinden, alle«, rief sie. »Die Theatervorstellung ist beendet.«

Sie selbst machte den Abgang, ging schnellen Schrittes in den Hof und warf das Tor zu.

Sie begruben Bella unter Tränen im Garten unter einem Apfelbaum. Klara, Axel und Kerstin waren inzwischen dazugestoßen und gleichermaßen geschockt. Nach dem Begräbnis gingen Karl und Resi mit den drei jungen Leuten an die Arbeit. Hannelore blieb im Haus bei den Kindern. Sie saßen am Küchentisch und starrten vor sich hin. Auf den Platz zu gehen hatte keiner mehr Lust.

Am Abend im Bett schmiegte sich Hannelore eng an ihren Mann. In seinen kräftigen Armen fühlte sie sich stets geborgen, er gab ihr ein Gefühl absoluter Sicherheit.

»War es das wert, Karl?«, fragte Hannelore verzweifelt.

»Nein, aber dass wir gegen das Atomkraftwerk kämpfen, das ist richtig«, antwortete Karl. »Das ist es wert. Es ist unsere Heimat, die wird für uns unbewohnbar. Wir werden unser Land nicht mehr bewirtschaften können. Wo jetzt unsere Streuobstwiese ist, steht dann vielleicht schon die nächste Industrieanlage. Wir können uns doch nicht vertreiben lassen wie im Krieg. Und wir können doch nicht zulassen, dass so gefährliche Kraftwerke überhaupt gebaut werden.«

»Ich weiß«, schluchzte Hannelore, »ich weiß. Aber der ganze Ärger, überall böses Blut. Erst reißen sie die Plakate runter, dann zersägen sie unsere Bäume, dann bewerfen sie uns mit Farbe. Wo soll das noch enden, wenn sie jetzt noch nicht mal vor dem Töten eines Hundes zurückschrecken?« Ihr liefen die Tränen die Wangen herab. »Wer macht so was, Karl?«

»Wenn ich das wüsste.«

»Jemand muss irgendetwas Leckeres für sie über das Tor geworfen haben. Wie hätte sie denn sonst die Blausäure zu sich nehmen können?«

Sie schwiegen eine ganze Weile. Dann räusperte sich Karl.

»Weißt du, Hannelore, was du mit Roswitha gemacht hast, war nicht in Ordnung.«

Hannelore weinte nur noch mehr. Ihr war es selbst peinlich und sie war beschämt.

»Ich weiß. Aber sie hat mich geschlagen.«

»Richtig. Aber du hast sie bloßgestellt vor dem Dorf. Sie oder Gerd haben Bella ganz bestimmt nichts getan.

Sie kannten sie doch seit Jahren. Und Roswitha ist kein schlechter Mensch.«

»Nein.«

»Ich finde, du solltest dich bei ihr entschuldigen.«

Hannelore richtete sich auf und sah Karl mit tränennassem Gesicht entsetzt an.

»Das kann ich nicht«, sagte sie verzweifelt. »Bitte zwing mich nicht dazu.«

»Ich zwing dich nicht«, beruhigte Karl sie, »aber denk mal drüber nach, was du da machen kannst.«

Er streichelte Hannelores nasse Wange. »So, und jetzt versuchen wir zu schlafen, okay?«

Karl breitete seinen Arm wieder aus und Hannelore schmiegte sich erschöpft hinein.

Klara saß in dem Bauwagen, in dem die Redaktion der Platzzeitung »Was Wir Wollen« untergebracht war. Schon seit der ersten Ausgabe war sie dabei – schließlich hatte sie das Berufsziel Journalismus vor Augen, und warum nicht das Gute mit dem Nützlichen verbinden und hier weitere Erfahrungen sammeln?

Die Ausstattung der Redaktion war dürftig: eine Schreibmaschine, ein paar Scheren, Stifte, Papier und Kleber. Damit layouteten die Platzbesetzer ihre Ausgaben, die sie später für fünfzig Pfennig das Stück an Interessierte verkauften. Immerhin brachten sie es auf eine Tausenderauflage.

Es machte Klara Spaß, sich zu beteiligen, über ihre Ziele und den Widerstand zu diskutieren, ihre Meinung einzubringen, den Pressespiegel zu studieren. Das Problem mit der Platzzeitung war allerdings, dass sich das Engagement insgesamt in Grenzen hielt. Über ihren kleinen Redaktionskreis hinaus gab es kaum Mitstreiter. Jetzt saß Klara wieder einmal allein an der Schreibmaschine und schrieb sich ihre Trauer und Wut von der Seele. Die Geschichte mit Bella vor einigen Tagen nagte immer noch an ihr. Die Überschrift ihres Textes lautete: *Drohbriefe und anonyme Beleidigungen – gewaltloser Kampf?* Sie schrieb:

Wir haben uns darauf geeinigt, gegen unsere Gegner keine Gewalt anzuwenden. Das wird uns weiterbringen als Gewaltanwendung und anschließendes Zusammengeschossenwerden von einer Übermacht. Damit werden wir die Sympathien der Öffentlichkeit auf unsere Seite ziehen und so werden wir gewinnen: Kein KKW in Wyhl!

Gewaltlosen Widerstand zu leisten heißt nicht passiv zu sein. Bei der Räumung durch die Polizei haben wir uns vor der Übermacht auf den Boden gesetzt, die »Wacht am Rhein« gesungen und die ganze Zeit mit den Polizisten gesprochen – sogar als sie uns wegschleiften. Das verlangt natürlich mehr Selbstbeherrschung als Draufschlagen … Der Hebel, den wir da ansetzten, ist stark, weil es zum Beispiel einem Polizisten so schwerer fällt, uns als Feinde zu betrachten. Er muss anfangen, darüber nachzudenken, warum er eigentlich gegen uns vorgehen soll. Und da haben wir die besseren Argumente. Warum sonst hätten sich zwei Züge der Polizei geweigert, in Wyhl eingesetzt zu werden? Es gibt da noch sehr viel mehr solche Beispiele. Und die Diskussionen innerhalb der Polizei gehen weiter.

Aber nicht nur gegenüber der Polizei haben wir die besseren Argumente. Deswegen müssen wir auch offen bleiben gegenüber Befürwortern von Atomenergie. Unser Standpunkt ist klar: KKW NEIN. Aber wir dürfen nicht aufhören, das zu erklären, sonst versteht man uns nicht und die Propagandasaat der Landesregierung und des Badenwerks fällt auf fruchtbaren Boden.

Das gilt auch für die KKW-Befürworter in Wyhl. In Wyhl geht immer noch ein Riss durchs Dorf. Alte Bekannte grüßen sich nicht mehr und tun so, als sei man Luft, man spricht nicht mehr miteinander … Unter der Oberfläche geht's noch schlimmer zu: Beschimpfungen und Beleidigungen werden ausgetauscht, Drohbriefe flattern einem ins Haus oder es wird einem der Hund vergiftet. Dass vor einiger Zeit noch ab und zu nachts »Schlägertrupps« zum Platz kamen, ist ja wohl jedem bekannt.

Das muss anders werden. Aus solch einer hassgefüllten Atmosphäre schlagen die Landesregierung und das Badenwerk nur Kapital. Das splittert unnötig unsere Kräfte auf. Auch KKW-Jaler haben ein Hirn und können überzeugt werden, auf jeden Fall müssen wir das versuchen. Es hat keinen Sinn, Briefe wie den folgenden zu schreiben. Zitat:

Klara blickte auf die zahlreichen Drohbriefe, die auf dem Redaktionstisch verteilt lagen, und überlegte, welchen sie nehmen sollte, als die Tür quietschend aufging und Axel hereinkam. Auch er war Redaktionsmitglied.

»Na, bist du vorangekommen?«, fragte er.

Sie hatten sich kurz vorher noch über die Themen für die neue Ausgabe unterhalten. Klara nickte.

»Magst du mal lesen?«

Sie drehte an der Walze, damit das Blatt mit dem Text nach oben rutschte und Axel lesen konnte.

Still beobachtete sie, wie er konzentriert auf das Papier in der Schreibmaschine schaute.

»Nicht schlecht«, meinte er schließlich. »Aber für dich eher ungewöhnlich. So … wütend. Kämpferisch.«

»Die Sache mit Bella war eine zu viel«, antwortete Klara, »das können wir so nicht stehen lassen.«

»Stimmt.« Axel hatte die Bilder des Dramas auch noch sehr präsent. »Sag mal, meinst du nicht, sie würden sich über einen neuen Hund freuen? Ich wüsste da jemand, die haben gerade einen Wurf. Allerdings Mischlinge. Aber die sehen richtig süß aus.«

Klara freute sich über den Vorschlag. Vielleicht war das wirklich eine gute Idee, auch wenn man Bella so leicht natürlich nicht ersetzen konnte. Sie war nicht nur der perfekte Wachhund, sondern auch ein richtiges Familienmitglied gewesen, das die Kinder immer geduldig ertragen hatte, wenn sie es wild mit ihr trieben.

»Das wäre eine tolle Sache«, meinte Klara.

»Wir fragen noch die anderen und dann schauen wir mal. Wir würden auch nichts für den Welpen zahlen müssen.«

»Na, dann erst recht.«

»Aber jetzt sag mal«, kehrte Axel zurück zum Thema, »welchen Drohbrief hättest du denn gerne zitiert?«

Klara zog ein Blatt hervor.

»Ich dachte an den hier. Der hat auch noch so eine schlimme Rechtschreibung.«

Sie las laut vor:

An den Idiothen-Club von Wyhl! Was sich da in Wyhl an Abschaum der Menschheit am Ostermontag gezeigt hat, das wurde auch dem Dümmsten der Beobachter klar. – eine Gruppe von Hergelaufenen, von Säufern, lichtscheuem, arbeitsscheuem Gesindel, von dem sich jeder anständige alteingesessene Wyhler Bürger am besten dystansiert. Das alte bewährte Sprichwort: von Wyhl kommt nicht viel hat sich auch hier wieder bewahrheitet.

Da sah man sie – mit saudummen Visagen, Abkömmlinge von Polakenhuren mit Idiothenköpfen und über ihre eigene Dummheit lachend. Da gehen alte Betschwestern zur Kirche, beten um einen Posten für ihre Männer evtw.

als Strassenfeger oder Rasenmäher und kommen sich weiss wie klug vor. Dieses dämliche dreckige Idiothendorf ist zum Ausräuchern noch zu schade. Fürs Streichhölzer wohlvermeintlich.

Axel lachte zynisch.

»Wirklich hübsch, wenn es nicht so traurig wär. Nimm den, der passt.« Er wandte sich zum Gehen. »Ich schreib später noch den Bericht über die Platzversammlung. Und das mit dem Hund, das machen wir, oder?«

»Ja.« Klara lächelte.

»Und kommst du dann nach? Wir sitzen alle am Rheindamm in der Sonne.«

»Ja, gerne, bis gleich.«

Als Axel gegangen war und sie den Schmähbrief abgetippt hatte, schrieb sie noch eine Schlussbemerkung darunter.

Solche anonymen Briefe existieren noch viel mehr. Aber das können nicht unsere Mittel der Auseinandersetzung sein! Das macht unsere Sache schlecht und KKW-Betreibern liefern wir damit unnötig Munition. Allerdings ist es gut möglich, dass solche Briefe gar nicht von KKW-Gegnern geschrieben wurden, sondern von Leuten, die der Landesregierung bewusst Vorwände liefern wollen.

Damit zog sie das Blatt aus der Schreibmaschine und las den Text zur Kontrolle noch einmal durch. Sie war zufrieden. Was dort stand, musste einfach gesagt werden. Punkt.

Klara holte ihren Bikini aus Udos Zelt und zog sich um. Mit einem Handtuch lief sie Richtung Rhein. Zahlreiche, hauptsächlich junge Platzbesetzer und ihre Besucher hatten es sich über den Rheindamm verteilt gemütlich gemacht. Irgendjemand spielte Gitarre und die Menschen sangen dazu.

Beim Anblick der vielen eng zusammenliegenden, sich küssenden Liebespaare musst Klara grinsen, denn sie wusste, dass die Kaiserstühler, vor allem die Frauen, diese Art von Liebesübungen unanständig fanden. Die Versuche, Derartiges durch gutes Zureden zu unterbinden, schlugen regelmäßig fehl.

Klara machte ihre Clique bald aus. Udo saß neben Kerstin, und Klara überlegte, ob es ihr etwas ausmachen sollte oder nicht. Mit Udo ging es immer hin und her, auf und ab. Sie fand es anstrengend. Gleichzeitig war sie immer noch sehr von ihm eingenommen.

»Hallo«, begrüßte sie ihre Freunde. »Darf ich?«

Sie quetschte sich zwischen Kerstin und Udo. Kerstin, registrierte Klara, wich nur ungern. Udo hingegen legte gleich den Arm um sie und lächelte sie an.

Axel und Wolle lagen entspannt im Gras und ließen es sich gutgehen. Während Axel Grashalme um seinen linken Zeigefinger drehte, erzählte Wolle gerade von seiner neuen Zusammenarbeit mit Franz, dem Nachbarn von Hannelore und Karl.

»Wir experimentieren auf der Suche nach alternativen Energiequellen«, tat er geheimnisvoll.

»Wie soll das gehen?«, fragte Axel.

»Die Kraft der Sonne«, orakelte Wolle, »wird die Lösung unserer Energieprobleme sein. Franz und ich fahren demnächst in die Schweiz und schauen uns ein Solarhaus an.«

»Und was macht ihr dann?«, wollte Klara wissen.

»Dann bauen wir. Das ist reine, angewandte Physik.«

»Na, wenn es so einfach wär, warum gibt es das noch nicht?«, fragte Kerstin.

»Weil es politisch nicht gewollt ist«, antwortete Wolle.

»Die Wirtschaft hat die Politik unter ihrer Knute und die Politik macht, was die Wirtschaft will, und das ist Atomkraft«, ergänzte Udo.

»Man könnte das Geld nehmen und in alternative Energien stecken«, meinte Wolle, »das wäre echter Fortschritt. Das gäb sogar neue Arbeitsplätze.«

»Das klingt zu schön, um wahr zu sein«, fand Klara.

Wolle schaute von Kerstin über Klara zu Udo und zurück. Schließlich sprach er Klara aufmunternd an.

»Du bist doch öfter bei deiner Tante. Schau doch einfach mal beim Franz in der Werkstatt vorbei. Wir zeigen's dir.«

XXII.

Hannelore stand am Küchenfenster und schaute hinaus. Seit Tagen wartete sie auf eine günstige Gelegenheit. Fast zwei Wochen waren seit dem Giftattentat auf Bella vergangen und Hannelore fühlte sich immer noch unwohl. Der Hund fehlte allen Familienmitgliedern. Was für Hannelore aber fast noch schlimmer wog, war, dass sie sich nach ihrer Vorstellung mit Roswitha kaum noch auf die Straße traute. Sie fürchtete, dass ganz Wyhl sich jetzt das Maul über sie zerriss. Und sie wusste, dass Karl recht hatte: Sie musste auf Roswitha zugehen. Und zwar bald.

Verdammtes Atomkraftwerk, dachte Hannelore. Sie war den Kampf langsam leid, je länger die Platzbesetzung anhielt und je mehr Ungemach entstand. Wie hoch sollte der Preis noch werden? Das Damoklesschwert des Baubeginns hing weiterhin über ihnen, denn die Landesregierung ließ keinen Zweifel, dass das Werk gebaut werden würde, die Frage war nur, wann es losging. Die Atomkraftwerksgegner wiederum ließen keinen Zweifel daran, dass sie nicht weichen würden.

Hannelore sah, wie Roswitha gegenüber aus dem Haus trat und die Haustür zuzog. Es war früher Morgen und die Straße ansonsten leer. Die Gelegenheit war vermutlich so günstig wie nie. Hannelore gab sich einen Ruck und eilte nach draußen.

»Roswitha«, rief sie, »Roswitha, warte mal.«

Roswitha, die auf dem Weg zur Stumpenfabrik war, drehte sich um.

»Was willst du?«, fragte sie unfreundlich.

»Roswitha, ich wollte nur … ich …«, stammelte Hannelore. »Es tut mir leid, was ich da vor ein paar Tagen gesagt hab. Das … das war nicht richtig.«

Roswitha schaute ihre Schwägerin durchdringend an.

»Aha. Gut, dass du das auch mal merkst.«

»Ja, also, ich entschuldige mich.«

Hannelore beeilte sich, diese Worte loszuwerden.

»Aha.«

»Es kommt nicht nochmal vor.«

»Das will ich hoffen.«

Roswitha stand kerzengrade da und zeigte keine Regung. So leicht ließ sie Hannelore nicht davonkommen.

»Falls ich noch irgendetwas tun kann …«, wand sich Hannelore weiter.

»Kannst du, Hannelore, kannst du«, erwiderte Roswitha.

»Was denn?«

»Lass uns einfach in Ruhe. Für immer.«

Roswitha wandte sich ab und ließ ihre Schwägerin wie einen begossenen Pudel auf der Straße stehen.

Zwei Stunden stand Hannelore jetzt schon wie gelähmt in der Küche und kam zu nichts. Die Begegnung mit Roswitha ging ihr nicht aus dem Kopf. Ihre Wangen brannten vor Scham. Hannelore fragte sich, wie sie je wieder unbefangen durch Wyhl laufen oder auf den Platz gehen sollte.

Kai schaute zur Küchentür herein.

»Ich geh raus zum Papa.«

Bevor Hannelore antworten konnte, war er auch schon weg. Jetzt fiel ihr auf, dass sie Sabine den ganzen Vormittag noch nicht gesehen hatte. Wie unkonzentriert sie war. Es waren ja Sommerferien, da blieb ihre Tochter gerne mal länger im Bett, aber so lange? Hannelore beschloss, nach ihr zu schauen, und lief die Treppe hoch. Vor Sabines Zimmertür hielt sie an und horchte. Nichts war zu hören. Sie klopfte, wartete einen Moment und öffnete dann die Tür.

Sabine saß im Nachthemd auf ihrem Bett und schaute in ein Buch. In ihrem Arm hielt sie den großen Plüschtiger fest, den sie von Klara zum Geburtstag geschenkt bekommen hatte. »Der beschützt dich und wenn du Kraft brauchst, dann gibt er dir welche«, hatte Klara damals zu ihrer kleinen Cousine gesagt.

»Sabine, was ist los? Du warst ja noch gar nicht in der Küche zum Frühstücken. Du musst ja einen Bärenhunger haben«, sagte Hannelore weich und setzte sich neben ihre Tochter auf das Bett.

Sabine antwortete nicht und schaute verdrossen nach vorn. Hannelore legte den Arm um sie.

»Ist dir eine Laus über die Leber gelaufen?«

Keine Antwort.

»Magst du dich heute vielleicht mit der Birgit treffen?«

»Die will sich nicht mehr mit mir treffen. Und die Claudia auch nicht«, antwortete Sabine und hielt ihren Tiger noch fester.

Hannelore schwante Böses.

»Wieso nicht?«

»Die sagen, ich hätte echt eine verrückte Mutter. Wegen der Sache mit Roswitha und Bella. Und dem Platz.«

Hannelore war fassungslos. Gleichzeitig stieg ihr die Schamesröte ins Gesicht.

»Das meinen doch nicht die beiden, sondern deren Eltern«, erwiderte sie.

Tatsächlich hatte sie die Familien noch nie auf dem Platz gesehen. Pro-Plakate hingen dort aber auch keine.

»Heute Morgen hast du dich schon wieder mit Roswitha gestritten«, stellte Sabine fest.

»Nein, das stimmt nicht, wie kommst du darauf?«, verteidigte sich Hannelore.

»Ich hab euch gesehen.«

»Nein, wir haben nicht gestritten. Im Gegenteil, ich habe mich bei Roswitha entschuldigt. Es ist … wieder gut.«

Sabine antwortete nicht, und es gab eine lange Pause, die Hannelore unangenehm war.

»Möchtest du mal wieder auf den Platz? Wir können gleich heute noch gehen. Bei dem schönen Wetter könnt ihr im Altrhein baden. Und Spielkameraden gibt es dort gerade genug.«

»Nein«, rief Sabine aus. »Ich will da überhaupt nie mehr hin auf diesen blöden Platz.« Jetzt kamen ihr die Tränen. »Ich will einfach nur Bella wiederhaben.«

»Ich auch, Bini, ich auch.«

Hilflos hielt Hannelore ihre Tochter fest und strich ihr über den Kopf. Sie wusste nicht, wie sie ihr Kind trösten sollte.

Klara und Axel waren mit der Ente auf dem Weg nach Wyhl. Während Klara am Steuer saß, hatte Axel eine Decke über seine Oberschenkel ausgebreitet und hielt mit beiden Händen einen schwarz-weißen Welpen auf dem Schoß fest, der sich verängstigt duckte. Die beiden hatten den Hund gerade von Bauern in Opfingen abgeholt und wollten jetzt Familie Jacobi damit überraschen.

Als sie in Wyhl ankamen, hob Axel die Decke hoch.

»Verflixt, der Hund hat mich vollgepinkelt«, jammerte er beim Anblick seiner befleckten Jeans.

Klara lachte.

»So ein bisschen Welpenpipi ist nicht schlimm, das wäscht dir Hannelore im Handumdrehen heraus.«

Der Zeitpunkt war gut gewählt, denn die Familie saß gerade beim Mittagessen. Die Haustür war wie üblich nicht abgeschlossen, so dass die beiden einfach eintraten. Klara klopfte an die Küchentür und öffnete.

»Hallo, guten Appetit!«

»Klara, das ist aber eine Überraschung«, rief Hannelore aus. »Komm rein.«

Sie wirkte angespannt, stellte Klara fest.

»Ich hab auch Axel dabei und noch jemanden«, tat Klara geheimnisvoll. »Macht mal die Augen zu.«

Karl, Hannelore, Resi und die Kinder taten wie geheißen. Axel trat ein und setzte den Welpen auf den Küchenboden.

»Ihr könnt gucken«, sagte er.

Alle machten die Augen auf.

»Ein Hund!«, rief Sabine begeistert aus.

Sie war auf ihrem Stuhl nicht mehr zu halten. Der kleine Welpe versteckte sich zwischen Axels Beinen.

»Sachte, Sabine«, bremste Axel, »er muss euch erst kennenlernen.«

»Ist der für uns?«

»Ja, der ist für euch.«

»Der ist so süß«, juchzte Sabine.

Jetzt war auch Kai dazugekommen und streichelte den Hund. Hannelore hatte Tränen in den Augen.

»Das ist so lieb von euch«, sagte sie ein ums andere Mal.

»Und, Sabine und Kai, wie soll er denn heißen?«, fragte Klara.

»Willi!«, rief Sabine spontan.

»Wieso denn Willi?«, fragte Resi.

»Ja, wegen Willi. Das ist doch der beste Freund von der Biene Maja.«

»Ach so«, meinte Resi trocken und zwinkerte den Erwachsenen zu. »Ich dachte schon wegen unseres schönen Ortes. Wyhli mit Ypsilon und Ha.«

Kai war mit der Namenswahl seiner Schwester sofort einverstanden. Hannelore fiel ihrer Nichte und Axel abwechselnd um den Hals.

»Danke, dass ihr das gemacht habt. Er ist so niedlich.« Sie kniete nieder und streichelte den Hund. »Herzlich willkommen, Willi, ich versprech dir, hier wirst du es gut haben.«

Gerd hatte sich eine Flasche Bier aufgemacht und sich an den Küchentisch gesetzt. Von hier aus hatte er die Straße bei zurückgezogener Gardine gut im Blick.

Er nahm einen kräftigen Schluck und beobachtete, wie Sabine und Kai ihren neuen kleinen Hund ausführten, den sie seit ein paar Tagen hatten. Gut so. Für sie musste Bellas Tod am schlimmsten gewesen sein. Auch

Gerd hatte die Hündin immer gut leiden können, und die Vergiftung hatte ihm sehr zugesetzt. Die Szene zwischen Hannelore und seiner Frau hatte natürlich ihr Übriges dazu beigetragen. Und dass Hannelore ihn verraten hatte. Seitdem war die Beziehung von Roswitha und Gerd auf unter null heruntergekühlt. Es war schon vorher schwierig gewesen, und Gerd wusste, dass er daran seinen Anteil hatte. Er arbeitete nicht genug, er trank zu viel, sie hatten zu wenig Geld. Nicht mal Kinder hatten sie.

Gerd seufzte. Er wusste auch nicht genau, wie er das ändern konnte. Er musste einfach eine dauerhafte Arbeit finden, die ihm gefiel und die seinen Fähigkeiten entsprach. Bis jetzt war er darin nicht erfolgreich gewesen. Aber deswegen wollte er noch lange nicht in diesem Atomkraftwerk arbeiten! Man konnte sich ja bereits im Rathaus um eine Stelle dort bewerben, und fast täglich drängte Roswitha Gerd, er solle da endlich hingehen. Nichts lag ihm ferner.

Und jetzt lag die Beziehung zu ihrer Familie in Trümmern. Gerd beobachtete sehr genau, wie Karl, Hannelore und seine Schwiegermutter Resi sich in diesem Sommer abschufteten und gleichzeitig bei der Platzbesetzung und in der Bürgerinitiative aktiv waren. Sehr gerne würde er helfen wie in den Jahren zuvor. Das machte ihm tatsächlich Spaß, dann fühlte er sich nützlich und musste nicht herumsitzen. Dieses Jahr und auch schon das Jahr zuvor hatte Roswitha ihm eingeschärft, ja nicht rüberzugehen. Sie mache es ja auch nicht.

Gerd blickte auf die Uhr. Bis Roswitha aus der Stumpenfabrik zurückkam, dauerte es noch gut zwei Stunden. Er erwog verschiedene Möglichkeiten. Dann sprang er auf, griff nach einem Messer aus der Küchenschublade und ging in den ersten Stock ins Schlafzimmer. Dort öffnete er das Fenster und schnitt mit einer kräftigen Bewegung das Seil durch, dass das Pro-KKW-Wyhl-Spruchband hielt. Er ging ins Nachbarzimmer und tat dort das Gleiche. Das Bettlaken fiel direkt vor der Haustür auf den Boden. Nun lief er die Treppe hinab, trat vor das Haus und sammelte es ein. Und die drei anderen Plakate nahm er auch gleich weg. Er warf sie alle direkt in den Müll. Zufrieden querte er die Straße, um gegenüber seine Hilfe anzubieten.

Hannelore staunte nicht schlecht, als sie die Tür öffnete.

»Gerd, bist du sicher, dass du dich nicht in der Adresse geirrt hast?«, fragte sie irritiert.

»Braucht ihr Hilfe?«

»Hilfe? Hilfe brauchen wir immer, aber ich … wir wollten dich sicher nicht belästigen.«

»Ich bin den ganzen Streit so leid, Hannelore, ehrlich. Sieh mal, ich hab die ganzen verfluchten Plakate abgehängt. Das ist mein Zeichen des guten Willens. So, und jetzt sag mir, wo Karl ist, ich helfe ihm.«

Hannelore kam aus dem Staunen nicht heraus.

»Das hast du gemacht?«, versicherte sie sich. Dann stockte sie. »Gerd, es tut mir leid, dass ich dich bei deiner Frau verraten hab«, erklärte sie.

Gerd winkte ab.

»Das wurde sowieso Zeit, dass sie das kapiert. So kann es ja nicht weitergehen. Aber wenn du willst, dass es Frieden gibt, dann musst du jetzt auch was tun, verstehst du?«

Hannelore verstand. Nachdem Gerd sich auf den Weg zu Karl gemacht hatte, ging sie vor das Haus und nahm ihrerseits alle Plakate weg. Keine weiteren Aussagen, weder pro noch kontra. Gerd hatte Recht. Hannelore fühlte sich unendlich erleichtert.

Als Roswitha nach Hause kam, nahm sie die Veränderungen am Haus sofort wahr.

»Gerd«, rief sie, nachdem sie zur Haustüre hereingekommen war, »was hast du gemacht?«

Sie bekam keine Antwort. Sie sah das halb ausgetrunkene Bier auf dem Küchentisch stehen. Gerd war offensichtlich nicht im Haus.

Misstrauisch blickte sie aus dem Fenster über die Straße zu Karls Haus. Auch dort keine Plakate mehr. Das konnte doch kein Zufall sein. Roswitha blieb auf Beobachtungsposten, ganz dicht an der Gardine. Innerlich kochte sie.

Dann sah sie es. Gerd in der Küche von Hannelore! Ihre Schwägerin reichte ihrem Mann ein Bier und lachte. Er lachte auch.

»Geht's noch?«, schnaubte Roswitha laut.

Am liebsten wäre sie sofort rausgerannt und hätte Gerd nach Hause gezerrt. Doch das versprach wenig Erfolg. Stattdessen wartete sie ab, bis er zur Küche hereinkam.

»Du warst bei Karl und Hannelore«, sagte sie statt einer Begrüßung.

Gerd schaute seine Frau verärgert an.

»Ja, sie brauchten Hilfe. Ich konnte nützlich sein.«

»Nützlich! Du sollst nicht mit diesen Verrätern herumhängen, das ist gegen unsere Sache!«, ereiferte sich Roswitha.

»Was unsere Sache ist, das bestimmst natürlich ganz allein du«, erwiderte Gerd.

»Du kannst mir doch nicht in den Rücken fallen«, zeterte Roswitha. »Wir brauchen das Kernkraftwerk. Du brauchst die Arbeit.«

»Ich will dieses Werk genauso wenig wie unsere Verwandtschaft da gegenüber, und ich werde mich nicht mehr zurückhalten, Roswitha. Erzähl bloß nie wieder irgendjemanden, dass ich da arbeiten will. Ich will es nicht, hörst du? Niemals.« Jetzt wurde Gerd laut. »Und wenn du es nicht akzeptieren kannst, dass ich ein Mensch mit einer eigenen Meinung bin, dann tut es mir leid. Dann muss ich eben gehen.«

Roswitha schaute ihren Mann verdattert an. So etwas war sie von ihm nicht gewohnt. Einen Moment lang war sie versucht, ihn aus dem Haus zu werfen. Dann besann sie sich und verließ stattdessen die Küche, wobei sie die Tür laut hinter sich zuknallte.

Im ersten Stock setzte sie sich in den Raum neben dem Schlafzimmer, der einmal das Kinderzimmer hätte werden sollen. Jetzt stand dort ihre Nähmaschine. Am liebsten wollte Roswitha laut schreien. Sie hörte, wie Gerd die Treppe heraufkam. Jetzt kommt er und alles wird wieder gut, hoffte sie. So war es doch sonst auch immer. Aber Gerd klopfte nicht an ihre Tür, sondern ging ins Schlafzimmer. Roswitha hörte die Schranktür quietschen und wie Gerd hin- und herlief. Schließlich nahm er wieder die Treppe nach unten, ohne dass er bei ihr vorbeischaute.

Die Haustür wurde auf- und dann sehr laut zugemacht. Roswitha lugte vorsichtig aus dem Fenster.

Gerd lief direkt zu Karl und Hannelore hinüber. In seiner linken Hand trug er eine Reisetasche. Roswitha ließ sich auf den Stuhl vor ihrer Nähmaschine zurückfallen. Sie war wie erstarrt. War er wirklich gegangen?

Zu Hannelore? Der doch nicht! Es dauerte noch ein paar Minuten, bis ihr bewusst wurde, dass es stimmte. Da brach sie in Tränen aus.

XXIII.

Der Herbst hielt Einzug, und der Bauplatz in Wyhl blieb nach wie vor besetzt. Die Nächte wurden wieder kälter, die Tage regnerischer und kürzer. Die Kaiserstühler waren langsam besorgt. Noch einen Winter lang ließ sich die Platzbesetzung kaum durchhalten, wenngleich die Volkshochschule Wyhler Wald nach wie vor sehr gut besucht war und der Platz an Veranstaltungsabenden brummte. Aber die Rund-um-die-Uhr-Besetzung war anstrengend. Ohne die Studenten aus Freiburg und andere »Freiberufler«, wie sie sich nannten, war sie kaum zu schaffen, und bei den Studenten ging das Semester wieder los.

Während die Abordnung der Bürgerinitiativen also gemeinsam mit dem Weisweiler Pfarrer mit der Landesregierung verhandelte, wie man verhandeln sollte, diskutierten die AKW-Gegner vor Ort sich die Köpfe heiß. Wie weit waren sie bereit zu gehen? Die Bedingungen der Besetzer und ihrer Unterstützer waren eigentlich klar: Platzräumung nur, wenn die Landesregierung garantierte, nicht zu bauen, bevor nicht unabhängige Gutachter sämtliche Bedenken der Bevölkerung ausgeräumt hätten.

Hannelore war sich sicher, dass dies niemals der Fall sein würde. Die Bedenken waren einfach zu groß. Außerdem, so die Forderung, sollten alle anhängigen Zivil- und Strafverfahren eingestellt werden. Franz war bei Weitem nicht der Einzige, der eine Schadenersatzforderung in saftiger Höhe zugestellt bekommen hatte. Das zu bezahlen würde für die Betroffenen den Ruin bedeuten.

So vergingen die Abende in den Gasthäusern mit Sitzungen der Bürgerinitiativen. Hannelore war, wie viele andere Besetzer, müde, aber Aufgeben war keine Option. Immerhin, die Ernte war eingeholt. Karl und Hannelore waren mit ihrem Ertrag trotz des zusätzlichen Engagements auf dem Platz recht zufrieden. Nur der Kassensturz ihres Hofladens bedrückte Hannelore. Dort mussten sie ordentliche Umsatzeinbußen hinnehmen. Nicht jeder hier im Dorf wollte noch etwas von der atomkraftkritischen Familie Jacobi kaufen.

Hannelore schaute von ihrer Buchhaltung am Küchentisch auf und dachte nach. Spontan fiel ihr nicht ein, wie sie den Verkauf wieder auf Touren bringen konnte. Vielleicht sollte sie ihre Schnäpse und Liköre auf noch mehr Märkten anbieten. Aber dafür war gerade wirklich keine Zeit.

Sie war mittlerweile wieder oft auf dem Platz, sorgte für Essen und Ordnung, und keiner sprach sie je auf die Vorfälle rund um Bellas Vergiftung an. Darüber war sie froh. Ihr neuer Hund Willi war schon ganz schön gewachsen und sehr gelehrig. Karl und Hannelore waren zuversichtlich, dass er einen genauso guten Wach- und Familienhund abgeben würde, wie es Bella einst gewesen war.

Seit sechs Wochen lebte nun auch Gerd bei ihnen. Es sollte nur vorübergehend sein, bis er eine neue Bleibe gefunden hatte. Dass er zu Roswitha zurückkehren würde, schloss er aus, und die Tatsache, dass er ausgerechnet bei ihrem Bruder und ihrer Mutter untergekommen war, machte das Verhältnis zu Roswitha für alle Beteiligten noch giftiger als zuvor, wenn das überhaupt noch möglich war. Hannelore mied jede Art von Kontakt zu ihr. Das ging so weit, dass sie erst an der Haustür oder am Hoftor prüfte, ob ihre Schwägerin in der Nähe war, bevor sie selbst auf die Straße trat.

Mit Gerd selbst konnte man gut auskommen, Hannelore hatte nichts gegen seine Anwesenheit. Er half ihnen, ohne dass man ihn bitten musste, und er schien das gerne zu tun, er wirkte ausgelastet. Er trank nicht so viel, dass es negativ auffiel. Oft ging er in die Kirche, um Orgel zu spielen. Hannelore hatte sich schon einige Male in eine leere Kirchenbank gesetzt, durchgeschnauft und ihm einfach nur zugehört. Es war ein überragendes Gefühl, alleine in der Kirche zu sein und zu lauschen, wie Gerd auf der Empore eindringlich die Tasten bespielte. Nie fühlte sich Hannelore Gott näher als in diesen Momenten und sie betete dann besonders nachdrücklich, dass das Atomkraftwerk niemals gebaut würde. Vielleicht half auch einfach Justitia mit. Das Revisionsurteil vom Verwaltungsgerichtshof

Baden-Württemberg in Mannheim in Bezug auf den Baustopp stand unmittelbar bevor.

Jedes Mal, wenn es nach der langen vorlesungsfreien Zeit wieder mit dem Semester losging, freute sich Klara. Ihre Seminare und Vorlesungen hatte sie sich bereits ausgesucht und jetzt verbrachte sie schon eine Weile damit, Literatur in der Bibliothek zu recherchieren. Der Sommer kam ihr im Nachhinein wie ein endloser Campingurlaub vor. Sie hatte die meiste Zeit in Wyhl auf dem Platz oder bei Hannelore und Karl zum Helfen verbracht – zum Leidwesen ihrer Mutter, die sonst immer darauf bauen konnte, dass Klara in der Hochsaison in der Pension zur Stelle war.

Udo war mit Klara nach Freiburg zurückgekehrt und sie hatten ein paar private, entspannte Tage verbracht, die ihnen guttaten. Waren Klara vorher immer wieder mal Zweifel an dieser Beziehung gekommen, fühlte es sich gerade wieder rund und fantastisch an. Udo, der das gesamte Sommersemester keinen Tag an der Uni, überhaupt kaum mal in Freiburg, sondern fast ausschließlich auf dem Platz gewesen war, wollte sein Studium nun wieder konzentriert aufnehmen.

Zum Mittagessen trafen sie sich heute in der Mensa. Noch hatten die Veranstaltungen nicht begonnen, und die Schlange an der Essensausgabe war nicht allzu lang.

Es war Freitag, traditionell gab es Milchreis. Klara und Udo ließen es sich schmecken.

»Hast du Lust, das Wochenende mit auf den Platz zu kommen?«, fragte Udo zwischen zwei Löffeln.

»Tagsüber schon, aber zum Übernachten«, Klara zog die Stirn kraus, »ist es mir, glaube ich, zu kalt.«

»Wer weiß, wie lange wir dieses Vergnügen noch haben werden«, grinste Udo. »Wenn Mannheim das Freiburger Urteil bestätigt, dann haben wir gewonnen.«

»Wenn. Dann steht immer noch das Hauptsacheverfahren aus. Und wer weiß, wie das ausgeht. Gebannt ist die Gefahr noch lange nicht.«

»Deshalb dürfen wir nicht nachlassen. Wir müssen Präsenz zeigen. Ich würde nochmal alles geben und dort bleiben. Gerne mit dir. Je mehr wir sind, desto besser.«

Er lächelte sie auffordernd an und Klara lächelte zurück.

»Schon klar«, antwortete sie, »aber über Nacht bleibe ich nicht.«

Vielleicht hatte Udo auch einfach recht, überlegte Klara: Jetzt sollte jeder noch einmal zeigen, dass er es ernst meinte mit seinem Widerstand gegen Atomkraft in Wyhl. Die Kaiserstühler konnten jede Unterstützung gebrauchen. Und vielleicht war es ja nächste Woche mit einem für sie positiven Richterspruch endlich erst einmal erledigt.

Die Hoffnung der AKW-Gegner erfüllte sich nicht. Am Dienstag hob der Verwaltungsgerichtshof Mannheim den Baustopp auf und sah auch keine Notwendigkeit, noch bis zum Hauptsacheverfahren abzuwarten. Die KWS durfte sofort bauen. Die Mannheimer sahen zwar wie die Freiburger Richter, dass in der Hauptsache noch alles offen wäre. Der Bau des Reaktorgebäudes selbst aber brächte der Bevölkerung und der Landwirtschaft noch keine Gefahr. Die käme ja erst mit dem Betrieb.

Die Begründung löste Kopfschütteln aus.

»Wenn das Werk erstmal gebaut ist, werden alle sagen, dass es bei den Investitionen auch laufen muss«, kommentierte Klara.

Udo stimmte zu. Er warf seine guten Vorsätze in Bezug auf sein Studium über Bord und wollte sofort wieder nach Wyhl auf den besetzten Platz fahren.

»Jetzt müssen wir dort sein und uns besprechen, wie es weitergehen soll«, erklärte er.

Klara wollte nicht mit. Die Vorlesungen und Seminare begannen genau jetzt, die wollte sie nicht verpassen.

»Hm«, antwortete Udo auf ihre abschlägige Antwort, »kann ich dann wenigstens dein Auto leihen? Dann komme ich schnell hin. Kerstin und Axel wollen vielleicht auch mit.«

Da Klara nicht vorhatte, Freiburg zu verlassen, war sie einverstanden und händigte ihm ihren Autoschlüssel aus.

»Super. Spätestens am Freitag bin ich wieder da«, verabschiedete sich Udo.

Am Donnerstagmittag rief Hannelore Klara an.

»Hier ist was los«, rief sie aus. »Am Sonntag ist eine große Kundgebung wegen des Urteils geplant, da müssen so viele Leute wie möglich kommen.«

»Hab ich schon mitgekriegt«, erwiderte Klara, »ich bin dabei.«

»Sehr gut. Aber noch wichtiger wäre es, wenn du schon heute zu uns kommen könntest. Du glaubst es nicht: Wir bekommen Besuch aus Amerika! Hier zu uns nach Hause. Atomkraftgegner aus New York. Was sagst du dazu?«

»Uih, das klingt ziemlich aufregend. Wieso kommen die nach Wyhl?«

»Wyhl und sein Bürgerprotest sind Vorbild in der ganzen Welt.« Hannelore platzte fast vor Stolz. »Jetzt kommen die Amerikaner hierher und schauen sich an, was wir so machen. Erst geht es auf den Platz und dann zu uns nach Hause. Toll, oder? Ein paar Leute von der BI kommen natürlich noch dazu.«

»Das klingt klasse.«

»Ich bereite schon den ganzen Tag vor, Resi backt gerade Hefezopf. Wir müssen unseren ausländischen Gästen ja was bieten, gell. Aber noch viel wichtiger ist, dass du kommst, denn wir können ja alle nicht wirklich Englisch sprechen. Du hast es doch recht lang in der Schule gelernt. Also, hast du Zeit? Du kannst hier auch übernachten. Unsere Gäste schlafen in einer Pension.«

Klara fand, dass das Angebot sehr ansprechend klang. Besuch aus Amerika, das war wirklich etwas Besonderes. Sie könnte darüber einen Artikel schreiben und mit einem Foto der Zeitung anbieten.

»Sehr gerne würde ich kommen«, erklärte Klara, »aber ich habe gerade kein Auto. Udo hat sich die Ente geliehen, damit er nach Wyhl fahren kann.«

»Wo soll Udo sein? Hier?«, fragte Hannelore zurück.

»Ja, gleich nach dem Urteilsspruch vorgestern ist er losgefahren.«

»Vielleicht war er mal auf dem Platz, aber heute ist er ganz bestimmt nicht da. Und deine Ente auch nicht.«

»Bist du sicher?«

»Ganz sicher. Ich war erst am Vormittag auf dem Platz. Von Udo war schon gestern Abend nichts mehr zu sehen.«

Klara war irritiert, und Hannelore merkte es. Sie hatte mitbekommen, wie es zwischen ihrer Nichte und Udo immer hin- und herging, und sie fragte sich, ob das Klara guttat. Bis jetzt hatte sich Hannelore zurückgehalten. Aber nun musste sie wohl doch mal etwas sagen.

»Ich glaube, Klara, dass er nach Freiburg zurückgefahren ist. Vielleicht suchst du dort mal nach deiner Ente. Und wenn es nicht klappt, dann holt dich der Karl in Riegel vom Bahnhof ab, einverstanden?«

»In Ordnung. Dann melde ich mich. Aber ich komme, sobald ich kann«, sagte Klara.

»Prima, auf dich ist wirklich Verlass. Bis später.«

»Bis später.«

Klara legte auf und dachte nach. Sie war eigentlich überzeugt, dass Hannelore sich irren musste. Andererseits hatte sie ein Auto mit hohem Wiedererkennungswert, das Hannelore ganz sicher erkannte, und so groß war die Gruppe an Platzbesetzern zurzeit auch nicht, dass man Udo übersehen würde. Misstrauen keimte in ihr auf.

»Ich bin mal kurz weg«, teilte sie Oma Inge mit, die in der Küche mit Johann saß und Kaffee trank. Johann hatte frei und war zum Mittagessen gekommen.

»Tschüss, Klara«, rief er seiner Nichte hinterher. »Wir sehen uns dann am Sonntag auf dem Platz. Ich muss leider beruflich hin.« Er lachte. »Also, seid bitte gewaltfrei, ich will echt keinen Ärger mit euch.«

»Schon klar.« Klara versuchte ein Grinsen und verabschiedete sich.

Sie stieg auf ihr Fahrrad und radelte in die Wiehre. Als sie in die Zasiusstraße einbog, sah sie ihre Ente direkt vor dem Haus der WG geparkt. Das konnte doch nicht sein. Ungläubig betätigte Klara die Klingel. Der Summer ertönte und die Tür sprang auf.

Axel öffnete oben die Wohnungstür. Er wirkte überrascht.

»Hallo, dich hatte ich nicht erwartet. Ich dachte, du bist an der Uni. Kommst du mit zum Seminar um vier?«

»Nein, das geht heute leider nicht. Ich muss zu Hannelore nach Wyhl fahren, und ich brauche das Auto. Ich wusste ja gar nicht, dass Udo hier ist. Ist er da?«

Axel zögerte.

»Der ist in Freiburg, aber ob er jetzt da ist, weiß ich gar nicht …«

Klara wartete seine Erklärung nicht ab und klopfte gegen Udos Zimmertür.

»Hm«, kam es von drinnen.

Klara öffnete die Tür und trat ein. Udo lag auf seiner Matratze auf dem Boden und hatte die Decke bis zur Schulter hochgezogen. Er richtete sich auf.

»Hä, was? Klara! Was machst du hier?«

»Ich brauche meinen Autoschlüssel.«

Klara sah sich irritiert um. Jetzt nahm sie wahr, dass Udo nicht allein im Bett war. Neben ihm lag ein blonder Wuschelkopf, der Klara bekannt vorkam.

»Mensch, ich wusste nicht, dass du kommst«, wand sich Udo.

»Mein Schlüssel. Ich geh dann wieder. Offensichtlich willst du ja nicht, dass ich weiß, dass du in Freiburg bist. Aber ich hätte gerne mein Auto zurück.«

Ein Feuer loderte in ihr auf. Erst jetzt rührten sich die Locken neben Udo, und Klara erkannte sicher, wer da lag.

»Kerstin«, stellte sie tonlos fest.

»Hallo«, murmelte Kerstin, während sie sich aufrichtete und die Decke vor ihre Brust hielt.

»Klara, jetzt hör doch mal«, versuchte Udo eine Erklärung. »Es ist nicht so, wie du denkst.«

»Was denk ich denn?«

»Klara, jetzt …«

Udo schwang die Beine aus der Bettdecke und schlüpfte in seine Unterhose. Dann erhob er sich und kam auf sie zu. Klara wandte den Blick ab.

»Ich brauch keine Erklärung«, sagte sie gefasst, »ich brauch mein Auto.« Sie streckte die Hand aus und schaute angestrengt in die entgegengesetzte Richtung. »Schlüssel.«

Udo lief zum Regal, griff nach dem Schlüssel und streckte den Arm aus. Er hielt maximal Abstand.

»Da, bitte schön.«

»Danke. Und viel Spaß noch.«

Klara wandte sich ab und knallte die Tür zu. Im Flur stand Axel und schaute betroffen.

»Wusstest du es?«, fragte Klara wütend.

»Nein, nicht wirklich, ich …«

»Wusstest du es – ja oder nein?«

Axel atmete tief durch.

»Ja. Aber es geht noch nicht lang. Erst ein paar Tage.«

»Ein paar Tage. Danke, dass ich das auch mal erfahr. Und ich Idiotin stell denen noch mein Auto zur Verfügung.«

Klara ließ die Wohnungstür laut ins Schloss fallen und rannte die Treppe herunter. Bloß weg hier! Sie musste so schnell wie möglich hier weg.

Klara schloss die Autotür auf und setzte sich hinter das Lenkrad. Der Sitz war zu weit hinten, der Spiegel nicht für sie eingestellt. Mit zittrigen Fingern richtete Klara ihr Auto wieder auf sich selbst ein. Dann drehte sie den Zündschlüssel um.

Der Motor startete zuverlässig und die Nadel der Tankanzeige schwenkte einmal nach rechts und danach ganz nach links. Kein Benzin mehr.

»Das ist doch alles nicht wahr, oder?« Klara schlug mehrfach mit der Hand auf das Lenkrad. »Scheiße, scheiße, scheiße!«, brüllte sie.

Die Tränen fingen an zu laufen, und sie stellte den Motor wieder ab. Wieso hatte sie das Ding zwischen Udo und Kerstin nicht bemerkt? Wie dumm konnte sie eigentlich sein und sich jedes Mal aufs Neue von Udo einlullen lassen? Und Kerstin? Wie konnte sie sie so hintergehen? In einem Moment hatte sie nicht nur ihren Freund verloren, sondern auch noch eine Freundin. Zumindest hatte

Klara sie bis gerade eben noch dafür gehalten. Mit der Verräterin wollte sie nichts mehr zu tun haben.

Die Tränen tropften auf ihre Jacke und Klara lehnte ihre Stirn gegen das Lenkrad. Ihre langen Haare verdeckten ihr tränennasses Gesicht wie ein Schleier. Minutenlang verharrte sie so, bis es gegen die Fensterscheibe klopfte. Missmutig sah Klara hoch und strich sich die Haare zurück.

Vor der Ente stand Wolle und lächelte freundlich. Klara klappte die Fensterscheibe hoch.

»Hallo«, schniefte sie.

»Hallo. Was ist los?«, fragte Wolle besorgt.

»Ach nichts, ich hab nur gerade Udo und Kerstin zusammen im Bett erwischt.«

»Udo und Kerstin?« Wolle wirkte im Gegensatz zu Axel ehrlich überrascht. »Das ist ja … ungewöhnlich«, attestierte er.

»Ich find es unmöglich«, erwiderte Klara.

»Ist es auch, ist es auch«, meinte Wolle. »Aber weißt du was? Udo ist es nicht wert, dass du eine Träne an ihn vergeudest. Seit ich ihn kenne, ist er eigentlich undurchschaubar und unzuverlässig.«

»Das sagst du so leicht.«

»Stimmt, das sag ich so leicht. Wohin jetzt?«

»Weiß nicht. Eigentlich soll ich zu Hannelore und Karl nach Wyhl.«

»Der Besuch aus Amerika? Perfekt, da will ich auch hin.« Wolle grinste sie aufmunternd an. »Sie brauchen noch Übersetzer. Wie wäre es, wenn wir zusammen hinfahren? Dann könnte ich dich auf andere Gedanken bringen und dir von unserem neuen Projekt erzählen.«

Klara musste lächeln. Er war wirklich gut darin, sie abzulenken.

»Also gut, steig ein.«

An der Tankstelle steuerte Wolle ungefragt ein paar Mark zur Tankfüllung bei, was Klara dankbar annahm. Während der Fahrt berichtete er begeistert davon, was er gerade mit Franz baute.

»Ich zeig es dir gleich, wenn wir da sind. Du wirst staunen. So viel Zeit wird ja wohl noch sein, bevor die Gäste kommen.«

In Wyhl angekommen, gingen sie direkt zu Franz. Dieser hatte einen großen Hof mit Werkstatt, zu dem Wolle offensichtlich freien Zugang hatte. Klara war hier noch nie gewesen und von Hannelores Haus aus sah man nicht allzu viel davon.

Im Hof stand ein riesiger schwarzer Behälter.

»Unser Tausend-Liter-Wassertank«, stellte Wolle vor. »Du siehst ja, heute ist es weder besonders warm noch besonders sonnig, oder?«

»Stimmt.«

»Jetzt pass auf, halt mal deine Hand hier drunter. Aber Vorsicht.«

Klara öffnete ihre Handfläche unterhalb des Hahns, den Wolle nun aufdrehte. Wasser lief auf ihre Hand.

»Autsch! Das ist verdammt heiß«, stellte Klara fest und schüttelte ihre Hand.

»Das ist einfachste Physik«, erklärte Wolle. »Ein schwarzer Körper wird durch Sonneneinstrahlung heiß. Wasser, das man da durchschickt, wird ebenfalls heiß. So weit nichts Besonderes. Aber wie schafft man es, dass sich eine Pumpe im richtigen Moment ein- und wieder ausschaltet? Also dass wir das warme Wasser dann haben, wenn wir es brauchen? Das ist die spannende Frage.«

»Und habt ihr die Frage gelöst?«

Wolle strahlte Klara selbstbewusst und stolz an.

»Nun, ein Anfang ist gemacht. Der Franz braucht keinen Strom mehr von außen, um sein Duschwasser warm zu kriegen. Wir haben hier noch Sonnenkollektoren gebaut.«

»Die sammeln die Sonnenstrahlen ein?«, fragte Klara halb lachend, halb ernst.

»Nicht schlecht. So ungefähr«, meinte Wolle. »Schau, hier ist eine schwarze Kupferplatte, in die fünf Kupferrohre eingelötet sind. So wird Sonneneinstrahlung in Wärmeenergie umgewandelt.«

Klara versuchte zu verstehen, worum es ging.

»Das ist der Kollektor. Der Kasten ist mit Isolierglas abgedeckt. So funktioniert das.«

»Und damit kann man genug Energie erzeugen?«, fragte Klara ungläubig.

»Noch nicht genug für alles. Aber glaub mir, Klara, das hier«, Wolle machte eine ausladende Geste in Richtung Solaranlage, »das hier ist die Zukunft.«

XXIV.

Am Sonntag fanden sich Tausende von Atomkraftgegnern an der Natorampe ein, um gegen den Urteilsspruch des Mannheimer Verwaltungsgerichtshofes zu demonstrieren. Die Kundgebung verlief friedlich – die Bürgerinitiativen und die Demonstranten hielten sich daran, gewaltlos ihren Unmut und Widerstand zum Ausdruck zu bringen, und Johann als Bereitschaftspolizist war froh, dass alles friedlich blieb.

Die Sprecher betonten in ihren Redebeiträgen ihre Bereitschaft, mit der Landesregierung zu verhandeln. Gleichzeitig stellten sie klar, dass der Platz nicht geräumt würde. Wie sollte es jetzt weitergehen? Die Situation war verfahren. Immerhin war man in Stuttgart zu Gesprächen bereit, während das Badenwerk und die KWS sofort losbauen wollten.

Nach der Kundgebung trafen sich alle bei Hannelore und Karl im Wohnzimmer. Inge, die mit Klara und Lorenz aus Freiburg gekommen war, reichte Käse- und Schinkenbrote, die sie vorbereitet hatte, während alle anderen demonstrieren waren. Wolle und Franz waren auch da.

Hannelore ließ sich in einen Sessel fallen.

»Uff. Ich bin total erschossen. Was für eine Woche.«

»Das war eine gute Demo«, befand Lorenz, »es waren überzeugend viele Teilnehmer da. Sicher an die zehntausend, würde ich sagen.«

»Na ja, mal sehen, was die Landesregierung daraus macht«, meinte Karl. »Und die Presse muss entsprechend berichten.«

»Wir räumen erst, wenn unsere Bedingungen erfüllt sind«, sagte Resi kämpferisch, »die sollen nur kommen und bauen. Dann steigen wir wieder auf die Maschinen.«

»Schau'n wir mal«, dämpfte Franz die Hoffnungen. Er dachte an die Schadenersatzforderung und wollte nicht allzu optimistisch sein.

»Das Wichtigste bei allem, was wir tun, ist, dass wir gewaltfrei bleiben«, wiederholte Wolle ihre Maxime, »davon dürfen wir nicht abweichen, nur so werden wir ernst genommen.«

»Und wie wir ernst genommen werden!«, rief Hannelore. »Sogar in Amerika hat man von uns gehört.« Sie lächelte in der Erinnerung an die letzten Tage. »Herrje, war das schön mit dem Besuch. So nette Leute. Gell, die haben richtig gestaunt, als sie das Freundschaftshaus gesehen haben.«

»Und wie sie euer Essen mochten«, ergänzte Gerd. »So etwas Gutes hatten die wohl noch nie vorgesetzt bekommen.«

»Ich glaub, so voll war unser Wohnzimmer noch nie. Und so international«, schwelgte Hannelore weiter.

»Das muss man der ganzen Atomkraftwerksgeschichte ja lassen«, meinte Resi. »Ohne die hätten wir niemals so viele interessante Menschen wie in den letzten Monaten kennengelernt. Und die tollen Vorträge in der Volkshochschule.«

»Das ist wirklich eine echte Bereicherung. Ich möchte keinen Tag missen.« Hannelore stockte und dachte an Bella. »Na ja, fast keinen«, schränkte sie ein.

Klara dachte an Udo und Kerstin, von denen sie seit Donnerstag nichts mehr gesehen und gehört hatte. Auch von Axel nicht. Wenn sie die Kundgebung besucht hatten, dann waren sie sich glücklicherweise nicht begegnet. Es versetzte ihr einen gehörigen Stich, dass sie so urplötzlich ihre Freunde verloren hatte. Gott sei Dank war Wolle noch da.

Ende Oktober einigten sich die Bürgerinitiativen nach hartem Ringen darauf, als Zeichen der Gesprächsbereitschaft gegenüber der Landesregierung den Platz zu räumen. Am siebten November baute Udo sein Zelt ab, und Kerstin half ihm dabei. Alle Besetzer sammelten ihre Habseligkeiten ein und verließen das Gelände. Auch die Volkshochschule würde aus dem Freundschaftshaus ausziehen – direkt in den Dörfern sollte es mit den Veranstaltungen weitergehen.

Mit Heidruns Mann Erich brachte Karl vor dem Eingang zum Platz ein Transparent an. Während die Männer das Banner straffzogen, standen die Frauen davor und gaben Anweisungen, wo noch besser gespannt werden musste.

»Jetzt hängt es gerade«, erklärte Hannelore schließlich.

»Ja«, pflichtete Heidrun bei, »wir können wieder gehen. Es ist kalt.«

Karl und Erich kamen zu ihren Frauen. Mit Abstand betrachteten sie ihr Werk. Das Transparent drückte aus, was nun folgen sollte. Sie würden weichen, aber nicht ganz. Wenn nötig, wären sie am nächsten Tag wieder da. Und auch jetzt sorgten sie dafür, dass ihr Faustpfand nicht verloren ging.

»So ist es gut«, meinte Karl. »Jetzt weiß jeder Bescheid.«

Er nahm Hannelore bei der Hand, Erich griff nach der seiner Frau Heidrun, und gemeinsam liefen sie Richtung Natorampe. Nach all den Monaten, in denen hier Menschen gelebt, gesungen und debattiert hatten, wirkte der Ort jetzt verlassen und abweisend. Hannelore drehte sich noch einmal um und schaute zurück auf das Transparent, das zwischen den Bäumen über dem Eingang hing.

»Während der Dauer der Verhandlungen bleibt dieser Platz bewacht« stand darauf.

»Und nach den Verhandlungen«, sagte Hannelore zu Karl, »wird hier kein Atomkraftwerk mehr gebaut.«

Karl nickte, und zuversichtlich setzten sie ihren Weg fort.

1985

XXV.

Hannelore hatte es sich im Sessel gemütlich gemacht, Resi saß schon mit Sabine auf dem Sofa, davor der Hund Willi, der aufmerksam darauf wartete, ein paar Erdnussflips abzubekommen. Gleich kam die Landesschau. Die ersten Nachrichten interessierten sie nicht so. Sie warteten auf den Studiogast.

»Karl, Kai – kommt! Es geht los«, rief Hannelore.

»Zehn Jahre ist es heute auf den Tag genau her, als Atomkraftgegner im kleinen Örtchen Wyhl am Kaiserstuhl den geplanten Bauplatz für ein Kernkraftwerk stürmten und neun Monate besetzten«, führte die blonde Moderatorin ins Thema ein. »Zehn Jahre, in denen viel passiert ist und in denen das Kernkraftwerk – nicht gebaut wurde. Wir möchten heute mit einer Wissenschaftlerin sprechen, die damals selbst vor Ort und im Widerstand aktiv war. Herzlich willkommen, Doktor Klara Winterer.«

Die Kamera schwenkte um und zeigte den Studiogast in Großaufnahme.

»Guten Abend«, antwortete Klara.

Gut sah sie aus, wie sie da aufrecht im Sessel saß, fand Hannelore, die dunkelbraunen Haare schulterlang und mit Pony, die langen Beine in engen Stiefeln lässig übergeschlagen. Richtig professionell.

»Jetzt kommt, Männer. Klara ist schon zu sehen«, rief sie noch einmal Richtung Tür.

Von hinten erschien ihr Ehemann und schaute gebannt auf die Mattscheibe. Auch Kai gesellte sich dazu.

»Frau Doktor Winterer, Sie sind Politikwissenschaftlerin an der Universität Freiburg und Sie forschen schon eine ganze Weile zum Thema ziviler Ungehorsam. Sie waren ja selbst vor zehn Jahren bei der Platzbesetzung in Wyhl dabei. Was ist Ihnen da noch am stärksten in Erinnerung?«

»Da gibt es natürlich viele Dinge«, erwiderte Klara, »aber ein sehr eindrücklicher Moment war sicher die Platzräumung.«

»Und das wahrscheinlich nicht im Positiven«, erwiderte die Moderatorin. »Sind Sie auch nass geworden?«

»Oh je«, Klara rollte die Augen, »wer ist das nicht, der dabei war? Aber sehr beeindruckend war natürlich auch die unmittelbare Wiedereroberung ein paar Tage später.«

Die Moderatorin nickte, die Kamera zeigte sie jetzt in Großaufnahme.

»Damit unsere Zuschauer verstehen, was es genau bei der Platzräumung und der Wiederbesetzung geschah und wie es überhaupt dazu kam, zeigen wir Ihnen jetzt eine kurze Zusammenfassung der Ereignisse von damals.«

Es folgten die alten Fernsehbilder. Frauen auf Baumaschinen, zischende Wasserwerfer, Polizisten mit Schlagstöcken, skandierende Demonstranten, die von der Polizei weggeschleift wurden.

»Mein Gott«, sagte Resi, »war das furchtbar.«

»Da wart ihr echt mittendrin?«, fragte Sabine ungläubig, obwohl sie es doch eigentlich wusste.

»Allerdings, und weh tat das«, erklärte Hannelore. »Mich hatten sie voll abgespritzt. Ich musste wegen meiner Augen sogar zum Arzt.«

Im selben Moment sah man Hannelore, wie sie klatschnass, aber kämpferisch in die Kamera sprach.

»Wir stehen jetzt zusammen, jetzt merken wir, wer unser Feind ist, wer gegen uns ist. Wenn wir jetzt nicht zusammenhalten, dann sind wir verloren.«

Im Wohnzimmer wurde gelacht und applaudiert.

»Gut hast du das gesagt«, meinte Karl und strich seiner Frau anerkennend über die Schulter.

Der Einspieler zeigte nun Bilder von der Wiederbesetzung, glückliche Menschen, die sich umarmten und es sich im Folgenden auf dem Platz wohnlich einrichteten.

»Das war schon toll dort«, kommentierte Kai. »Man konnte richtig gut im Wald spielen.«

»Nur schade, dass die elenden Brandstifter das Freundschaftshaus abgefackelt haben«, grollte Karl.

Der Filmbeitrag endete und die Kamera fokussierte wieder auf die Moderatorin.

»Sehr bewegende Zeiten waren das«, fuhr sie fort. »Insgesamt blieb der Bauplatz neun Monate besetzt. Können Sie, Frau Winterer, uns kurz erklären, wie es dazu kam, dass die Besetzer den Platz wieder hergaben?«

»Nun, die Besetzung konnte ja nicht ewig weitergehen«, erklärte Klara, die jetzt in Großaufnahme zu sehen war. »Das war schon eine Belastung, die viel Zeit und Kraft gekostet hat – bei allen positiven Erfahrungen. Die Landesregierung zeigte Verhandlungsbereitschaft. Es war ein zähes Ringen in den Bürgerinitiativen, bis man einen Kompromiss gefunden hatte: Man verließ den Platz, aber der Platz wurde weiterhin von den Atomkraftgegnern bewacht, und es galt ein Baustopp, der ja eigentlich gerichtlich aufgehoben worden war. Dann begannen die Verhandlungen mit der Landesregierung, die in der sogenannten Offenburger Vereinbarung mündeten: Darin wurde festgehalten, dass weitere, unabhängige Gutachten eingeholt werden sollten, dass erst gebaut wird, wenn sämtliche Bedenken der Bevölkerung ausgeräumt sind, und, ganz wichtig, dass sämtliche Schadenersatzforderungen wegen der Besetzung fallengelassen wurden. Es hatten ja recht viele Privatpersonen solche Forderungen in immensen Höhen zugestellt bekommen, das hätte für sie den finanziellen Ruin bedeutet.«

»Gott sei Dank«, rief Resi vor dem Fernseher. »Der arme Franz hätte sich sonst umgebracht. So kann er weiter an seinen Solaranlagen bauen.«

»Warum war der Widerstand am Kaiserstuhl so erfolgreich?«, wollte die Moderatorin nun wissen. »An anderen Orten wie in Brokdorf hat es ja nicht geklappt.«

»Wyhl war der Anfang. Der Staat wusste noch nicht, wie er darauf reagieren sollte. Ganz wichtig war: Es war eine Protestbewegung aus der Mitte der Gesellschaft, nicht nur Randgruppen oder Linksradikale, wie Ministerpräsident Filbinger die Menschen gerne glauben machen wollte, sondern ganz normale Bauern und Winzer. Bewohner der Region, die ihre Heimat nicht verlieren wollten«, erläuterte Klara. »Es waren Christen – die Kirche, vor allem die evangelische, hat sich eingemischt. Dann Bürger und Studenten aus Freiburg. Kritische Wissenschaftler, die der Landbevölkerung erklärten, was es mit der Atomkraft auf sich hat, wie gefährlich sie ist. Und nicht zu vergessen: Der Protest wurde vor allem auch von Frauen getragen. Sie waren sehr mutig, waren die Ersten, die sich auf die Baumaschinen stellten. Es waren die Bäuerinnen und die Winzerinnen, die auf dem Platz anwesend waren, die für Ordnung sorgten und dafür, dass es immer etwas zu essen gab. Das hat die Moral hochgehalten. Und nicht zuletzt haben die Elsässer und Kaiserstühler eng zusammengearbeitet. Diese regionale Identität hat eine große Rolle gespielt, die gemeinsame Sprache, die Verbundenheit über den Rhein hinweg. Insgesamt brachte die Mischung den Erfolg.«

»In Wyhl selbst gab es aber nicht nur Gegner, sondern mindestens genauso viele Befürworter«, lieferte die Moderatorin das nächste Stichwort.

»Richtig«, antwortete Klara, »Beim Bürgerentscheid stimmte sogar eine Mehrheit für das Atomkraftwerk. Das hat zu großen Spannungen im Ort geführt, zu einem Riss, der sogar quer durch die Familien ging. Ich habe das selbst hautnah mitbekommen. Das war nicht schön. Aber jetzt, nach zehn Jahren, kann man sagen, dass diese Wunden so gut wie verheilt sind.«

»Na ja«, meinte Hannelore, »schön wär's. Wir brauchen wohl noch ein paar Jahre länger.«

»Ich hoffe, dass ich das noch erleben werde«, seufzte Resi.

»Welche gesellschaftlichen Auswirkungen hatte der Protest in Wyhl?«, fragte die Moderatorin nun. »Wie ist es weitergegangen? Das ist ja auch Ihr Forschungsgegenstand.«

»Man kann sagen, dass Wyhl der Anfang der grün-alternativen Bewegung war. Mittlerweile sitzen die Grünen ja schon im Bundestag. In Wyhl wurde außerdem nicht nur gegen Atomkraft demonstriert, sondern auch an Alternativen in der Energieversorgung gearbeitet. Die ersten Solaranlagen wurden am Kaiserstuhl gebaut. In Sasbach wurde mit den Sonnentagen die erste Solarmesse überhaupt organisiert. Mittlerweile gibt es in Freiburg das Fraunhofer-Institut für Solare Energiesysteme und …«

»… natürlich auch das Ökoinstitut«, fiel die Moderatorin Klara strahlend ins Wort. »Ich darf vielleicht erwähnen, dass einer der Gründer der Physiker Doktor Wolfgang Winterer ist, mit dem Sie verheiratet sind.«

Klara strich sich verlegen eine Haarsträhne aus dem Gesicht.

»Ja, das stimmt.«

»Das heißt, die Bauplatzbesetzung in Wyhl hat nicht nur ein Atomkraftwerk verhindert, sondern auch noch eine Ehe gestiftet.«

»Wenn Sie so wollen …«

»Das ist ja wirklich toll«, freute sich die Moderatorin. »Ich möchte auch noch darauf hinweisen, dass Sie anlässlich des zehnjährigen Besetzungsjubiläums zusammen mit Ihrem Mann einen Sammelband über den Widerstand gegen das Atomkraftwerk Wyhl herausgegeben haben, der über die ganze Geschichte, wie es dazu kam, wie der Verlauf war, informiert. Und mit dabei sind sehr viele Fotografien, die alle Sie geschossen haben. Ich kann das Buch hier mal in die Kamera halten …«

Die Kamera zoomte heran, während die Moderatorin einige Seiten mit Fotos aufschlug.

»Oma, das bist ja du auf dem Bild«, rief Sabine aus.

»Stimmt«, erwiderte Resi, »ich bin im Fernsehen!« Sie lachte amüsiert. »Sah ich da noch jung aus.«

»Das sind wirklich bemerkenswerte Aufnahmen«, schmeichelte die Moderatorin.

»Danke«, antwortete Klara, »damals wollte ich auch noch Journalistin werden.«

»Glauben Sie denn, dass Ministerpräsident Lothar Späth seine Meinung noch einmal ändert und das Atomkraftwerk doch noch bauen lässt?«

»Nein, das glaube ich nicht«, sagte Klara entschieden. »Ein Atomkraftwerk am Kaiserstuhl ist weder politisch noch gesellschaftlich durchsetzbar.«

»Wenn Sie einen Blick in die Zukunft wagen, was würden Sie sagen? Wo steht Deutschland in Sachen Atomkraft in, sagen wir mal, zwanzig Jahren?«

»In zwanzig Jahren?« Klara musste nicht lange überlegen. »Nun, zunächst hoffe ich, dass bis dahin nicht der statistisch so unwahrscheinliche Fall eingetreten ist und irgendwo auf der Welt ein Atomkraftwerk explodiert ist. In den USA in Harrisburg ist man ja vor sechs Jahren knapp an der Katastrophe vorbeigeschlittert. Also, in zwanzig Jahren wird es die Bundesregierung hoffentlich geschafft haben, alternative Energieformen wie Sonne und Wind mehr zu fördern, und aus der Atomenergie ausgestiegen sein. Vielleicht sitzen ja dann die Grünen in der Regierung?«

»Wer weiß.« Die Moderatorin musste bei dieser Vorstellung unwillkürlich lachen. »Frau Doktor Winterer, ich danke Ihnen für Ihren Besuch und die zahlreichen Informationen, die Sie uns gegeben haben. Ich wünsche Ihnen alles Gute.«

»Ich danke Ihnen«, erwiderte Klara.

»Super hat sie das gemacht«, fand Hannelore, als der nächste Beitrag anfing.

Alle im Wohnzimmer klatschten. Karl lief zum Fernseher und stellte ihn aus.

»Und jetzt stoßen wir an«, erklärte er, »nach zehn Jahren kann man das wagen.«

Auf dem Wohnzimmertisch standen schon eine Flasche Sekt und fünf Gläser bereit. Karl entkorkte die Flasche mit einem Knall. Willi bellte aufgeregt. Alle lachten, während Karl die Gläser füllte und Hannelore jedem eines in die Hand drückte.

Karl erhob sein Glas.

»Auf uns.«

»Auf über zehn Jahre Widerstand.«

»Nai hämmer gsait.«

»Auf eine atomfreie Zone.«

»Auf den Wyhler Wald.«

Mit einem lauten »Prost« stießen sie auf ihren Erfolg an.

QUELLEN

Manche Aussagen von Politikern, Gegnern und Befürwortern in diesem Buch sowie die kursiv gedruckten Textpassagen sind originalgetreu oder leicht angepasst/ gekürzt den folgenden Werken entnommen:

Filme:

Gladitz, Nina: Lieber heute aktiv als morgen radioaktiv. 1976.
(u. a. Lautsprecherdurchsagen bei der ersten Besetzung, Bürgerstimmen nach der Räumung, Annemarie Sacherers Rede am Ostermontag 1975, Lothar Späths Besuch in Wyhl)

Medienwerkstatt Freiburg: S'Wäschpe-Nest. Die Chronik von Wyhl 1970 bis 1982. 1982.
(u. a. Erklärung von Grawe und Atomexperten beim Erörterungstermin, Rede des BI-Sprechers bei der Bürgerversammlung in Wyhl, Lautsprecherdurchsagen und Bürgerstimmen bei der Räumung, Filbingers Fernsehansprache am 24.2.1975)

Literatur:

Auer, Gerhard und Hurth, Hanno (Hg.): Siebenunddreißig Wyhl-Geschichten. »S Eige zeige« – Jahrbuch des

Landkreises Emmendingen für Kultur und Geschichte 29/2015.
(u. a. Aussagen beim Erörterungstermin, Entstehung der Volkshochschule Wyhler Wald, die erste Solaranlage)

Laufs, Paul: Reaktorsicherheit für Leistungskernkraftwerke 1: Die Entwicklung im politischen und technischen Umfeld der Bundesrepublik Deutschland. Springer-Verlag o. O. [2]2018.
(wissenschaftliche Diskussion beim Erörterungstermin in Wyhl, Juli 1974)

Nössler, Bernd und de Vitt, Margret (Hg.): Wyhl. Kein Kernkraftwerk in Wyhl und auch sonst nirgends. Betroffene Bürger berichten. Freiburg 1976.
(u. a. Brief von Hans Filbinger sowie Androhung von Zwangsgeld, Berichte über die Versammlungen, Räumung und Wiedereroberung, Annemarie Sacherers Rede am 22.2.1976)

Polizeipräsidium Freiburg (Hg.): Wyhl. Die Polizei im Spannungsfeld von Politik, Wirtschaft und Bevölkerung. Drei beteiligte Polizeibeamte erinnern sich. Freiburg 2015.
(Polizeibericht – der in diesem Fall keiner war, sondern eine spätere Zusammenfassung der Ereignisse aus Polizeisicht –

sowie die Beschreibung der Zustände in der Landespolizeidirektion Freiburg)

Sternstein, Wolfgang: Überall ist Wyhl. Bürgerinitiativen gegen Atomanlagen. Aus der Arbeit eines Aktionsforschers. Frankfurt 1978.
(u. a. Flugblatt der KWS, Diskussion des Demonstranten mit der Polizei zu Beginn der ersten Besetzung)

Die Texte der »anderen Wacht am Rhein« und der adaptierten Version von »In Mueders Stübele« stammen vom Liedermacher Walter Mossmann (beides in: Nössler/de Vitt 1976).
»De bleede Ofe« stammt von Buki (Text mit Übersetzung in: Auer u. a. 2015).
Hannelores Rede auf der Großkundgebung am Tag der Wiederbesetzung entspricht im Wesentlichen den von der Winzerin Annemarie Sacherer am 22.2.1976 und am Ostermontag 1975 im Dialekt gehaltenen Reden.
Klaras Redaktionsbeitrag und der Schmähbrief sind originalgetreu aus »Was Wir Wollen«, Ausgabe Nr. 10 vom 15.8.1975 (S. 10) übernommen worden (lediglich orthografische Anpassungen, Ausgabe archiviert in: Zentrum für Populäre Kultur und Musik, S 0168/Archivbox 1).
Vielen Dank dem SWR in Freiburg für die unkomplizierte Bereitstellung der originalen Filbinger-Zitate.

Gewährspersonen:
Stellvertretend für die vielen Wyhl-Aktivisten konnte ich mit folgenden Zeitzeugen sprechen:

- **Erhard Schulz,** BUND-Mitgründer, damals Student und Mitglied des Arbeitskreises Umweltschutz der Fachschaft Chemie an der Universität Freiburg, der in Vorträgen die Kaiserstühler Bevölkerung über die Gefahren von Atomkraft aufklärte,
- **Günter Sacherer,** Winzer aus Oberrotweil, dessen verstorbene Frau Annemarie eines der prägenden weiblichen Gesichter des Widerstandes war und der noch heute gegen Atomkraft sprichwörtlich die Fahne hochhält,
- **Werner Räpple,** Winzer aus Oberrotweil, der mit der Kaiserstühler Landjugend zum Widerstand eilte und mir die landwirtschaftlichen Gegebenheiten vor Ort erklärte,
- **Kurt Schmidt,** der als Teenager dabei war und heute mit großem Engagement das Archiv der Badisch-Elsässischen Bürgerinitiativen in Weisweil ehrenamtlich führt,
- **Siegfried Göpper,** Müller aus Weisweil, der mit der unfassbaren Schadenersatzforderung von 55 Millionen DM konfrontiert wurde und zwar kein Atomkraftwerk, dafür aber eine Kläranlage »vor die Nase« gesetzt bekam,

- **Friedel Bieselin** aus Weisweil, »Platzmutter« mit legendärem Kartoffelsalat und Ideengeberin zur Volkshochschule Wyhler Wald,
- Pfarrer **Günter Richter,** in dessen Gemeindehaus in Weisweil »nicht nur gebetet, sondern auch etwas getan« wurde, sowie **Ilse Richter,** der großen Stütze im Hintergrund und einer der Frauen auf den Baumaschinen,
- Polizeihauptkommissar **Hans Weide,** der durch sein Vorgehen die zweite angesetzte Räumung verhinderte und so den vielleicht alles entscheidenden und lange unbekannten Beitrag leistete,
- Roland »**Buki**« Burkhart, damals Student und Liedermacher, der mit »De bleede Ofe« und »Mir sin eifach wieder do« unvergängliche Wyhl-Hymnen schrieb,
- **Bernd Nössler,** Anti-AKW-»Öffentlichkeitsarbeiter« aus Wyhl, dessen Bäckerei zur widerstandstärksten Zeit große Einbußen hinnehmen musste, und seiner Frau **Waltraud Nössler,** die ihren damals ganz neuen Freund (und heutigen Ehemann) kaum zu Gesicht bekam – AKW-Verhindern ging vor.

Die Geschichte dieses Buches beruht auf tatsächlichen Ereignissen. Diese Ereignisse werden in den oben genannten und unzähligen weiteren Publikationen detailliert beschrieben. Ministerpräsident Hans Filbinger, Wirtschaftsminister Rudolf Eberle (sowie sein Namensvetter, das zahme Wildschwein), Ministerialrat Joachim Grawe, CDU-Fraktionsvorsitzender und späterer Ministerpräsident Lothar Späth, Bürgermeister Wolfgang Zimmer sowie der Weisweiler Pfarrer (Günter Richter) waren real existierende Akteure im Wyhl-Konflikt. Sämtliche anderen Charaktere dieses Buches sind frei erfunden und eventuelle Ähnlichkeiten oder Namensgleichheiten zu lebenden oder verstorbenen Personen rein zufällig.

ANMERKUNG UND DANK

Wyhl wurde nie gebaut, aber Wyhl wirkt nach – bis heute. Zu Beginn meiner Recherche war mir nicht bewusst, welch großen Einfluss der Widerstand am Kaiserstuhl auf die ökologische und politische Bewegung in ganz Deutschland hatte. Gleichzeitig war ich erstaunt, wie engagiert die Menschen am Kaiserstuhl unter Erbringung größter persönlicher Opfer gegen das Atomkraftwerk kämpften und mit welchen Mitteln versucht wurde, sie daran zu hindern. Man kann beides fast nicht glauben.

Die in diesem Buch beschriebenen Vorkommnisse rund um das geplante Kernkraftwerk Wyhl haben tatsächlich stattgefunden: Es gab die Bürgerversammlungen und Erörterungstermine, die Platzbesetzung und -zurückeroberung, den unangemessenen Polizeieinsatz, die abgesägten Obstbäume, die Brandstiftungen und die Nägel auf der Straße, den Riss durch den Ort, den vergifteten Hund. Es gab die Bespitzelungen, Schikanen, Polizeibefragungen und Schadenersatzforderungen in unermesslicher Höhe. Es gab den Stromausfall während des Fußballspiels, und seine Hintergründe blieben nebulös. Und es gab den Maulwurf bei der Polizei, der sich über seinen Diensteid hinwegsetzte und damit ein Wunder vollbrachte. Alle in diesem Buch beschriebenen Szenen sind dennoch an die Realität eines Romans angepasst und ihre Protagonisten frei erfunden. Der Stromausfall während des Länderspiels begann zum Beispiel in Wirklichkeit wenige Minuten vor dem Anpfiff (und endete kurz nach dem Abpfiff).

Dieses Buch zu schreiben war mir, nachdem ich in das Thema eingetaucht war, ein Bedürfnis, ja, geradezu eine Notwendigkeit, und es bleibt mir nur, zu danken, dass es geschafft ist.

Ich danke meinem Verlag – seiner Geschäftsführerin Barbara Sester, die sich wieder einmal für eine Idee hat begeistern lassen, sowie Monika Schmitt für ihre unermüdliche Unterstützung in der allgemeinen Organisation und vor allem für ihren Lese- und Korrektureinsatz – die ausführlichen Anmerkungen haben mich sehr weitergebracht.

Genauso herzlich danke ich meinem Kollegen Mathias Ahuis, auf dessen fachkundiges Lektorat ich mich stets verlassen kann. Wieder einmal hatte ich meine bewährten Testleser: Lieben Dank an Conny Kappler, Dani Orth, Marion Lassen und Rainer Mueller, die sich die Zeit genommen und mit mir diskutiert und mich motiviert haben. Ihr wart da, als es zwischendurch ganz dunkel wurde. Ein Extradank geht an Conny, die mich zur rechten Zeit mit einem beherzten Schubs auf die richtige Spur gebracht hat.

Ich freue mich besonders, dass einige »Wyhl-Veteranen«, mit denen ich gesprochen hatte, das Manuskript kritisch aus ihrer Sicht durchlasen. Es waren Pfarrer Günter Richter, Liedermacher Buki, Polizeihauptkommissar Hans Weide sowie Bernd Nössler. Ihr Gefühl und die sehr konkreten Hinweise waren mir besonders wichtig – vielen Dank dafür.

Was wäre ein Wyhl-Roman ohne die Hintergrundinformationen der zahlreichen Zeitzeugen? Ich sprach mit insgesamt zwölf, mit einigen mehrfach, und es war jedes Mal ein echtes Erlebnis und ein Eintauchen in eine andere Zeit. Alle Gewährspersonen hatten unterschiedliche Hintergründe und Rollen im Wyhl-Widerstand und beleuchteten die damalige Zeit stets aus ihrer sehr persönlichen Perspektive. Darüber hinaus versorgten sie mich mit Literatur, Film-, Ton- und anderem Quellenmaterial, sogar persönlichen Aufzeichnungen. Manchmal auch mit leckerem Kuchen. Ich fühlte mich in jeder Hinsicht von den Begegnungen reich beschenkt.

All meinen Gesprächspartnern ist gemein, dass sie um ihre damalige Rolle und ihren Einsatz nicht viel Aufhebens machen. Ich hörte zahlreiche Geschichten und Anekdoten – bisweilen mit großer Emotion vorgetragen, bisweilen aus heutiger Sicht schlicht unfassbar. Vor allem aber fiel mir bei jedem Einzelnen etwas auf, das wahrscheinlich der Schlüssel zum damaligen Erfolg war: Es ist diese klare, selbstverständliche Haltung, für etwas einzustehen, und sei es noch so unbequem. Das hat mich zutiefst beeindruckt und nötigt mir den größten Respekt ab.

Ich danke Ihnen, Erhard Schulz, Günter Sacherer, Werner Räpple, Kurt Schmidt, Siegfried Göpper, Friedel Bieselin, Günter Richter, Ilse Richter, Hans Weide, Roland »Buki« Burkhart, Waltraud Nössler und Bernd Nössler, von Herzen: für Ihr Vertrauen und Ihre Zeit, die Sie sich für mich genommen haben, vor allem aber dafür, dass Sie es mit Ihrem Einsatz geschafft haben, dieses Atomkraftwerk zu verhindern. Sie haben wahrlich Historisches vollbracht!

Dieses Buch steht in Gedenken an meinen Bruder Lars, der während der Entstehung des »Kalten Nebels« unerwartet verstarb. Sein kraftvolles Kirchenorgelspiel wird für immer in unseren Herzen klingen.

Freiburg, im Juli 2019 Julia Heinecke

KURZCHRONOLOGIE

1973

19.7. Entscheidung für das geplante KKW fällt auf Wyhl statt Breisach.

20.7. Gründung der Bürgerinitiative Weisweil.

1974

27.4. Demonstrationsfahrt von 400 Traktoren rund um den Kaiserstuhl. Bildung von neuen Bürgerinitiativen, circa 90.000 Unterschriften gegen das KKW Wyhl.

9./10.7. Erörterungstermin in Wyhl. Die Einsprecher ziehen wegen »der Befangenheit der diskussionsführenden Ministerialräte sowie der Einheit von Genehmigungsbehörde und des Badenwerks als Betreiber« aus dem Saal aus.

8.12. Filbinger: »Am Bau des KKW gibt es keinen Zweifel.«

19.12. Enteignungsankündigung des Wirtschaftsministers, falls der Bürgerentscheid in Wyhl nicht für das KKW ausfällt.

1975

10.1. Brief von Filbinger an jeden einzelnen Wyhler. Eberle spricht in Wyhl bei der Bürgerversammlung und wiederholt die Enteignungsandrohung.

12.1. Bürgerentscheid: 55 % für KKW – 43 % gegen KKW. Versprochen waren: Arbeitsplätze, Schwimmbad, Kläranlage, usw.

22.1. Teilerrichtungsgenehmigung wird durch Wirtschaftsminister Eberle erteilt, Filbinger warnt die Kaiserstühler vor einer Besetzung.

26.1. In Weisweil demonstrieren 3.000 Menschen als Reaktion auf den Wyhler Bürgerentscheid.

29.1. Hauptsacheklage der Bürgerinitiativen wird gegen die Teilerrichtungsgenehmigung eingereicht.

11.2. Gemeinde Wyhl unterzeichnet Ansiedlungsvertrag mit der KWS. Geländeverkauf: zwei Millionen DM an Wyhl.

17.2. Baubeginn: Zaun, Abholzung.

18.2. Besetzung der Baumaschinen und erste Platzbesetzung.

20.2. Räumung des besetzten Platzes durch mehrere hundert Bereitschaftspolizisten mit Hunden und Wasserwerfereinsatz. Es wird Nato-Stacheldraht ums Gelände gezogen.

23.2. Kundgebung an der Natorampe mit 28.000 Menschen. Anschließend Stürmung des Platzes und zweite Besetzung.

9.3. Das Rundhaus »Freundschaftshaus« auf dem besetzten Platz wird fertig gestellt. Hier finden künftig im Rahmen der »Volkshochschule Wyhler Wald« zahlreiche Veranstaltungen statt, die nicht nur die Problematik der Kernkraft zum Thema haben.

31.3. Ostermarsch nach Wyhl.

11.6. CDU-Fraktionsvorsitzender Späth kommt auf den Bauplatz.

20.6. Wirtschaftsminister Eberle erklärt in Bötzingen vor Vertretern der Bürgerinitiativen Gesprächsbereitschaft der Landesregierung.

19.10. Kundgebung an der Natorampe mit 10.000 Menschen. Ankündigung von Verhandlungen mit der Landesregierung.

22.10. Filbinger legt sein Mandat als Aufsichtsratsvorsitzender des Badenwerks nieder, Wirtschaftsminister Eberle behält sein Mandat als Stellvertreter im Aufsichtsrat.

7.11. Die Bürgerinitiativen verlassen vorläufig während der Dauer von Verhandlungen den Platz. Die Kernkraftwerk Süd erklärt sich bereit, für die Dauer der Verhandlungen keine weiteren Baumaßnahmen durchzuführen.

10.11. Erste Verhandlungsrunde zwischen Bürgerinitiativen und Regierungskommission mit

CDU-Fraktionsvorsitzendem Späth als Vermittler. Es folgen noch weitere zwei Verhandlungsrunden im November und Dezember.

13.12. Wyhl-Aktionstag in Freiburg mit landwirtschaftlichen Produkten, mit Musik, Liedern, Filmen und Kurzdemonstrationen.

1976

31.1. Der vierten Verhandlungsrunde in Offenburg folgt die »Offenburger Vereinbarung«. Vorläufiger Stopp der Bauarbeiten bis 1. November. Messungen und Gutachten sollen während dieser Zeit die Bedenken der Bevölkerung ausräumen. Zusicherung der Rücknahme der Strafverfahren und Schadensersatzklagen. Die meisten der Gutachter, die die Messungen vornehmen sollen, haben nicht das Vertrauen der Bürgerinitiativen.

1977

27.1. Erster Prozess des Freiburger Verwaltungsgerichts in der Breisgauhalle in Herbolzheim.

14.3. Das Verwaltungsgericht entscheidet vorerst gegen den Bau des KKW wegen ungenügenden Berstschutzes beim vorgesehenen Reaktortyp.

1978

22.3. Stuttgarter Wirtschaftsministerium: »Auf Wyhl wird nicht verzichtet.«

7.8. Filbinger tritt als Ministerpräsident zurück, sein Nachfolger wird Lothar Späth.

1979

30.5. Beginn des Wyhl-Prozesses vor dem VGH Mannheim.

1980

2.3. Auf dem Platz wird zum 5. Jahrestag der Platzbesetzung ein Mahnkreuz errichtet, das jedoch bald darauf einem Brandanschlag zum Opfer fällt.

1982

31.3. Der VGH Mannheim entscheidet zugunsten des KKW-Baus, der jedoch mittlerweile nicht mehr politisch durchsetzbar ist.

Quelle: Auer, Gerhard und Hurth, Hanno (Hg.): Siebenunddreißig Wyhl-Geschichten. »S Eige zeige« – Jahrbuch des Landkreises Emmendingen für Kultur und Geschichte 29/2015.

Auch im Badischen Landwirtschafts-Verlag erschienen:

Julia Heinecke

Kalte Weide

Ein Hirtenbub im Schwarzwald

Südbaden Anfang der 1940er-Jahre: Weil die Lebensmittelversorgung in Freiburg immer schwieriger wird, entschließen sich Miggis Eltern, ihren ältesten Sohn als Hirtenbuben in den Schwarzwald zu geben. Während Miggi auf dem ersten Hof schlecht behandelt wird, fühlt er sich bei seiner zweiten Hütestelle fast wie zuhause. Doch der Krieg hält auch im Alltag der Bauern Einzug, und die Lage auf dem Hof eskaliert, als 1945 die Franzosen im Schwarzwald einmarschieren …

Mit einem Vorwort von Thomas Hafen.

Julia Heinecke

Kalte Herzen

Eine Magd im Schwarzwald

Südbaden 1952. Als die 18-jährige Sekretärin Irmi aus Freiburg unverheiratet schwanger wird, wirft ihr Vater sie aus dem Haus. Mithilfe ihres Bruders Miggi findet sie im Schwarzwald Unterschlupf auf dem Nonnenfeldhof und arbeitet dort als Magd.
Der technische Fortschritt hält allmählich Einzug und bringt Erleichterungen bei der schweren Arbeit auf Feld und Hof. Doch der Krieg hat seine unauslöschlichen Spuren bei den Bewohnern hinterlassen. Immer wieder kommt es zu Konflikten, besonders zwischen Irmi und Jungbäuerin Maria. In ihrer Notlage als ledige Mutter sucht Irmi nach einem Ausweg.

Mit einem Vorwort von Thomas Hafen.